2021 中国散文精选

主　编——王　蒙
分卷主编——王必胜　潘凯雄

辽宁人民出版社

ⓒ 王必胜　潘凯雄　2022

图书在版编目（CIP）数据

2021中国散文精选/王必胜，潘凯雄分卷主编．—沈阳：辽宁人民出版社，2022.1
（太阳鸟文学年选/王蒙主编）
ISBN 978-7-205-10359-0

Ⅰ．①2…　Ⅱ．①王…　②潘…　Ⅲ．①散文集—中国—当代　Ⅳ．①I267

中国版本图书馆CIP数据核字（2021）第248356号

出版发行：辽宁人民出版社
　　　地址：沈阳市和平区十一纬路25号　邮编：110003
　　　电话：024-23284321（邮　购）024-23284324（发行部）
　　　传真：024-23284191（发行部）024-23284304（办公室）
　　　http://www.lnpph.com.cn

印　　　刷：辽宁新华印务有限公司
幅面尺寸：170mm×240mm
印　　　张：14.75
字　　　数：235千字
出版时间：2022年1月第1版
印刷时间：2022年1月第1次印刷
责任编辑：娄　瓴
装帧设计：丁末末
责任校对：吴艳杰　等
书　　　号：ISBN 978-7-205-10359-0
定　　　价：58.00元

太阳鸟文学年选
编辑委员会

主　　编　王　蒙
执行主编　林建法
编　　委　林　非　叶延滨　王得后
　　　　　张东平　孙　郁

分卷主编

散　文　卷　王必胜　潘凯雄
随　笔　卷　潘凯雄　王必胜
杂　文　卷　王　侃
诗　歌　卷　宗仁发
中篇小说卷　金　理
短篇小说卷　黄　平

从地域文化看年度散文

王必胜

一

春华秋实，年丰岁稔。

文学的收成季，如农人种庄稼，盘点，回顾，展望，虽风雨四季，却也风景无限。就说这散文。

散文的历史，说长可上溯到《史记》、诸子，说短是近现代文明工业化时代，文体分工细化而来。当下文学家族中，散文少有专事研究者，吃这口饭的人，在学理和整合上对其研究也鲜见，抑或有，多零散，不成阵势，不如其他文学门类显风光，逞气势。坊间有小说和诗歌研究会，散文却不见有，或可说明散文的当下状况。

其实，散文的实绩，是被低估了的。原因种种，如上所言，没有专门机构和专业人士重视，另一方面，近来所谓非虚构文学的提出，笼括了包括散文在内的一些纪事、纪实的文字。非虚构文学，模糊又粗横，挤对了散文的特定性内质。作为一个不确定概念，它唬弄了一些本不太确定的文体。有人把非虚构当成一个筐，一些本来就有明确内涵和韵味的文字，比如散文，也纳入其中，沦为陪绑，这对散文的影响、气象和阵势，减损了若干。

这里不去细究散文与非虚构文学间的异同。散文因为这个不太确定的概念出现，遮蔽了对它艺术影响和实绩的评估。

二

即便如此，当下散文如山花，鲜活烂漫，生机盎然。她是文学的小家碧玉、幽幽君子；文学天空一道清丽星光，一个自由的精灵。

一百多年前，法国人丹纳说及艺术的生成发展，有几大因素——种族、地域、文化。地域者，是文学艺术的精神原乡、生命源头。我曾说，文学乃人的灵感激发，文学产生于创作者个体的精神劳动。但文学无论是巨篇，还是短制，是宏大建筑，还是抒情短章，无不打上地域印痕，刻上大地烙印。文学的地域性，文学的本土意识，文学的风习化，既是文学的根基，也是文学与生俱来的气味印记。古今中外，事例无穷。最著名的是美国作家福克纳，他致力于家乡一个邮票大小的地方，文学的"约克纳帕塔法世系"，承载了文学地域与文学经典的事例。（《地域、自然与文学》，《人民日报》2012年11月4日）

从地域角度观察，因地域方位不同、文化差异、风土习俗的影响，散文风格南北有别。大漠、高原、森林、长河，构成北方阔大浑然、粗犷奇诡。新疆散文家代有才俊，其厚重雄健。甘宁青陕，内蒙辽吉，中国北方偌大版图，近年来散文家辈出，虽没成派系和群团（文学群团，多人为划分），也有不俗面貌。北方散文写作，地域广大，计有周涛、刘亮程、李娟、王族、沈苇、郭文斌、梅卓、习习、素素、鲍尔吉·原野、艾平等人，描写日常生活、亲情乡谊、自然物事、四时佳兴，或奇诡粗粝，或绵密峻峭，整体面貌上的，佳作连连，表现了散文家雄浑绵长的情感和坚实强毅的文风。

西北版图中的晋陕，文史传统深长，汉唐气象浸润了散文魂魄。仅陕地一隅，活跃者就有肖云儒、贾平凹、朱鸿、穆涛、李汉荣、吴克敬、邢小俊、王洁等，山西有张锐锋、王祥夫、蒋韵、黄风等人，另有多年专事随笔散文、旅居北京的晋人李建永，说古论今，知性学理，颇具丰采。还有特立独行的玄武。当下北方散文，或许不是一个文本概念，但宏富、驳杂、葳蕤、沉郁，不乏机巧、狡黠，显现其相似的文相与气质，常有相当的动静和反响。

当然，北方的重头戏，在大京都文化圈。铁马秋风塞北，京津文气相连，燕山蓟州一线，古老都城文化，地理近邻，散文景象相似。开放视野，精英传统，高情大义，耽于创新，京津文化人，流动性强，客籍者多，圈子散大而杂驳，仅散文风格，五光十色，不好归类，也不结圈子，唯其如此，风华别样。或笔下波澜，忧思激愤，家国情怀，文心耿耿；或生命感怀，情感剖析；或史实爬梳，问道典籍；或礼敬自然，纪实大千。老当益壮，新人有成。最为明显的是，有自主性、创新意识，鲜明的主题写作。梁衡多年致力于文化游记，写"政事大情"，近年从古树考证生态人文，形诸专集。李青松是生态散文的热衷者、早行人，敬畏自然，生态文化写作，渐成气象。肖复兴的京城大院文化，从旧时月色、寻常花草、城阙故事到市井人物，形成系统。祝勇的考辨史实，探寻深宫的人文珠玉，下硬功夫。刘琼读古诗，拈花作文，发古意幽思的专题，写来花样锦绣。李敬泽的快乐读史，融民本情怀、当下意识、玄思妙想于一体，"故事新篇"活写春秋人物。理由的古希腊文化寻访，着意于《荷马史诗》的重新解读，遂成皇皇之著。而一些专业作家，偶有出手，曲尽其妙。莫言以书法及文，短小机趣；阎连科的剖析人生，沉郁冷峭。一些并非主事散文的作家，特别是作协人、媒体人，如刘心武、陈建功、高洪波、何建明、刘庆邦、杜卫东、徐剑、彭程、梁鸿鹰、王久辛、彭学明、艾克拜尔·米吉提、刘汉俊、杨晓升、王兆胜、宁肯、红孩、俞胜、刘汀等等，可以举出一大批名录，或是创作宿将，或头角刚露，以其实绩，占据散文的一方天地。有意思的是，高龄作家多不擅（不愿）短章，但九旬老人谢冕仍有"反季节写作"，笔下的燕园纪事，写饮食男女，日常生活，以小见大，率性见情。阎纲也以鲐背之年，常有小品札记，情感高古，激浊扬清，殊为难得。女性作家，风生水起。叶梅、何向阳、李舫、韩小蕙、杨海蒂、周晓枫、梁鸿、孙小宁、王子君，年轻的文珍、孙莳麦等，风雅华章，其学理、智识与气势，不让须眉。说文学没有圈子，却有志同道合者抱团，由于手机微信和自媒体的便捷，一个"周末五人行"的散文圈悄然而生，文气相近，生活日常，短章小札，机趣随意。计有华静、剑钧、李培禹、沈俊峰、冻凤秋等人。每在周五即发，鲜活出炉，坚持下来，蔚为大观。

天津的高手，不负散文重镇盛名，不负《散文》大刊的主场。人文气，亲和力，幽默风，延续了津味文化的开放，多思，自由不拘，见微知著。蒋子龙、冯骥才、赵玫、任芙康、黄桂元、汪惠仁、龙一等人，阵容齐整，文思开阔，笔力森然。蒋子龙对世道人心的着意探究，冯骥才的日常物事，读书随感，任芙康的纪人忆往等，津门散文，仍吹强劲之风。

北方之地，不可忽略鲁、豫。文学的高地，比之小说，两地散文，稍嫌轻简，作者的阵容单薄，个体突出。山东高手、多产的张炜，是小说大家中执着散文的一猛将。约十年前，就有湖南文艺社的20多本散文集，近年他读古诗文元典，致敬经典，深入堂奥，多有新见，形成系统，比肩专事研究者成就，为国中作家少有。新近散文集《我的原野盛宴》，通过三百多种植物的"诗意记录"，书写人与大地，生命、人文、自然与现实联系，颇得好评。齐鲁大地，另有简默、耿立、张世勤，以及新人王月鹏等，文气森然，自成景观。河南散文代有传承，代表散文选本高水平的《散文选刊》，办得有声有色，其衡文严谨，昭示散文的高标定位。王剑冰每每出手不凡，屡有响动，近期的"塬上系列"和诸多行走文字，葆有精妙质地。小说名家邵丽，写事记人，文意深挚，细腻中见气势。乔叶的灵动慧敏、题旨摇曳，冯唐的新锐，何频的清丽，豫地散文作者，如小说一样，多转战于异乡他处，文学的豫军在重新集结。中原散文的王气，期待重振。

三

南方散文，可谓现当代散文的高台大殿，高光时刻为中国文学半壁河山。江浙沪赣，三湘巴楚，八闽、两广、海南，曾是散文丰产地、优产地，人才济济，风云际会。就说前四地，文学传统，特别是散文文脉，深厚绵延，成就了散文艺术高地。江浙之地，旁及沪上，山水人文，丰饶潜沉，是散文宝地、福地。浙江现当代散文大家，鲁迅之外，可数十人，散文成就位列翘楚。当下，活跃者承续了浙派文脉，有些响动。陆春祥、赵柏田等，执着于读史研古，抉剔今用，多有创获。陆氏的博物通学，穷研尽搜，又踏访采风，拟仿古人笔记体，笔意多姿，成几部专著，为一大观。另有周华诚、马叙等人，关注现实，多有佳篇。女性散文是一亮点。苏沧桑的民间文化和旧时工艺的执意寻访、细腻描绘，施立松、赖赛飞对海边人文风情的书写，荣荣的生活物事和人生过往的诗意记录，等等，妆成浙派散文的一道风景。

沪上散文，早先名扬四方，而今也时有大家显现。诗人、小说家、批评家们热衷，形成多样风采。赵丽宏的散文名重一时，诗意叙事，平实有味。王安忆偶有出手，老到沉实。潘向黎的古诗新读，议论风生，风华翩然。陆梅对自然花木的钟情，注重精神性书写。陈歆耕的随笔文字，对史上文字公案的剖析，做高难功夫，当下文坛的弊端，直言多刺，文心高古。也有叶辛、毛时安、王纪人、彭瑞高等各路人马，钟情报章的轻快文字，如此种种，显示沪上散文起点高，笔墨纵横，文意率性，风景斑斓。

江苏因为一条大江和无数唐诗宋词的关联，缔结了文学灵动、隽永和深情，特别是亘古流转的人文气息。春江花月夜的意象，冠绝全唐，咏吟自然，感悟时空变幻，思索人生。从诗意角度，江南文化意象，自扬子江（江苏境内）开启。长江诗意文化，源远流长，苏中一带，产生了众多小说名家也是散文大家，当代有陆文夫、汪曾祺、高晓声等，如今，范小青、苏童、叶兆言、徐风、储福金、贾梦玮、丁帆、王尧等人多有佳作。徐风近期关注江南大地百年以来的繁华与荒芜，开辟专题，从故土风习、旧时物件、时空转换、精神传承等，书写江南文化的新与旧、物与道。新近羊城晚报社评选的年度花地散文榜上有名。

有着诗文传统的江西，近期散文如春日牡丹，姚黄魏紫竞相争妍，实绩了得。李晓君的生活随笔、读史文字，举重若轻，清新涵泳。江子的人文踏访、物事索考，博雅深挚。傅菲的自然风物着意书写，自出机杼。另有范晓波、陈蔚文、王晓莉、王芸、朱强、安然等人，多年轻面孔，组成新时代散文赣军的潜力方阵，其名单在国中文坛也可观。与其近邻，皖派作家创作有模有样。许辉文笔老成，上溯诸子，游走大千，古雅清丽。胡竹峰的多产，文字新锐而沉实，钱红莉的温润雅致，皖军散文队伍精干，阵仗略嫌单薄。

闽地散文早成风格，声名流响。眼下多有高手坚持，成一方重地。孙绍振、南帆、舒婷、林那北、朱谷忠、马卡丹、石华鹏等人，多有新作，风格凸现。八闽气象，山海风华，人文自然，杂糅精取，日常事物，人情世事，闽地作家多以温润、精妙、接地气的写作，自成一景。南帆的散文，多从日常事物生发，有哲理机趣，通达亲和；朱以撒的作品富有文气和书卷味。当下闽籍散文作家中，二位可为劳模代表。

南方之南，有中部的湖湘，有两广而海南，也是散文家的聚集地。江之南，海之湄，湖广而海南，客居者众多，或者，迁徙游走在城乡间，这些散文景象，综合性，开放性，人文气，很见辨识度。韩少功是思想型作家，散文早有气势。海南湘中的两地情怀，晚来结庐乡野，其散文的民生情怀、民本意识，一以贯之，颇为读者青睐。孔见近年来思索随笔多见，即使一本高头的《海南岛传》，也是纪实文学中的优秀的散文读本，人文历史与人本精神，互为观照，为同类作品中的佼佼者。

湖北文化，南北交融，东西杂合。"楚地阔无边"，多苍莽气象，其包容性也得北方之精髓。李修文的行走文字和"诗我互见"的散文随笔，异军突起，高蹈文气也接地气，民间情怀，诗书风流，提振荆楚散文新貌。刘醒龙多是从家国民生的高情大事入笔，也有平常人生叙述，笔力纵横，诗情摇曳。陈应松神农架自然笔记，见物见人，科普人文两相宜。池莉的日常着笔，雅致风流。另有熊召政、刘诗伟、刘益善、兰善清、任蒙等人，偶见新作，唱汉楚之风，得文化传承。

地利之便，也为散文之便。自然绿色，人文亮点，或红色基因，为湘中作家文章生发点。谭仲池、谭谈、水运宪、何立伟、聂鑫森、王跃文、刘克邦、龚曙光、沈念等各路名家，新作不断，延续湘军散文的强劲。广东方面，广、深、珠三大市，也是客居之城，文化杂糅，思想碰撞，为文丰繁。有陈世旭、南翔、熊育群、张欣、田瑛、詹谷丰、杨文丰、聂雄前、丁燕、塞壬等人，多是客居在南粤，散文又多是业余操练。作为一方文学的整体景观，岭南散文的力度和气象，尚待观察。

西南之地，巴蜀滇上，散文常有新景，不乏可观阵势。川地渝中，阿来的散文与其小说一样，沉雄俏丽，藏区风情，人文自然，尤执着于植物书写，成为妙景。裘山山、蒋蓝、杨献平、伍立杨、芦一萍、何大草、凸凹、陈新等，屡有新作。裘山山散文题旨丰繁，信手拈来，深意趣意兼得。杨献平算得是散文专门家，创作丰富。他客居川地，回望故乡南太行系列，乡情亲情，文明进退，人文史志，沧桑浩叹，文字有如大山褶皱，坚实峻峭。重庆有吴佳骏，韶华当年，却创作有年，执着勤奋，平常事物信手成篇。彩云之南的老作家不遑多让。汤世杰经营散文多年，每每出手，臻于佳品。近期见于《人民文学》和上海"三报"（文汇、解放、新民）的返乡系列，从荆楚文化的古今体察中，世相，物事，亲情，人文山水，沧桑情怀，写来平和，温润，雅逸，性灵文字，走心之作。张庆国的纪实散文，以云南新起的观鸟生态之事，见证社会世相，生态自然，民生风习，勾联杂糅，现场，及物，创意，丰富了散文的别样风采。另有范稳、胡性能、雷平阳、叶浅韵等人，多有新作。文思精妙，笔意丰赡，又与七彩云南人文共美。高原风景，人文生态，装点了西南散文版图新景。

四

　　评述散文年度实绩，殊为不易，地域方位的划分，略挑几地，如同作家名头一样，多有新作，随意点评，挂一漏万，不无遗憾。

　　当下文学，热闹喧哗，而散文却沉静自持。文学喧闹，一是事件多，二是行为多（不必细说）。散文新景观，我以为，一些成型的、稳定的作家，多有佳作，形成主题性创作，或者，选题的系列化和专题性。从生产角度看，一些重点报纸和主打散文的期刊给力，比如《散文》《美文》《散文百家》等，而几家选刊，也助力有为，成为优秀散文的集结地。也因为他们（它们），年度的散文，稳步前行，有了模样。报刊的加持，文学更见风光，这一点，不可忽略，这是一个有意思的话题，留作下次了。

　　是为序。

辛丑冬月　北京

001	**序**	王必胜
001	石库门前	何建明
006	吃 瓜	梁 衡
010	口罩问题	江 子
021	远路上的新疆饭	刘亮程
029	成千上万种春天	范晓波
038	散文目光	余秋雨
044	"西园雅集"透泄宋代文人精神密码	陈歆耕
051	我，世界	汪惠仁
060	学 而	陆春祥
070	橡皮擦	沙 爽
076	未竟之旅	李晓君
084	被升级的力量	华 静
089	乱书房记	谢 冕
091	遇酒且呵呵	格 非
096	拿得起，放得下	李建永
101	另一种自然	李青松
112	金沙江笔记	徐 刚
121	大河至上	王剑冰
129	锦州的南山	杨海蒂
133	再游三坊七巷	俞 胜

138	对一棵古椰榆的"重构"	黄　风
142	诗意云和	杨晓升
149	四十盏路灯	陈　涛
154	一粒稻米的伦常	李　皓
162	小满雀来全	周云戈
167	大地的风骨	陈　新
177	船　娘	苏沧桑
185	只此一家王世襄	黄永玉
195	岁岁花开—忆君	杜卫东
206	忆贤亮	高洪波
210	审美叶廷芳	理　由　陶斯亮
213	有没有一个人，在哈尔滨等我	蒋建伟

石库门前

◎何建明

在上海，这是一栋并不太显眼的建筑，而现在每天都有无数仰慕者前来参观瞻仰，并在它门口留影纪念——他们有的是参加过解放战争的老战士，有的是共和国成立后的劳动模范，还有各地的基层组织工作者，更多的是男男女女的青年人……他们或为信仰而来，或为感恩曾经的成长而来。然而他们共同的心愿是：跟着诞生于这座石库门内的一个伟大的政党，永远致力于中华民族的复兴和每一个中国人的福祉。

或许是这两年多次来这里的缘故，石库门的那些抹不掉的身影和声音，总在我脑海中萦绕……

他的名字我们都很熟悉，叫邓中夏。五四运动中冲在游行队伍最前面的学生领袖、北大学生会负责人之一、百年前北京"共产主义小组"的重要成员……这些身份是人们熟悉的，但他作为中共一大会议的重要筹备者身份却鲜为人知。而我从党史资料和许多当事人的回忆中，看到了邓中夏为了一大召开而在石库门前后忙碌的身影。

1921年6月末的一天，邓中夏带着已经写好的准备向一大会议递交的报告，来向李大钊告别，并说明了他作为北京小组的一大代表将无法参加一大会议的原因：一是在南京召开的少年中国学会年会，二是重庆讲学，与一大会议的时间有所冲突。

李大钊向邓中夏交代，上海的会他可以不参加，但会议筹备工作还是要邓中夏张罗。

邓中夏就是这样的一个人，只要是革命工作，从不计较个人得失；只要可能，都全力以赴做好。此时，上海方面已经通过秘密渠道发来通知，确定7月下旬召开一大。7月4日，少年中国学会年会结束，邓中夏立即赶赴上海，到了法租界白尔路389号的博文女校。这是中共上海支部为了隐蔽而特意给外地代表安排的住宿地与一大会议筹备处。在此，邓中夏代表北京小组向大会筹备处递交了《北京共产主义组织给中共一大的报告》，同时与上海几位筹备一大的同志一起商讨了会务议程和会议文件，他同每一个代表都交换过工作意见，这对会议的成功举行起到了很大作用。

此时的邓中夏，虽已不是一大代表，但他却把一大作为自己的重要工作——检查落实。他还与上海的一大代表李达的夫人王会悟一起，来到石库门查看会场，对会务人员座位、会场安全和共产国际代表的座位都具体给予了指导性安排。

1921年7月23日，开天辟地的中国共产党第一次全国代表大会在上海望志路106号的一栋石库门内举行，13位一大代表以及两位共产国际代表共15人参加大会。这房子的主人叫李书城，是一大代表李汉俊的胞兄。李书城带家人到外地去了，中共秘密会议在此举行，从此也让这"李公馆"名扬天下。

一大会址纪念馆老馆长向我讲述邓中夏的经历时，若有所思地道："像邓中夏这样参与建党的中国共产党人为数不少，他们虽然没有出席一大，但他们为一大召开所作出的无私奉献将永远留在石库门上。"

"来，我们一起在这儿照个相。"那一天，我在石库门前遇见一群穿着鲜艳、喜气洋洋、听口音是浙江人的中年妇女，她们正簇拥着在一大会址门前留影。

一打听，果然是浙江人。"我们是王会悟大姐的老乡，从浙江桐乡来的！"领头的一位女同志骄傲地说。

王会悟，作为中共一大会议的"秘密会务人员"，她当时的任务是在石库门放哨。1921年7月30日，中共一大会议还在进行之中。当晚，突然有一个穿着灰色长衫的陌生男人从虚掩的后门闯入石库门内的一层房间，在屋内环视了一遍后，边称"找错了地方"，边退出门外。王会悟立即向正在楼上开会的一大代表们报告了此事。

共产国际代表马林建议马上终止会议。大部分代表迅速转移。

上哪儿才是比较安全的呢？"我想到了家乡嘉兴的南湖，游人少，好隐蔽，就建议到南湖去包一个画舫，在湖中开会。李达去与代表们商量，大家同意了这个意见。"王会悟后来在《我为党的"一大"安排会址》一文中这样回忆。

为此，王会悟立即启程，先一步赶到嘉兴。她在城内包租了两间房间，作为代表们的歇脚地，然后又委托这家旅店租了一条游湖的画舫。不日，从上海来的一大代表们陆续来到南湖，在细雨蒙蒙中完成了建党大业。

"王会悟大姐的老家在我们桐乡。为了纪念这位为中国共产党建党大业作出特殊贡献的老乡，我们家乡于2007年在她故乡乌镇西栅灵水居建了一座王会悟纪念馆。今天我们来一大会址，就是来感受一下当年王会悟大姐临危不惧并将一生献给党的事业的勇气和精神的。"

"你们在家乡都是做什么工作的？"对王会悟的这些老乡，我怀有特别的好奇。

她们告诉我，这次来上海瞻仰一大会址的都是由当地妇联组织的工商界女企业家代表。"毛主席说，妇女能顶半边天。我们来向王会悟大姐学习，就是为了在实现中华民族伟大复兴的事业中，也能像她一样，发挥顶起半边天的作用。"

呵，王会悟大姐，你能听到100年后来自你家乡的姐妹们所发出的声音吗？我相信你能听到，因为你和她们在民族和党的面前，血脉永远是相通的、相融的。

与石库门毗邻的"邻居"，是上海有名的时尚之地——"新天地"。

这个与一大会址一墙之隔的时尚世界，每天从上午开始直至深夜，都是年轻人、时尚者、中外游客与上海市民们最喜欢游逛的地方。在这里，既有中国著名的时尚品牌，更有来自全世界的顶级餐饮名店及奢侈品牌专卖店。到过此地的人，都知道"这里最上海"这话。确实，"新天地"是上海红色文化、江南文化和海派文化的交融地、聚集处。

"当时我们承担了这一片社区的保护性重建和开发工作，就把它定位为新的一片与一大会址毗邻的反映中国现代生活方式的地方，因此简称它为'新天地'——'一'加'大'，就是'天'字，我们就这样定义的。""新天地"建设参与者、学者周永平这样向我介绍。

"一大会址的建筑标志就是石库门。20世纪90年代初，我们承担这片社区开发改造任务之后，就把保护和重现石库门元素放在重中之重，对旧石库门的每一块砖、每一根梁全部编了号，再认真精细地进行清洗处理，然后按原样砌筑上去。同时又对周边环境进行了大胆的时尚设计，形成了现在的这种'旧元素、新关系'的上海石库门地段的时尚中心。"周永平讲述了当年他们创造"新天地"的过程。

"在这里,整个街区,就是一个永远敞开和开放的天地,是我们上海人面向所有人的微笑脸庞。"周永平富有诗意地向我介绍。

花岗石铺地的步行街穿行在石库门建筑群中,让老上海人有了怀旧的好去处,而就在这种怀旧中又发现了石库门新的美。"到了石库门旁的'新天地',就等于看到了中国的昨天和今天,也就多少明白了中国共产党当年在此诞生的原因和那一代人心目中的理想生活。今天我们在这里都看到和感受到了。"周永平说,常听来此的"老外"这样感叹道:原来中国共产党的理想和所创造的美好生活,竟然如此打动我们的心弦。

本来就是这样嘛——中国共产党的奋斗目标就是不断满足广大人民群众对美好生活的向往和追求!

在"新天地"的世界里,容纳了数百家各式各样的商家,而你会发现,在这里没有一家的生意不是红红火火的。为何?我问如今负责"新天地"商务圈业务的赵列颖女士,她给出的回答令我深信不疑:因为这里有红色基因,因为这里有最典型的上海品质,因为这里有不断追求时尚和新潮的营商环境,所以人气特别旺,而且随着建党百年日子越来越近和中国共产党领导下的中国发展模式受到全世界的瞩目,"新天地"就像上海和中国的发展势头一样,会更加兴旺。

在熙熙攘攘的"新天地"中心步行街上,我随意走进了一家坐下来可以看见一大会址的西餐厅,向服务员要了一杯美式咖啡,并提出希望与店主"聊几句"。

不一会儿,一位清秀端庄的女士坐在我的对面,笑问:"作家先生,您想知道些什么?"

"想知道你的生意怎么样。"我直截了当地说道。

"这儿的生意没有不火的,只有更火的。"她回答得很艺术。

"为什么?"

"因为在这儿的所有商家与生意,每天都是被新的潮流赶着、追着、涌着,你不火不行啊!"

可不是！我抬头看看四周，人山人海的观光客、购物者和前来就餐的人。"你这家西餐厅开了多长时间？"

"有20多年了吧。"她说，这里早先是一位法国人投资开的，她是应聘来的业务经理。"去年新冠肺炎疫情来临，原来的老板回国时就把店'折'给了我。现在它是属于我的了。"

"这一年多生意如何？受疫情影响大吗？"

"去年二三月份有影响，从四五月份开始就基本全部恢复了。今年春节以来的营业额比2019年同期增加了35%左右。"说到这儿，她的双目开始放光，接着道，"估计到五六月份增长会突破一倍。"

在聊天时，赵列颖女士过来了。从她那儿了解了更多的"新天地"经济形态："其实，我们创造的社区商圈经济模式，对像上海这样的旧城'腾笼换鸟'具有一定的示范意义。'新天地'模式现在已经普及全国各地，从某种意义上说，它既是我们在对文物性建筑群保护开发过程中创造的一种独特而创新的做法，同时又通过合理利用红色文化的优势，来促进和创造出一种新型经济形态，继而带动整个城市经济。"

我知道，区区一块"新天地"，每年却能吸引1500万人次的消费者，它所创造的经济效益非常可观。

"我们得感谢党领导下的城市发展过程中的开放理念，因为有了它，才可能有我们'新天地'。在我们这里经商的人，不管他是中国人还是外籍人，他们中很多人每年都要上一大纪念馆去参观、瞻仰，从当年创建中国共产党的那些人身上，学习和汲取奋斗的精神营养，这似乎已经在这儿成为一种习惯了。"赵列颖深情道。

而此刻，在我的眼前，清晰地映出两行醒目的大字：中国共产党从这里出发，中华民族的伟大复兴将从这儿走向未来。

（原载《人民日报·海外版》2021年4月10日）

吃 瓜

◎梁 衡

不知为什么,现在有一个网络流行语,把看热闹名为"吃瓜",那些看热闹的人就叫"吃瓜群众"。此瓜远非彼瓜,今瓜已非昔瓜,这个瓜已完完全全地变异了。这倒让我想起当年吃真瓜的味道。

八岁以前是在农村度过的,记忆中只有吃西瓜。那时农民以粮为命,土地以粮为本,在商品经济不发达的年代,西瓜不但是调剂生活的奢侈品,亦是一个乡村孩子记忆中的特殊风景。

我们那里种瓜不说"种",叫"押瓜"或"压瓜"。小时只记住这个发音,不知何字。汉字真有魅力,想来这二字都可。押者,未知也,押宝。因为一个瓜在剖开之前是不知好坏的,有点赌的味道。就如现在玉石市场上的赌石。压,也有道理。一是要压瓜秧,二是瓜地里要压砂。这是为了改变局部小气候,利用砂地午晚温差大的特点,瓜日长夜歇,易积累糖分。现在著名品牌宁夏硒砂瓜也是这个道理。西瓜是不可能家家都种的,一般是一个村或附近几村有一个种瓜能手,每年种几亩地供周边食用。而孩子们很会利用大人的爱心,在瓜地里放开肚皮吃瓜,直吃到肚子和瓜一样圆。还有更好的奖励是跟着大人去看瓜。到瓜熟季节,地里就搭一个瓜棚,白天卖瓜,晚上看瓜。要是哪一天晚饭后,有大人突然摸着你的脑袋说:"要不要晚上跟我去看瓜?"那就乐得如现在说要带你去南极旅游。急忙抱起一个小枕头,抢先跑出门外,生怕被母亲抓了回来。瓜棚也是书面语,我们叫"瓜庵子"或者"瓜鞍子"。这也是口口相传,大约两个字都说得通。"庵",是离人群较远的简陋小屋,如尼姑庵;又名"鞍",因为瓜棚只作临时之用,四根木头,两个人字架,形如马鞍。不管"庵"还是"鞍",都很传神。

如你去看瓜,乐趣在瓜外。后半夜躺在瓜棚里,凉风习习,天边银月如钩,田野里虫鸣唧唧。如再有幸看到远处夜行的动物,多半是狐狸,那两盏灯一样的眼睛直瞪着瓜棚,只这一点就足够你回去对小伙伴们吹上半年。有一次我还赶上看十几个大人晚上挑灯夜战在地里掏獾子。不是闰土讲给鲁迅的那种用叉子去叉，而是找见它的窝用水灌。被水灌出来的獾子肥肥胖胖的像一头小猪。大人们高兴地把它捆在一根棍子上抬着，说回去炼獾子油，这是冬天治手脚皱裂的秘制润肤膏。不过乡下还有比这更简单、更高级的润肤品，那便是遍地都有的麻雀屎，涂在手上滑润细腻，绝好的养颜之物。雀屎涂手，这好像不可接受，但是当今上流社会喝的猫屎咖啡不是比这个还过分吗？自然与人真是一团解不开的谜。

我的第二次吃瓜高潮是刚参加工作后不久。大学毕业，在当时"到边疆去"的口号鼓舞下，热血沸腾，就来到内蒙古巴盟，乌兰布和沙漠的边缘。此地别无所长，唯产一种叫"华莱士"的蜜瓜，据说是当年由一个传教士带进来的。金黄色，滚圆，比足球略小一圈，熟透后瓜瓤白中带绿色如翡翠。它不像西瓜那样多汁多水，肉质成果冻状，细腻浓香，闭上眼睛咬一口，还以为是在吃蜂蜜。吃过之后上下唇粘在一起，甜得化不开，要取清水漱口。多年以后，我在埃及遇到一种浓咖啡，喝时也要先准备一杯清水，以漱洗唇齿。瓜的糖分能多到这种境地，实在是匪夷所思。当地气候恶劣，浩浩乎平沙无垠，风起时尘暴蔽日，当面不见人影，白天烈日烤人，晚上又夜凉如水。我一个人背井离乡来到这个沙窝子里，举目无亲，聊以可慰者或给亲友去信时报喜不报忧者，唯有这华莱士瓜。现在早不用这个名字了，而叫河套蜜瓜。当地还产一种三白瓜，大如篮球，白皮白瓤白籽。刚一切开，还以为是生瓜蛋子，但吃时水多汁甜胜过红瓤瓜，却又多了一股如雪梨似的清香，别一种弦外之音。还有一种冬瓜，不是东西的"东"，是冬天的"冬"，如农村土炕上的长条枕头那么大，并不是当菜吃的冬瓜。到晚秋时才收获，但并不着急吃，暂放到房内墙根处或水缸后面不去理它。到了冬腊月时，它早已悄悄化作一包蜜水，用手轻轻拍一下，能看到瓜皮下汁水的流动。这时不能用刀了，要用一个空心草秆吸食。外面飞雪团团，屋内炉火熊熊，盘腿坐在滚烫的热炕上，吃完白水煮羊肉，浑身冒汗，甩掉老羊皮袄，小心捧过一个冬瓜，吸一口凉透肺腑，甜到心底，霎时如身生轻功，耳聪目明。又两年，这里有了生产建设兵团，引进了一种泰国瓜。从形状上看，它彻底颠覆了瓜的概念，不是圆球形，而是一个长棒子，大约有两握之粗，二三尺之长，表皮油光黑亮，里面是暗红色的瓤。到地里摘瓜，不是抱瓜，而是在肩膀上扛一条瓜。吃时要切成一段一段平放桌上，如一块块圆形蛋糕。

其实，忆吃瓜最忆是吃法。现在城里人吃瓜或宴客餐后上的瓜都是切成碎块，以牙签取食，而真正的好瓜瓤沙汁多是经不起牙签一挑的。我们那时在地里吃瓜都是一刀两半，半个瓜端在手里，用勺子挖着吃。我在瓜季下乡时经常在包里揣一把勺子，不为吃饭，而为地头吃瓜。就像是端一个大海碗蹲在老槐树下吃午饭，有一种吃的气势。当地吃什么都是大碗。肉是连骨剁块，煮熟后堆在碗里。有一次我到乌梁素海（当地称湖为海）采访，招待所里吃鱼，竟也是满满的每人一大碗，如冒了尖的粮堆。我以后走遍全国，甚至出国去，这样大碗吃鱼是唯一的一次。北地民风淳厚，可见一斑。

后来还有一次痛快地吃瓜，那已经不是西瓜，而是哈密瓜了。1983年到新疆，在石河子采访时正赶上国庆节，团场招待所的大院里就剩下我们两个北京来的小记者。主人不好意思地说，放假了招待不周，吃好瓜不想家，就往我们的房间里倒了一大麻袋瓜。近半个世纪过去了，天山秋色全不记，唯留瓜香唇齿间。

离开巴盟40年后我回过一次，又吃了一回华莱士，但已全无味道。问起冬瓜、三白瓜、泰国瓜，当地人直摇头，似从未听说过，我倒像是桃花源里出来的人，尽说些远古的话。后来也去过一次新疆，在国宾馆里吃切成小牙的哈密瓜，味同黄瓜。至于在北京，更是吃不到当年的那个味道了，常百思不得其解。人说世界之变如沧桑，一块瓜里也沧桑啊！

后来找到了两个原因。一是今瓜已非昔瓜，食用瓜早成了商品瓜，要产量，追化肥，上农药。二是地头瓜变成了城里瓜。对瓜来说，离地一天，味减一半，暗失美感。原来人与瓜的初恋只能在瓜地里。物理学家玻尔与爱因斯坦争论测不准原理。他说，比如你去测海水的温度，实际上得到的已是海水加温度计的温度，海水的初始温度你是永远测不到的。所以海南人吃椰子，过午不食，只吃上午在树上新摘的。但椰一离树，原味便无，也只能是一个原味的近似值。世间之物瞬息万变，人生许多美好只能有一次，过后便只好保存在记忆里了。于是就想到城里人的可怜，千里之外你还想吃到好瓜？也只配做一个吃瓜群众了。南宋词人蒋捷有一首《虞美人·听雨》，回味人生不同年龄段时听雨的感觉，吃瓜何尝不是这样，遂仿其调填《吃瓜》一阕：

少年吃瓜瓜棚中，枕瓜听虫声；青年吃瓜边塞外，大漠孤烟，味浓伴豪情；而今吃瓜高楼上，淡而无味也；风沙瓜香都无影，侧耳遥闻闹市车马声。

（原载《光明日报》2021年6月11日）

口罩问题

◎江 子

一

在为期四天的福建海洋文化主题采风活动中，来自山西的作家W一直戴着一个特别的口罩。它是黑色的。其次，它看起来特别厚实，我从它的光度和平滑度猜测，它的材质可能采用的是丝光棉加上一定比例的蚕丝，里面可能还加了绒，不然不会那么厚。

还有，它的造型也非普通医用口罩所能比。它不是方形，而是上面带尖，正好包住了鼻子，下面呢有点长，正好全部兜住了下巴。左右的边界带着弧形，包住的是各半边脸。

它看起来不像是一块布，更像是一只吸附在W脸上的某种有辟邪功效的类似蝙蝠、壁虎或龟的动物。W的嘴巴在口罩后面说起话来，口罩就一动一动的，让我觉得，这只动物有了灵魂。

这是十一月下旬。新冠肺炎疫情已经发生快一年了。这么长时间以来，我看到这个世界到处是口罩。所有人的嘴和鼻子被口罩保护，同时也被口罩囚禁。每次去参加集体活动，到处都能看到一片口罩的海洋。

可是我从没有看到过与W戴的同款的口罩。我因此怀疑这是世上独一无二的口罩——它不会是哪个工厂别出心裁的产品，在网店销售，而更可能是W托人设计之物。或者，那就是W自己设计好再找厂家加工出来的。

W是个作家，他写了许多小说、散文，手法细腻生动，跟他胖胖的体型远不相称，在国内引起了不小反响。

W也是个画家。他在宣纸上作画。他最喜欢画虫子。他画的蜻蜓、蝉、苍蝇、蟋蟀，纤毫毕现，栩栩如生，让人感觉它们的腿一直不停地在宣纸上弹动。他告诉我说，他画画比搞文学早多了。他小时候就开始画，入的是名门。

搞文学，那是长大后的事。

W还是个收藏家。他说他有很多古玉。他每次出门都会随身带着一块玉，他说是商代的。

——归根到底，W是个生活家。他过了花甲之年，但他比许多"八〇后""九〇后"的年轻人还潮。他常留着左右铲青、侧分、带刘海的发型，戴蛤蟆形墨镜。几年前，在全国作代会会场，远远看到一个人戴着黑色礼帽、圆形蛤蟆墨镜，敞开着风衣，威风凛凛地走来，不用细看，就知道是W了。

他有些胖，可还爱穿紧身的裤子。有一次在江西抚州，他来参加一个采风活动，正是九月上旬的某天下午，载着采风老师们的车到了某个位于乡村的参观点，所有人都下车了，就W不下，说是车里有空调，外面太热。他怎么啦？太阳都快收了，不算热嘛。后来一看，是他穿的浅绿色牛仔裤又厚又紧身，还小裤脚，根本不散热。难怪不下车。

这样的一个人，怎么可能网购口罩呢？那些网店里展示的外形粗鄙的口罩怎么可能入他眼呢？

他当然也不会戴从药店里买的普通口罩。那不符合他作为生活家的风格。脸是多么大的一块面积，他肯定一点都不想马虎。

——我怀疑他这样的口罩最少有一打。因为我发现，连续几天，他都戴着这款口罩。口罩这种东西是需要经常换的。他一定有若干备份。

W戴着这款口罩开会、参观、上洗手间、参加集体合影、与朋友交流、在不同的地方与朋友合影。除了吃饭，我几乎没看到他摘下来过，即使有时候有人提醒取下口罩（比如集体合影），他也置若罔闻。——我不知道他睡觉的时候戴不戴它。参加采风的每个人住的都是单间，我没有机会了解他这一点。

人们之所以提醒大家取下口罩，是希望照片能有照片的样子。人人戴着口罩，照啥相呢？不久之后，谁是谁根本没法认。可是，这条法则，完全不适用于W。因为这款口罩已经比W还像W。我想不管过了多少年，凡是认识W的人，都可以从照片中指认出W——戴着形状特别的黑色口罩的W。

这样一款口罩，已经是W的气质乃至身体的一部分。口罩本是用于遮蔽和防备，可因为它的主人是W，它就有了更深的意义——它有可能是一个欲盖弥彰的掩体，一件话语的盔甲，一面微型的精神之旗，一面艺术家的招幌。

有没有可能，它还是一片被裁剪的黑夜，一个幽深的绝壁悬崖？

至于这款口罩是否有阻挡病菌的效果，已经是不重要的事了。而且那时，疫情已不太严重。

二

美国总统终于戴上口罩了。这是2021年1月20日美国总统就职仪式上，美国历史上第四十六任总统乔·拜登宣誓就职。他穿着黑色大衣，戴着黑色的布口罩。

这无疑是全世界重要的时刻。它关系到美国未来的走向，同时也会影响世界未来的走向。——拜登当然首要回答如何防控新冠肺炎疫情，这个让全世界都不得安宁的东西。

美国疫情太糟糕了，据美国约翰斯·霍普金斯大学发布的全球新冠肺炎数据实时统计系统报告，截至美国东部时间2021年1月19日晚6时，全美新冠肺炎共确诊24216856例，死亡401174例；仅在过去二十四小时，美国就新增确诊171831例，新增死亡2521例。

控制疫情的第一要务是戴口罩，可美国前总统特朗普是戴口罩坚决的反对者。他开会不戴，出去视察不戴，在电视里乃至在众多人的集会上发表演讲也不戴。2020年5月21日，特朗普在密歇根州福特工厂视察时，面对密歇根州官员和福特公司的要求依然我行我素拒不戴口罩。当记者问他何以不戴口罩，他分辩说，自己在镜头外是有戴口罩的，但他不想让媒体看到他戴口罩。他说："我不想让媒体看到我戴口罩而感到快乐。"对他来说，那是示弱，而他自认为是一个不屈服的男人。

他视口罩为侵犯，为亵渎。有媒体报道说，特朗普视戴口罩为不够男人的表现。"几乎就像戴上口罩会削弱一个人的男子气概一样。对他来说，口罩是软弱的标志。"美国最高级别传染病专家福奇如此评价他们的总统。

特朗普不仅自己不戴口罩，他还否决美国联邦卫生与公共服务部提出的向每个住宅寄送口罩的建议，理由包括"这样做会引发不必要的社会恐慌"，以及"会引发口罩抢购，加剧'脆弱和关键部门'医用口罩的缺乏"。

在特朗普的影响下，他的团队曾竭力在一切可以"控制气场"的场合，将戴口罩视作"政治不正确"。

在与拜登竞选第四十六任总统时，特朗普还屡屡讽刺公共场合无时无刻不戴着口罩的拜登——他给拜登取了一个外号，叫"口罩乔"。

——特朗普并非没有在公共场合戴过口罩。那是他被确诊感染上了新冠肺炎的时候。三天后，宣称已经痊愈的他戴着口罩从医院返回白宫，对着镜头摘下了口罩——他的动作幅度不小，感觉不像是摘而是奋力撕扯，表情充满了仇恨与不屑，好像是刚刚打败了一个他视为眼中钉的敌人。他戴口罩的目的，不过是为了当众摘下它。

特朗普最终败选。

特朗普的对手拜登比他还大四岁，七十八岁，可能是美国历史上最老的总统竞选者。而且，拜登给人的印象过于刻板，是个并不怎么讨人喜欢的老政客，可是，他赢了。

——由于疫情，口罩参与了选举，并且成了胜负的决定因素之一。我疑心不是拜登而是口罩赢得了大选，美国真正的第四十六任总统是口罩。

总统就职仪式上我看到各种各样的口罩。它们的名字分别叫前总统奥巴马、克林顿和小布什、副总统卡玛拉·哈里斯、即将卸任的副总统彭斯。还有现场的一千多个不知名的口罩。那个叫拜登的口罩，是一个黑色的布口罩。它看起来凝重、深沉，既有对以往因染上新冠肺炎死去的人们的哀悼，又暗示了对抗击新冠肺炎疫情的决心。而它的妻子，是一个叫吉尔·拜登的海蓝色丝质口罩——它自信、温婉而华丽，仿佛一片刚刚裁剪下来的、微型的、蕴含着无限生机的、波光粼粼的海洋。据说吉尔·拜登的这款口罩是由一个叫亚历山大·奥尼尔的美国设计师设计的。总统就职仪式从来都是美国时尚界的战场，小小口罩，自然也成了时尚的领地。

就职仪式后，拜登签署的一系列命令中，就包括了必须戴口罩的百日强制令——一个以口罩胜选总统的国家，其政务当然应该从口罩开始展开。

三

老家县城父母家对面邻居家的孩子出事儿了。事儿说起来还不算小。

我的父亲母亲住在老家县城老城区一套我和我弟弟凑钱买的二手房里。房子过去是某单位集资建起来的职工宿舍，住的都是同一个单位的人。可是后来就乱了。不少人因为调动或改善住房条件把房子卖掉，各种不同身份的人住了进来。当然，除了部分依然留守的原单位职工，进城安家的农民，大多数是我父母这样的老人。毕竟，这里离闹市区近，对于腿脚不利索的老人来说，是最好不过的事。

我父母的房子对面是与我们同乡的一对刚刚到花甲之年的夫妇。看他们的穿着，就知道跟我父母一样是进城的农民。男的经常不在家，说是在乡下伺候一个小农场，女的呢，每天都推着一辆小板车出门卖水果。冬天卖橘子、脐橙，夏天卖西瓜。

她的儿子不在家，说是在广东打工。"九〇后"的媳妇带着不到两岁的孩子暂时与他们生活在一起。丈夫不在家，她带着孩子跟公公婆婆住一起，相互就有个照应。

那是个聪明孩子。我每次回县城看父母，总能看到他要么在几个比他大的女孩陪伴下手抓着楼梯的铁栏杆爬上爬下，两条小腿一蹬一蹬的特有劲儿，要么在院子里与其他的孩子们一起追追打打。

他咿呀学语。嘴巴里经常嘟嘟囔囔的，天知道他在说些啥。可就这么咿咿呀呀的，他与院子里比他大得多的孩子们有了难得的默契。他得到了几乎所有人的喜欢。

他懂礼貌，看到谁都叫。跟他爷爷奶奶一样大的，他叫爷爷奶奶。我这般比他爷爷奶奶小一些的，他叫大伯伯母。一起玩的小男孩小女孩，他叫哥哥姐姐。天知道他是怎么区分出这些人的。他肯定有一套自己的逻辑。

不到两岁，可已经会不少了。比如，到汽车屁股后面找到车牌，认上面的号码，听到音乐跳舞，还有学各种动物叫，等等。真是个聪明孩子！

每次回去，就经常看到一群老头老太围成了一个圈。不到两岁的他站在中间,卖力地跳舞,跺脚,扭着身子。大伙儿夸赞着他,他跳得更起劲了!他可真是这个院子里的小明星!

可是前不久他病了。他患了病毒性感冒,高烧,咳嗽,流鼻涕,一张小脸因灼烫呈紫色。奶奶和妈妈赶紧带他去医院治疗。

这是2021年1月。千里之外的河北石家庄又因大规模聚集暴发新冠肺炎疫情。每天几十例几十例地往上增,大有另一个武汉的架势,其他省市也发现零星感染者,全国的气氛陡然紧张了起来。几乎所有公共场合,又一次把戴口罩当作了入场的必须要求。

他的奶奶和妈妈出门时都戴上了口罩。想着去年新冠肺炎疫情肆虐时他们给他也买了一包口罩,还剩那么几个,就找出来给他戴了一个。

接下来的几天他们都戴着口罩出行,看医生,打点滴。不多久他的病好了。他的奶奶和妈妈以为事情已经翻篇,可是意想不到的情况出现了。

——他已经习惯了戴口罩。或者说,他已经视出门戴口罩为必需。每次出门,他都要求戴口罩。没有口罩,他坚决不出门。

她们试着不给他戴口罩,强行抱他出门。他不到两岁,这事儿可不能惯着他。可是不行呀。意识到大人的意图,他使劲蹬腿,用手撕扯大人们的头发,用的是他最大的力气。他哭,那个撕心裂肺呀,让人感觉遭了天大的难,满脸都是泪水。

可只要给他戴上口罩,他的脸立马雨转晴。泪水依然挂在眼角,可是表情立即有了这个年龄不该有的凛然。

事情怎么成了这个样子?他这么小,还只是个自然意义上的人,怎么会这么在乎脸上戴没戴口罩?它对他怎么就有如此的魔力?这片小小的布,对他到底意味着什么?

他的奶奶和妈妈只好惯着他。他是个孩子,每天都必须出门玩儿,不然对身心健康不利。每次出门,她们只好都给他戴上口罩。好在他只要戴着出了门,对戴口罩与否的戒备心就会逐渐减弱下来。中途给他摘下口罩,他也不反对,或者毫不在意。这样一来,一个口罩,就可以多戴两天。

可是几天之后,那一包十个装的口罩快没了。她们想再买上几包。她们认为,反正不贵,孩子喜欢戴口罩不是坏事。可是她们跑遍了整个县城的药店,乃至四十里外的市区药店,这么小的孩子的口罩,再也买不到一个了。

那其实是一种特殊尺寸的口罩。它不同于普通的儿童装,它只有大人口罩的一半那么大。不知什么原因,它在市场的普及率太低了。低到新冠疫情之后,全城都找不到。

网上应该有的。可是,孩子的脸太娇嫩,网上的货物来路不明,她们怎么敢在网上买材质和成分都不明不白的口罩给他戴呢?

她们想到了在省城工作的我,就托我父亲母亲打我电话。电话里,是孩子奶奶急切的声音:一定要帮忙,看省城药店里有没有。他怎么就成了这个样子?我们一点办法也没有……是那种大人一半那么大的,找到了就立马快递给我!

四

朋友A在我所在的市某机关当处长。他每天要坐地铁或公交上下班。这都需要戴口罩。他每天进入机关办公大楼,门卫都要检查是否戴口罩。他还经常出差,坐火车或飞机。他需要戴口罩的场合就更多了。

如此一来,A的生活就被口罩包围、占据(我们又何尝不是如此)。他的上衣、裤子口袋和随身携带的公文包里都放着口罩。每次洗衣服,他从口袋里总能掏出不少的口罩:还没拆开的口罩、戴过一两次的口罩、不记得戴过几次的口罩;揉成一团的口罩、整齐折叠的口罩;白色的口罩、蓝色的口罩;普通医用口罩,像猪嘴一样的N95口罩……

可是即使如此处处设防,A还是不免有忘戴口罩的时候。他会被人堵在入口。他经常在入口附近遍寻有口罩出售的超市、药店却不得。他会因此迟到重要会议。他因此让领导不高兴,让同事不满意……

焦虑呀,出门时,他总是担心自己没有戴口罩。下班了,他会发现自己竟然过了很久都忘了摘口罩。

焦虑呀,某个会议结束后,他突然发现只有他一个人自始至终戴着口罩。有一次,他去酒店参加饭局,夹了菜准备往嘴里送的时候,发现口罩还在自己嘴上……

终于有一天,他做了一个关于口罩的梦。他告诉我梦的情境:

我出门,发现我脸上自动有了一个口罩。奇怪呢,我明明没有往脸上戴口罩。这口罩是怎么戴上去的?

但是口罩的触感特别好。我呼吸顺畅,脸不仅没有任何被摩擦的感觉,还显得格外熨帖。我就没多想,戴着就上班了。

我一路顺利地穿过了地铁站,单位办公大楼入口,来到了办公室,开始了一天的工作。我烧好水,泡好茶,准备美美地喝上几口。结果我发现,口罩很难扯下来。不是两边的绑带问题,它们很轻易地就解开了,而是口罩的罩面,紧紧地跟脸合为了一体,完全没有缝隙。

我着急了,我大叫。我的声音明明大得很,可是没有任何人过来帮忙。我的同事们在办公室门口走来走去,他们竟然没有听到我的声音。

我不知道出了什么事。我使劲扯着我的鼻子、嘴唇……我的脸上顿时鲜血淋淋。

口罩终于掉了下来。我不知道是我的撕扯还是它自动脱落的。我已经渴得很了。我想赶紧地喝口水。可我发现,我的嘴没有了。原本长着嘴的地方,现在完全闭合,摸着光溜溜的,只有几根没刮干净的胡须还在。

我吓坏了,我要工作,没有嘴,我该怎么说话?我要生活,没有嘴,我该怎么吃饭喝水?不能吃饭喝水,要不了多久,我就会死的。

我下意识地叫喊,可是,我嘴都没了,用什么喊呢?

我使劲用鼻子吸着气。我完全绝望了。我使劲哭。我的汗爆出来,全身都湿透了。

这时候我醒了。我的眼角全是泪水。我赶紧摸摸我的嘴,发现还在。胡须扎着手。原来是一场梦。

太吓人了……

五

父亲病了。因为感冒诱发了颈椎病,整天头晕,呕吐,出汗,吃不下东西。医生说，是变了形的颈椎压迫了血管，造成脑部缺氧所致。

这是父亲的老毛病。他是个篾匠，长期勾着头工作，颈椎自然就不好了。一感冒，症状就全出来了。以前都是由他熟悉的一个私人诊所治疗，治疗方式无非是打点滴，通过药物驱寒，扩充被错位的颈椎压迫的血管。可这次都一个多月了，还不见好。父亲瘦得厉害。

给我的发小，也是县人民医院的医生李头喜打电话，李头喜说，你去找老院李昌龙主任，我已经给他交代了，他是内科专家，会悉心治疗。

——所谓老院，是对应着新院说的。几年前，县人民医院搬迁到城南，离老城区有四五公里远。为了方便老城区的老年患者，原来的医院就还保留了门诊部分设施和医护人员。李头喜说的李昌龙，就是老院的负责人。

带着父亲到老院，与李昌龙主任接洽了。然后是检查、开药，去输液室打点滴。输液室里的患者，当然大多是因天寒诱发疾病的心脑血管疾病的老年患者。

我就是这时候遇见它的。我说的是一个口罩。可能是嫌输液室人太多空气不好，它站在输液室的门口。有一根输液管挂在输液室进门处的立杆上。

那是一个普通的一次性医用口罩。从新冠肺炎疫情开始时，我们早就熟悉它了。闭着眼睛，我们都能知道它标准的样子：方形，外层一般呈蓝色，里层是白色的。口罩外层有三折，戴上后上下拉开，正好可以包住鼻子及其以下的半张脸。口罩的最上方，绒布包裹着一根金属条，可以稳稳地夹住鼻子，挡住病毒的侵入。

可是现在，它已经远离了本来的样子。

它依然呈蓝色，可蓝得已经模糊，好像经过了很多次摩擦，已经严重褪了色。同时，在它的表面，还有许多远非口罩绒布本来的颜色。那是些疑似煤的深黑，疑似油渍的乌黑，疑似尘土的黄。

布面已经不平整了。皱得完全不成样子，布满了横七竖八的不规则纹路。那些原本藏在布里的绒毛，纷纷挣扎着跑出来，拉成丝，结成球。整个布面，像是某个经过激烈的战斗后的战场，一个硝烟弥漫、尸体横陈与异味蒸腾的沮丧战场。绒布的右上角已经破损，金属条裸露了出来，歪歪扭扭的样子，仿佛战场上阵亡的战士依然挣扎着高高举起的手臂。

它已经完全没有崭新时的紧致。它松松垮垮地挂在脸上，鼻子完全裸露在外面，露出了很长的、花白相间的鼻毛。左右两边，能从口罩缝隙中看到脸颊上一根一根的胡子。

我怀疑它已经用过很久了。它应该出入过住宅小区、超市、药店、菜市场、车站。它可能不止一次掉在了地上，与油渍、灰尘混迹过，被煤灰欺负过，被脚踩过，又被拾了起来，揉搓着装进了口袋。需要了，就从口袋里掏出来匆匆挂在脸上。

它一定有着复杂难言的气味：经年的菜汤的气味，酒肉的气味，老年人的口气味儿，疾病的气息……

它应该是孤独的。它不是某个团队中的一个，像很多讲究的人家准备的那样。它是唯一，没有备用，没有替换，没有战友。

——天知道这个口罩经过了怎样的磨难。

它是历经千辛万苦去往西天取经的玄奘，受难的佛陀，伪装的神祇，还是无家可归的流浪汉，无所顾忌的混世魔王？

它的主人是一个老人。他戴着一顶廉价的老年帽，上衣是一件一看就知道很粗劣的羽绒服。羽绒服大概穿了很多年，看起来很久没洗了，很油腻的样子，一双黑色的旧皮鞋，灰尘吃进了皮里。

老人不看谁，也不跟谁打招呼。没有人在他旁边，就像我在我父亲旁边那样。可以判断，他是一个人来的，等下输完了液，他也会一个人回去。

他是谁？他患的是啥病？他怎么戴这么破旧的一个口罩？这个口罩，陪伴他有多久了？

这是2021年初。有的省份又有了零星新冠肺炎病例。河北石家庄的病例更是每天以两位数上涨。医院这样的地方，无疑是防疫的重点。我和父亲，所有的人，进医院都要戴口罩、测体温。

这就给人出行带来了一点不便。测体温倒没什么，用测温枪照一下又不会少块肉，可是口罩是要花钱买的，也就是说，要增加人的生活成本。

又不想增加成本，又希望能应对检查，也就有了这样一个口罩。

这个口罩，有什么用呢？它太老，太破旧，太不体面。它早已经失去了防护的作用。说它有毒都有可能。

可话又说回来，它难道不是一个口罩？它难道不能成为各种公共场所的通行证？有哪条法律规定这样的口罩没有出入各种公共场所的资格？守在医院门口的医务人员，能限制这样的一个口罩进入吗？

不由地，我对这样一个口罩，投去了敬重的一瞥。

（原载《天涯》2021年第4期）

远路上的新疆饭

◎ 刘亮程

有一年,我们开车去阿勒泰,从天山脚下的乌鲁木齐出发,穿过茫茫准噶尔盆地,往天边隐约的阿尔泰山行进。原打算在黄沙梁吃午饭,那里的路边有几家卖拌面和大盘鸡的野店。所谓野店,就是前后不着村,饭馆的矮房子淹没在路边野草中,四周是沙梁起伏的荒漠。那时这条穿越荒野的道路旁人烟少,饭馆更少,南来北往的人,行到这里早都饿了,都会停车吃饭。我们却没饿,行车到半中午时,见路边一片瓜地,便沿便道开车到瓜地边,想买个西瓜解渴。一地西瓜明晃晃熟在地里,却找不到看瓜人,没办法买,只好自己摘了吃,吃饱了在瓜皮下压了一块钱,算是付费。这顿西瓜把我们的午饭耽搁了,到黄沙梁的野店时,都饱着,就说再往前赶,结果一直赶到了黄昏,车里人饥肠辘辘,这时候的大漠落日,就像挂在天边永远吃不到嘴的圆馕。司机说,这段路上再不会有饭馆,也不会有西瓜地。我们穿过沙漠腹地已经到了更加干旱荒凉的阿尔泰山前戈壁。

这时,荒无人烟的路边突然冒出一间矮土房子,土墙上歪歪扭扭写着"沙湾大盘鸡"。赶紧刹车拐进去,车停在院子里。所谓院子,就是土屋前一小片修整平坦的戈壁,和屋旁辽阔起伏的戈壁滩连在一起。店里只一张桌子,七八个板凳。女店主的表情也跟戈壁滩一样漠然,不冷不热地说一句"你来了",那语气像认得你。你似乎也觉得认识她,只是记不起来。她提着大茶壶,给每人倒一碗茶,那茶仿佛泡了一天,跟外面的黄昏一般浓酽。

忐忑地要了一个大盘鸡,问多久炒好。说快得很,一阵阵。果然喝几碗茶工夫,做好的大盘鸡端上来了,那盘子占了大半个桌子,鸡块、土豆块、辣子满满堆了一大盘。四双筷子齐刷刷伸过去,没人说一句话,嘴全忙着啃鸡,忙着吃里面的皮带面。太阳什么时候落山的都不知道,小店里渐渐暗下来时,我们才从贪吃中抬起头来,彼此看看,谁学着女店主的腔冷冷地说了句"你来了",大家都笑起来。我全忘了坐在一桌的人是谁,我们因什么事踏上了去阿勒泰的这趟旅行，只记得吃着大盘鸡的瞬间。我侧脸看着窗外荒天野地里的通红晚霞，地平线清晰地勾勒出大地的边沿，那是我在千里之外的小县城，时常看见的天边，我们开车跑了一整天，她还是那么远，仿佛比我在别处看见的更远。那一刻，一顿荒远的晚饭，就这样长久地留在了回味里。

多年后再走那条路，有意把时间磨到黄昏，想再坐在那小店的窗边，吃着大盘鸡看荒野落日，想再听那恍惚的一句"你来了"。沿路经过一个又一个路边饭店，一直把天走黑，那土房子再找不见。

大盘鸡是我家乡沙湾发明的一道大菜，说是菜，其实也是饭。新疆饮食大多饭菜不分，拌面、抓饭、手抓肉都是饭里有菜，菜饭合一。大盘鸡也一样，主菜鸡，配料辣子、洋芋、葱姜蒜，外加特制皮带面，搅拌在一起，结实耐饿，适合在路途中吃，也方便在偏远路边店炒制，剁一只鸡，配一把辣皮子，一只铁锅便能炒制出来。

大盘鸡发明那些年，我在沙湾城郊乡农机站当管理员，常被拖拉机驾驶员拽去吃大盘鸡，那些跑远路的司机，吃遍天山南北，还是觉得大盘鸡好吃。好在哪儿，可能就是盘子大，可以放开吃。不像那些小碟子小碗的吃法，都不好意思下筷子。那时大小酒桌上的主菜都是大盘鸡。一大盘子鸡肉摆在面前，红辣皮子青辣椒，白葱绿芹黄土豆，满满当当堆一盘，能让人胃口大开，平添大吃大喝的豪气来。

沙湾大盘鸡在二十世纪九十年代沿公路传到全疆各地。

到现在，好吃的大盘鸡都在路上。后来大盘鸡传到城郊僻街陋巷，生意依旧红火。城里人纷纷开车来吃，城郊乱糟糟的环境能和大盘鸡相匹配。再后来大盘鸡进了城，乌鲁木齐繁华区开过许多大盘鸡店，没多久都倒闭了。不是城市厨师手艺不好，大盘鸡本是一道乡间野路子大菜，在乡村饭馆和路边的简陋餐桌上，它一盘独大，其他菜都围着它转。到了城里的大餐桌上，七碟子八碗，大盘鸡失去了霸主位置，自然就寡味了。

有几年我们在和丰做工程，常走呼克公路，早晨从乌鲁木齐出发，到黄沙梁那一片刚好中午，在路边沙包下的饭馆吃大盘鸡。那几家店我们轮换着吃过，味道都差不多，好不到哪里，只是那个环境，太适合吃大盘鸡了，屋外摆着永远擦不干净也支不稳当的圆桌,除了路,四周是沙漠荒野。有时刮起风,空气中呼呼啦啦地响,一阵沙尘草叶扬过来,大盘里的鸡肉也随之味道丰富起来。

我有一个亲戚,就在黄沙梁北边的沙漠里,开荒种了几千亩地,说了几次让我去他的农场玩。一次我路过黄沙梁,突然想去看看这个当地主的亲戚,手机打不通,没信号,便驱车往沙漠里开,在岔路纵横的荒漠中凭感觉行驶了三个小时,最终盯着远远的一缕炊烟来到亲戚家的农场。那缕冒着炊烟的矮房子,坐落在一眼望不到边的棉花地边,女主人正在做午饭,见我来了,赶紧让小儿子骑摩托车去喊他父亲。

不一会儿,带着一身农药味的男主人回来了,说在开机子打农药。我说:"耽误你干活了。"亲戚说:"让虫子多活半天吧,没事。"说着扭头盼咐女人剁鸡,只听房后一阵鸡叫和扑腾声。又过了一阵子,一大盘鸡便做好端上来。男主人从床底下摸出两瓶沙湾苦瓜酒,我们边吃边喝边聊着棉花收成的事,五个男人,一会儿就把一瓶子酒喝光,第二瓶喝到一半时,主人喊小儿子去买酒,我说喝好了,还要赶路呢。小儿子不听我的,一脚油门儿,摩托车扬尘远去。那半瓶酒喝完时,太阳已经西斜到棉花地里。

主人看着空了的瓶子,不好意思地说酒很快买来了。我说不能再喝了,还要赶路。男主人说,你来了就不要想走。我说真的有事要走。主人说,你要再说走,我就开挖掘机去把路挖断。

天色黄昏时,听见摩托车声,小儿子抱来一箱子苦瓜酒。我问去哪儿买的酒,说公路边的小商店,来回一百多公里。我们等了三四个小时,先前喝上头的酒劲都过去了,主人又盼咐剁鸡炒菜重新喝。我看天色已晚,哪儿都去不了了,只好任凭主人安排。第二轮酒是在月亮底下喝开的,酒桌摆在沙地上,白天的闷热过去了,凉风从西边徐徐吹来,月光下轮廓清晰的沙丘像在晃动,月亮也在天上晃动。不知何时,同来的三个人早已躺在沙地上睡着了,司机也在敞开的车门里呼呼大睡,剩下我和亲戚举杯对饮。

荒漠之中,明月之下,两个喝高了的人,嗓音高低不平地说着明早肯定会忘记的滔滔大话,那话随月亮升高,又随沙丘起落。

我就在那时听见屋后面的鸡叫,先是一只,接着三只五只,远远地,沙漠那边的鸡叫也传过来。我看着盘子里剩了一大半的鸡肉，突然嗓子发痒，我从自己一个接一个的打嗝声里，也听见了鸡叫。

在新疆，最方便在野外吃的还有手抓羊肉，一锅水，一只羊，煮熟了吃，做起来比大盘鸡还简单。

一次我们到伊犁军马场去游玩，中午约在山谷里一户哈萨克族牧民毡房吃煮羊肉。到了毡房，牧民说羊去后山吃草了，主人骑马去驮羊，结果一去半天。到太阳西斜，羊驮来了。招待我们的人说，羊远得很，山路也不好走。我们看着主人宰羊、剥皮，肉放进石头支起的大铁锅里，松树枝在炉膛慢慢烧着，我们耐心地等。

跟我们一起等待的还有盘旋天空的一群老鹰，鹰早在牧民马背驮羊下山时就盯上了，一直追踪到毡房前，看着羊被宰了，煮进锅里，它们等着吃骨头。几只牧羊犬也等着吃骨头。还有远近草原上的牧民，他们看着天空盘旋的老鹰，就知道鹰翅膀下面的毡房煮羊肉了，一匹匹的马儿，驮着主人朝着这边溜达过来。

羊肉煮熟端上来时天已经黑了，堆成小山的一盘肉里，仿佛已经煮入了牧民上山驮羊的时间、羊在山上吃草的时间、鹰在天空盘旋的时间，以及我们饥饿等待的时间。

那一餐，我们一直吃到半夜，肉吃了一块又一块，每人面前都堆了一堆羊骨头。酒也喝掉一瓶又一瓶，都没有醉的意思。仿佛我们等了大半天的饥饿，要用大半夜才能吃喝回来。

我的朋友刘湘晨说过他最难忘的一顿饭。

那年他在塔什库尔干拍纪录片，要下山买摄像机电池，站在村口等车，等到快中午，路上连个车影子都没有。就在这时，山坡上说说笑笑来了五个姑娘，在路边的平地上支起帐篷，用石头垒起一个炉灶，放上铁锅，便开始架火烧饭。我的朋友不知道姑娘们给谁做饭，也不便过去问，就老老实实坐在路边等。等得快睡着了，过来一个姑娘喊他，让过去吃饭。姑娘说："我们在村里看见你在这里等车，今天不一定会过来车，明天后天也不一定有车过来，我们给你搭了帐篷，做了饭，你住下慢慢等。"

我的朋友常年在塔什库尔干拍片子，住在当地的塔吉克族人家，早已领略了塔吉克族人的热情好客。但这样的奇遇还是第一次。他感激地吃完姑娘们做的清炖羊肉，正打算在帐篷里住下，远远看见一辆运货的卡车开来。他多么不希望这辆车过来，最好明天后天也不要有车来，他就一直住在路边的帐篷里，每天看着五个姑娘在石头垒的炉灶上给他做饭，晚上躺在帐篷里，望着高原上的星星和月亮，做着美梦，等一辆永远不希望它过来的车。

他可能是塔什库尔干最幸福的路人了。

同样的幸福经历我也遇到过。

那次我们驾车去和布克赛尔蒙古族自治县牛石头草原探路，那是一处远离县城的高山湿地夏牧场，没有正规道路，汽车走的都是羊道，羊群踩出的道大坑小坑，要把车颠散架似的。一百多公里的路，走了四个多小时。大中午时，一行人进到一户牧民毡房，男人放羊去了。我们给女主人说，能否给做点吃的，我们付钱。

女主人热情地招呼我们上炕坐下，很麻利地铺上一块白色单子，把烤馕和小油饼放在上面，沏上烧好的奶茶，让我们品尝。然后，女主人架着外面的炉子，开始煮风干牛肉。

那顿肉我们吃得很仔细，肉被风吹干，再煮熟，还是干硬的，只有小块地咀嚼，肉里有风的悠长干燥，有草从青长到黄的香，有石头的咸，有松枝烧柴的火气。一大盘子牛肉，细嚼慢咽地全吃光了。

临走时问主人需要多少钱。

"不要钱。"蒙古族阿妈说。

同行的朋友掏出五百元钱硬塞给阿妈。阿妈拗不过，就收下了。然后，她俏皮地笑着，一人一张把五百元钱塞给了我们一行五人。

像是塞给她的五个孩子。

那年我和一位作家在维吾尔族朋友陪同下，到库车县塔里木乡采风。爱说笑话的乡会计开一辆没刹车的破桑塔纳，拉着我们在渠沟纵横的胡杨林里穿行。矮胖敦实的维吾尔族乡书记坐前面，我们同行三人挤在后排。会计用半生不熟的汉语说："你们不要担心我的车没刹车，刹车多得很，胡杨树、沙包、渠沟都是刹车。"确实这样，对面过来一辆拖拉机，眼看撞上了，会计一打方向盘，直接撞在路边沙包上，把车刹住了。

晚饭安排在塔里木河边一户农民家，两间房子，孤孤地坐在胡杨林里。我们进屋脱鞋上炕，炕桌上摆着馕和葡萄干，乡书记让我们坐上席，他和会计坐对面。我们喝着奶茶吃着馕，会计打开自己带来的几包油炸大豆和花生米，乡书记从身后摸出一瓶酒，打开自己倒一杯喝了，又倒一杯给我。维吾尔族喝酒是一个杯子轮流转，转一圈，酒瓶子交给我，我先倒一杯自己喝了，再倒一杯给乡书记，就这样一圈圈地转，几包花生米都吃完了，天上星星出来了，我以为就这样一直喝下去了，突然房门打开，主人端着一大盘煮熟的羊肉进来，接着提来水壶，挨个给我们浇水净手。乡书记说，刚宰的羊。书记带我们双手捧起做了祈祷。然后，他从腰上的刀鞘里抽出一把刀子，刃朝自己，刀把递给我。我在盘子中间最大的那块肉上割一块自己吃了，又割一块给乡书记，然后刀子递给会计，他麻利地把肉削成小块递给我们，自己也不时塞一块肉在嘴里。

肉吃好已经是半夜了，我以为该开着没刹车的桑塔纳回乡上睡觉了。可是，乡书记又摸出一瓶酒，说刚才是白喝，没有菜，现在菜来了，正式喝。

这场酒从半夜开始，往深夜里喝。与我同行的作家喝几杯说醉了，一歪身躺炕上睡着了。我们在他的鼾声里一杯杯地喝，他睡一觉突然坐起来，说该走了吧。乡书记见他醒了，拉住硬给他灌一杯酒，他又倒身睡过去。我们就在他睡睡醒醒间，喝了一瓶又一瓶。中间有一阵子，我有点迷糊，喝了几杯又醒过来。醒过来我突然开始说维吾尔族语，他们都惊奇地看着我，这个前半夜不会说半句维吾尔族语的汉族人，后半夜张口就是维吾尔族语。我用维吾尔族语跟他们说笑，给他们敬酒，他们都能听懂我说什么，我也知道我在说什么。似乎我几十年来听到耳朵里的维吾尔族语都被酒激活，涌到了舌头根上。

喝到东方泛白，我出去方便，看见房后胡杨树林下隐隐约约的水光，一大片，我沿林间小路走过去，宽阔的塔里木河出现在眼前。整整一夜，我们就在塔里木河沉静的涛声里喝着酒，却浑然不知。

我从河边回来时，听见了鸡叫。天渐渐亮起来，从水流中能看见亮起来的天色，胡杨树梢上的叶子也有了亮光。我回到屋里，见他们已经横七竖八躺了一炕，全睡着了，打着呼。那个使劲劝我喝酒的乡会计，还说了两句维吾尔族语的梦话，听不清。男主人打着哈欠进来，低声对我说了句话，我听不懂，想回一句，嘴张开，说了半夜的维吾尔族语竟半句都找不见。我不好意思地对他笑笑，然后，挤到炕角上和他们一起睡着了。

好多年前，我和回族画家张永和在老奇台镇采风，中午坐在路边小饭馆门前吃拌面。过来三辆马车，车上堆着空麻袋，显然刚卖了麦子。赶车人把马拴在门口的杨树上，一伙人吵吵嚷嚷在门口的大桌子边坐下，我以为他们要大喝一场，粮卖了，人人口袋里装着钱。

可是，他们什么都没要。

其中一个人往里面高喊："老板，来碗面汤，馍馍自带。"

他们从随身布袋里拿出馍馍，每人拿出的都不一样，有白面的、苞谷面的，有花卷，有馒头，摆在桌子上。老板从后堂抱来一摞子大瓷碗，一人跟前摆一个，拿大水勺挨个地加满冒热气的面汤。

"谢谢啦，老板。"其中一个说。

"喝完了再加。"老板说。

他们用面汤泡馍馍很快吃完了，我和永和吃过拌面，喝着面汤看他们赶马车上路。

问老板他们咋喝个面汤就走了。老板说，今年天灾，粮食收得少，农民都舍不得吃拌面，就要一碗面汤对付了。

"不过，他们收成好的时候会过来好好吃一顿。"老板又说。

面汤是新疆最暖人的汤，不要钱。吃完拌面，最舒服的就是喝碗面汤了，汤里全是面的味道，略咸，喝一口下去，面汤烫烫地穿过刚入胃的拉面，那些香味又被勾回来。

有一个笑话，店小二给老板说："一食客吃完拌面没付钱走了。"老板问："喝面汤没？"小二说："没喝。"老板说："那就没事。"过了会儿，果然食客急匆匆回来，让老板上碗面汤。

我在沙湾金沟河乡农机站工作那两年，每天中午到乌伊公路边的饭馆吃拌面。一次，一位种棉花的农民坐在对面，和我一样要了拌面，菜和面端上来时，他先把一小半菜拌在面里，很快吃完，喊一声"老板，加面"。剩下的菜分一半到新加的面里，吃完再喊一声"老板加面"，待面上来，把其余的菜全拌进去，菜盘子拿面抹干净，呼噜呼噜吃了，又喊一声"老板，面汤"。

我被他的吃法感染，也喊了声"老板，加面"，面加了却没吃完。

听老板说，附近种地的农民，天刚亮就下地，中午没工夫回家做饭，就到饭馆结结实实吃一顿拌面，然后干到天黑才回家。那一份拌面，要把上半天耗尽的力气补回来，还要撑到天黑。出那么大劲，加几份面都不够的。

路边饭馆的常客多是跑长途的司机，这顿吃了，下顿在千里之外。拌面是最能扛饿的，饭量大的加两三份面，再喝一两碗面汤，弓腰进来，挺着肚子出去。吃拌面的人，吃到加面才是最香的，加面不要钱，最后那碗面汤也不要钱。这是新疆饭的厚道，管吃饱喝好。

进到新疆的大小饭馆，主人先倒一碗烫茶，再问你吃啥。茶水也是免费的。一个不产茶的地方，竟然免费给客人喝茶。

那几年我常坐在路边饭馆喝茶，道路坑坑洼洼，汽车远去后，扬起的尘土缓缓落下来，像岁月一样，落在身上头上，我不管不顾地坐着。那时我年轻迷茫，看着远去的汽车会莫名伤感，仿佛什么被带走了，让我变得空空荡荡，又满眼惆怅。

多少年后我还喜欢在路边的小饭店吃饭，望着往来车辆，想找到年轻时的那份忧伤。我二十多岁时，在尘土飞扬的路边，想望见四十岁、五十岁的自己，到底走到了哪里。如今我年近六十岁，知道已走在人生的远路上，此时回头，看见二十岁的自己还在那里，我在他远远的注视里，没有迷路，没有走失。

（原载《江南》2021年第4期）

成千上万种春天

◎范晓波

四季轮回、春去春又还的概念如此深入人心，以至于像我这么热爱春天的人都被它误导了很多年。三十岁后，我才渐渐警觉，这个貌似真理的陈述其实笼统而粗糙，就如同你打电话问小区保安你女儿是否放学回家了，他自信地回答：看见有人类回小区。

你以为今年的春天是去年的那个转身又回来了吗？你读了一些唐诗宋词，就以为你看见的春天就是唐朝人宋朝人写过的那样的春天吗？

即便古诗里的春天，其实也是彼此各不相同的。既有"拂堤杨柳醉春烟"的春天，有"夜静春山空"的春天，也有战乱之后"城春草木深……恨别鸟惊心"的春天，还有遇上旱灾，"自冬及春暮，不雨旱爞爞"的春天。

小时候我以为同一个颜色的鸭子五官都是一样的，几十上百只鸭子从水田上岸横穿马路时，除了个头和颜色不一样的那几只，其他的在我看来就像是一只鸭子路过了上百次。但熟练的放鸭人却心中有数。水田里有鸭子落单了，他能从模样和叫声判断出是不是自己家的。

用心体察过四十多个春天之后，我变成了一个资深放鸭人，深知从眼前路过的春天没有两个会重样。

不仅不同地理经纬度的春季区别很大，生态环境、气候会改变春天的自然面貌，时代风尚也会影响它的气质。

三十来岁时，我逐渐意识到二十世纪八十年代初的春天有某种特殊性，并多次用文字阐释过。

那时农药、化肥在我老家还没过量使用，水田、水沟里不仅青蛙多，鱼虾也多。三月初，每个池塘的浅水区到处是果冻状青蛙卵，黏液灰白色，卵黑色，每一粒比绿豆略小些，每堆蛙卵一般有数百枚卵，葡萄般成堆地聚集。气温不断升高，透明的果冻就融化了，无数小墨点脱颖而出，在水草丛里重新汇聚，摇着小尾巴觅食藻类和蚊子的幼虫。

我读小学时，语文课本里有句话：春雨贵如油。我死活理解不了，因为鄱阳湖边的春雨比空气还便宜，常淅淅沥沥四五天下得人烦躁，像是农闲时的一群妇女边织毛衣边扯闲天，话题无聊而单调，出不了门的男人抽着烟望着瓦檐下的雨幕骂娘，性子急的，就披着蓑衣牵着牛出门。若哪天夜里小雨变暴雨，也会有人高兴，因为沟渠和池塘的水就漫灌到岸上，第二天早起上班上学的人带个竹篓，就能去草地上的水洼里捡鱼，鲇鱼、鲫鱼、草鱼，什么鱼都有可能遇上，它们搁浅在草丛里张着嘴苟延残喘。

二十世纪八十年代初的那些春天，成年人也像少年一样善于幻想，脸上时常浮现热烈而幼稚的笑容，仿佛每一个明天都是一道金光闪闪的大门，大家迫不及待一扇门一扇门地推开。那时读书学习的氛围特别浓，年轻人一门心思想考大学，考不上大学的就读电大和夜校。

虽然我是个厌学的小学生，也常模仿高中生的样子，晚饭后捧着语文课本去油菜花田里背书。农村种油菜不是为了观赏，油菜籽榨出的油色泽黝黑，不如精炼油好看，但很环保，炒菜特别香，尤其适合煎鱼。榨油之后的枯饼也是上好的饲料和肥料，贪吃的油榨坊的工人会把它当零食吃，他们工余打着赤膊坐在油榨坊前的树桩上啃掺杂着稻秆的枯饼，啃一小口喝一大口水，路过的学生见状就走不动路，运气好时可以分到一块，我也运气好过一两次，口感迄今记忆犹新，比月饼硬很多倍，也香很多倍。那时鄱阳湖区每个村都种油菜，二月底三月初，田野里明黄的色彩顺着地势蔓延流淌。我攥着语文书跟着蜜蜂在花海里乱窜，一篇课文也没背下来过，留在记忆深处的是春天万物勃发的激情和一代人对这种激情的响应。

视野和年龄所限，当时我不知道邓丽君的靡靡之音正改变许多人的心电图，摇滚乐和朦胧诗也在城市坚硬的水泥地下破土。这些也是二十世纪八十年代初的春天，我当时没看见它们，但远远地感受得到它们给周遭空气带来的震动和改变。

我迄今仍不时回看那个年代的老电影：《小字辈》《月亮湾的笑声》《甜蜜的事业》《巴山夜雨》《小街》《天云山传奇》《牧马人》……剧情早已烂熟于心，演员的表演和配音也有那个年代特有的夸张和稚嫩感，以至于我一打开屏幕，家人就要嘲笑我低幼。其实我复习的主要是那时的田野，不管电影拍摄时是哪个季节，我都能顺着那些沙石马路或田间泥路走回二十世纪八十年代的春天，一路上邂逅的，也都是那个时代的人。小伙子风风火火，不管是骑自行车还是走路，嘴里都哼着歌。姑娘脸上红扑扑的，不知是因为激动还是因为羞涩。

二十世纪九十年代，经商和打工潮稀释了小城和乡村的人口和激情，安心种田的人越少，越需要借助机械和农药。农药和化肥的残留越来越严重，水田里的鱼蛙生存环境恶化，数量明显比以前少。我大学毕业后在乡村教过两年书，课余爱骑自行车在机耕道上游逛。春天一到，校园外的油菜花、桃花依旧热烈，但读书的风气远不如十年前。很多学生高一就辍学去沿海打工，进服装厂、鞋厂，或者去那边的餐馆当厨师，每个月挣的钱比我们这些当老师的还多。有不少老师也停薪留职跑到福建那边的私立学校打工。

还不时有这样的剧情发生，班上的一对男女学生下学期突然不来了，再来时，是分着喜糖向老师和同学宣布，他们结婚生娃去了。

我在油菜花地里一整天也遇不上几个人。那时我喜欢的状态，是和身边的人群保持距离，一个人站在花海里眺望远处的地平线，以免自己被那种慵懒务实的生活气质淹没。天气晴热时，望地平线望累了，就躺在花海边的草地上午睡，温软的风在耳边絮叨，老半天也撩不起我的情绪。蜜蜂的合奏很有力量感，微型春雷一样在低空滚动，但我们兴趣相似却彼此语言不通，互不打扰相安无事。

有时我在白日梦里看见好看的姑娘俯身过来，且真实地闻到了香甜的鼻息，睁眼撞见的是水牛水汪汪的大眼睛和湿润的鼻翼，散发着草汁香的舌头差点就卷到了我面颊上。我惊跳起来，却看不到放牛人，一条长麻绳悠闲地拖在草丛里。放牛人要么在水塘里摸鱼，要么回家吃饭去了。

那时，以油菜花为主角的乡村旅游还没兴起，所有激动人心的传奇都发生在都市。乡间的春色在寂静里沉沦，郁结成春愁，即便在阳光明媚的日子，春天的天空也像是乡村瓦房的屋檐，低矮、冷清、压抑。

这样的春天让人有失重感，纵使再爱油菜花的人，也会不断从春天或春天的尾声里逃离。

第二个春末，我把自行车和所有日用品送了人，背着包踏上了远行的路。

二〇〇〇年，手忙脚乱地成为父亲后，我也心血来潮想多挣点钱。二〇〇二年，在广东某大型私企的总部所在地度过了一个和秋冬气温及面貌都差别不大的春天，那里不仅没有蝌蚪，连荒地都看不见。城镇外的地带都建满了铁皮和塑料盖的厂房，天空有时也是蓝的，但弥漫着塑料和金属被高温烘烤过后的臭味。很多小区和私人庭院里植被很好，海枣树和三角梅很多，但没有油菜花，没有映山红。当地人很习惯这样的春天，加班之余，他们在硬得扎屁股的人工草坪铺上防潮垫，一家人坐在上面吃东西晒太阳，热了就钻进小帐篷去遮阳。

我看过那些被厂房覆盖的城镇工业化之前的影像资料，三四十年前，广州以南的春天和江西也是不一样的，春季时间很短，花卉和植被的品种也不同。这是纬度和气候不同导致的。一些从江西去那边工作的人也很习惯，他们想办法留在那里，年薪是在江西时的五倍、十倍以上，经济上的踏实感让他们的人生如沐春风，一点也不怀想油菜花地边的春天。真的，我问过很多人，一点也不想。

两个朋友，家在乡村，就在油菜花陪伴下长大，一个在广东花厂做工，一个在福建开摩的，有时过年都不回江西。我问他们想不想家，都诧异地摇头，其中一个咧嘴露出豁牙笑我傻：这里这么好，吃得好住得好，路边的草都有人经管，定期理发，多好看啊，家里有什么好！

那个春天我时常眼含热泪，因为孤独，因为思念，最后选择回归。

我没在赤道附近度过春天，但夏季去过那一带。那边只有椰树没有桃树，更不可能种油菜，我能想象出赤道附近的春季和江南之春的天壤之别，我难免会担心，生活在那里的人，怎么理解得了唐诗宋词里有关春季的细节和情绪。

二〇〇九年，我曾在婺源的江岭半山腰一个小村落背后拍到过开花的梨树，梨树有两株，每株十多米高，梨树边还有一株桃树，高四五米。梨花雪白，开得极其绚烂，像是在演出一场悲情大戏，那时粉红的桃花也开得正好，用镜头把二者纳入同一画框，色彩丰富而和谐，像是红白喜事混在一起举办。

第二年再去，梨树和桃树花期却错开，在同一个地点再也拍不到类似的照片。随后几年，桃树像个老妪，只能稀稀落落地绽出几点小花，枝干色泽越来越黑，焦黄的树脂像脓疮一样缀满树干。

有一年三月去彭泽县的棉船岛，那岛方圆一百多平方公里，狭长如巨轮锚定在长江中。岛是泥沙历经千年万载冲击而成，土质肥沃，盛产棉花，因而得名。我们开车搭轮渡上岛，翻过几个堤坝，突然陷入万亩油菜花的包围，油菜花在平原上尽情翻滚，一直铺展到江边，几乎覆盖了全部视野，只有一些高高的白杨树点缀其间。我们激动得四处找可以鸟瞰的高坡拍照，路过的本岛居民停下笑着打量我们，在他们看来，不就是多种了些油菜吗？有什么好激动的呢！

　　岛上村庄大多很小，每村七八十户人家，沿着环岛的堤坝分布在各个角落。一路上很难找到餐馆，只能吃自带的饼干和橘子之类。也挺好的，这样的地方就像桃花源，食宿不便，但也没有躲不开的人影和喧闹。

　　第二年三月再去棉船，居然上不去岛了，排队等轮渡的车排成蜈蚣阵，码头附近的集镇严重堵车。据说有媒体把油菜花海图片发到了网上，摄影家和春游的人从全国各地蜂拥而来。我懒得排队，掉头就走。这样的情形，即便能上岛，估计到处是汽车和游客，当天能否顺利下岛还是问题。

　　我所在的城市，整个春季不出远城的人也不在少数，他们视野里没有油菜花，但依然有春光。有几年春天，我每天中午去省体育馆的旧田径场跑步，从气温变化、皮肤感受、听觉等角度体察了城区的春天。

　　我常一边跑步一边观察田径场周边旧宿舍楼上的变化。

　　在室内窝了一冬的棉被在水泥阳台上变干爽蓬松的过程，像是一个醉酒的人在一阵一阵地呕吐，吐出湿气、寒气和人的汗臭。捶背的手是雨水之后惊蛰之前的阳光，一阵雨之前阳光的热力还只有十二三摄氏度，雨过天晴，气温就飙升到二十五六摄氏度，给人要省略其他节气直奔立夏的错觉。楼顶之上的蓝色也变厚变暖了许多，也是要蓝到夏天去的架势，与秋天的瘦蓝冬天的冷蓝完全不同，白云也变得胖乎乎毛茸茸，边缘有被蓝色同化的晕痕。

　　跑道边的树林里，除了爱吃香樟籽的乌鸫鸟在香樟树下箭一样射来射去，麻雀和八哥也多了起来，在屋檐和草坪上上上下下地飞，不仅数量比冬天时多，活动范围和活动量也远比冬天大，不只是在觅食的样子，像是在从事建筑之类的重体力活和恋爱之类高风险的事。

　　只跑了一圈就得脱外套了。胳膊和手臂快速摆动也不会被空气刮伤。这时节风的形状也由锐角变成弧形，出汗之后的脊背，不会突然凉得像青石板，汗可以在T恤的掩护下逗留很久，然后缓慢地融入阳光。

下蹲系跑松的鞋带时，见一只黑亮的小甲虫顺着跑道边残水泥弧线奔跑，不像是去约会，更像是同伴被猎杀之后慌张地逃命。水泥分隔线只有两三厘米高，于它却是遮挡身子的高墙。甲虫凭借着它和趔趔趄趄的跑姿躲过了一群麻雀的俯冲轰炸，几分钟之后蹿进了草根附近一个黝暗的小洞，估计它和同类都会对气温的戏弄和欺骗痛恨不已吧。

跑完坐在地上休息时，脚边的草地上也有异常的动静，不是香樟籽被跑步鞋踩爆的扑哧声，是青草的嫩芽拱出湿土时的细微的噗噜声。当麻绳色的牛筋草一夜间绿了一小半，我似乎听到了这样的声响。

有时回家洗漱忘了开热水器，水管里流出的水居然也不咬手，浸湿毛巾敷在脸上，温润如猫舌，索性就不开热水器了。路过厨房时发现盐罐和大理石台面上都沁出了细密的水珠，瓷砖上也是如此。

夜间浅睡时，听到大水珠重重地砸玻璃，起初啪啦啪啦，继而啪啪啪啪，最后密集得像子弹齐射，还伴随着轰隆轰隆的炮声。这声响好几个月没听到，熟悉的节奏和音色让脑子里浮现出漆黑的原野，一条小木船无声地划来，把我接到睡眠的深处。

第二天去体育馆大院，玉兰花瓣落了一地，留在枝上的则开得更欢畅，每一瓣都闪着腻腻的羊脂白。与玉兰的大大咧咧相比，绿化带里迎春花零星的黄及河边、垂柳枝条上隐约的绿简直有点小偷小摸的意思。一些老人家会盯着它们观赏很久。他们可能就是从这些细小的绽放判断节气的。

左膝受损停止长跑后，我再也没有去过省体育馆田径场，有时到了门口，还是按捺住好奇绕道走开。奔跑中那种春风拂面的惬意远离了我，疲乏之后安心体会脚边小生灵的闲趣远离了我。或许，此后我都很难找回这样的春天。

我经常教育那些老说今年没空明年春天再去干啥的朋友：不要刻舟求剑，即便你明年能同一时间来到同一地点，你看见的春天已是鸭群中的另一只鸭子。

近十年江西不少县都开发了千亩桃园，春季桃树开花时卖门票供游客拍照，我去过很多桃园，花海一望无际，但面貌和二十世纪八十年代的完全不同。有的品种花瓣数量都和野山桃不一样，大多是水蜜桃、蟠桃、油桃、碧桃等树种，很多品种树形经过人工嫁接等干预，也比山桃矮小很多，可能是为了方便管理和采摘吧。人与树合影，就像是大人和小孩站在一起。花瓣的色泽也不是淡淡的水红色，深红如胭脂，也好看，但不适合人面桃花相映红，我从不和这种桃树合影，不亲切，在春天见到它，就像家里来了继母，在面子上能接受，情感上却很别扭。

二〇二〇年春节，原计划去婺源选一个小村过正月，一直住到立春。然后，带一伙人去那边拍一个微电影。事与愿违，突然遇上了最特殊的一个春节和春天。从除夕前直到三月中旬，全国人民都被困在自己的屋子里。很多人对着日历推算野外各种春花的花情，却没人看见它们。

从二月到三月，我们一家三口像冬虫一样蛰伏在二十九层高的半空，每天醒来看全国和本省疫情通报。一开始以为封城是短暂的，十几天就能自由，所以有点自我放纵，每天睡到十一点多起床，早饭和中饭合在一起吃。没有任何运动，晚上不停地看电影，白天无法自控地刷手机，情绪在谣言和真相、悲伤和感动之间波涛起伏。后来发现完全解禁遥遥无期，扣皮带时腰都有点紧了，就办了出入小区的通行证，不时戴着口罩开车出门锻炼。我住的小区在城市边上，靠近赣江，沿着赣江一直往城外开十几分钟，江边就没人了。我摘下口罩，大口呼吸，发现空气居然是甜的。在这城市住了近二十年，第一次觉得它的空气甜美。

这时节，在乡村自我隔离的朋友用手机拍村口的田地，油菜花已经开得很有样子了，但赣江边枯败的苔草间几乎看不见春天的影子，偶尔有几朵紫花地丁，开得无比吝啬，花瓣比米粒大不了多少，却令我十分感动，举着手机左拍右拍，捕捉它在江风中急剧晃动的紫色光晕。但不敢太激动，不敢奔跑和呼喊，因为回小区要量体温，体温异常回不了家。

闭关四十天，人会从不习惯转向习惯，从习惯变得沉郁，尤其是家里人，长期脚不沾泥，我担心她们身体会缺少地气滋养出现问题。我邀她们出门，她们说，戴着口罩连呼吸都不自在，还不如在家待着自在。这心态让我更担心，挑了个晴好的日子，拉着她们上车直奔远郊。车上一直戴着口罩，到了一个村庄外的蔬菜基地，发现远处有两小块鲜黄如蛋糕的油菜地，便雀跃奔去，一激动就喘不上气来，心脏和肺好久没有这么兴奋过，有点适应不过来。口罩的阻隔也是问题，纱布和防护芯片将可疑飞沫阻挡在外，也将氧气过滤了大半，她们的嘴巴在纱布后困难地翕动，像是鱼被抛到岸上。

我说把口罩取了吧，反正最近的人都在七八米之外。可是当我们走近油菜地时，发现边上有两个人，男的在边上锄地，女的拎着红塑料袋蹲在油菜垄里采野菜，居然都没戴口罩。我们三个只好将口罩重新戴起来，尽量离那二人远些拍照片，隔着纱布闻菜花的味道。

回头取车的路上，偶尔摘掉口罩吸气，像是当街偷人钱包，心慌而自责。不管是女儿还是她妈，与人擦肩而过时谁忘了把口罩从下巴上推到鼻子上，我都会厉声呵斥，情绪恶劣得像个神经病。

回到家里，她们说，没看见几朵花倒挨了几次骂，再也不出门了。

我也泄气了，也没脸说什么，老老实实猫在二十九楼，把微电影里需要在婺源油菜花海取景的戏删去了许多。

这样的春天，在我个人历史里没有先例，也是我熟悉的历史里没有过的，但仅仅在一个月之前，没人想到今年春天会是这样。

我平常喜欢去旧书和网上找各地的老照片，关在楼上的这些日子翻看得更勤。从清末到民国，从民国到一九四九年之后，我出生前的近百个春天，在那些老照片里能找到一些蛛丝马迹。虽然是黑白照片，也依然能清晰地记录消失的时间和光影。大运河沿线和江浙一带经济发达地区留下的老照片很多。杭州西湖边的一些餐厅里，也能看见西湖在一百年前的样子，雷峰塔、六和塔、断桥、灵隐寺，近百年来各个时代的老照片都有，不少是人们在春游时拍的。

我曾经坚定地认为，春天的繁荣程度与社会的现代化程度成反比，离当代越远的年代，春天就越纯正美好。但杭州的老照片里，很多现在植被特别茂密的野地，在许多年代居然是荒芜的，一棵树都看不见，更遑论花草。其他许多地方的老照片里也有许多类似的意外。

这些意外让我深刻地认识到，春天和春天不仅彼此互相不相同，而且它们的演变并没有特别清晰的规律。虽然总体而言，农耕时代的春天应当比工业时代和信息时代更诗意、更接近春天的本意，但很多因素都会让某个大趋势出现复杂的走向。

导演费穆于一九四八年拍摄上映的电影《小城之春》我看过无数遍，二〇二〇年春天再次重看。隐忍含蓄向善的男女爱情是看点，我特别有感觉的，是旧城墙和寂静无人的后花园、街巷组成的极特殊的春日氛围。战乱之后的春天，市民生活和街衢是凋敝的，人心是荒凉的，但被战火熏黑的残墙边的花草却是生机勃发的。虽然所有画面没有色彩，但我能看出城墙缝隙里蓬草的灰绿色，能闻到主妇菜篮里的芥菜和她的旗袍在阳光下混合成的气味，能听见麻雀在空阔的厅堂里清脆地鸣叫，阳光投射在砖石上，地面半阴半阳，麻雀跳跃的身子在光与影里闪烁。

《小城之春》取景地上海松江古城还保留了当年拍电影的河道、老宅、庭院，我多次去上海却没有打探的兴趣，小城里的那个春天早就随着时间飘远了，只有模糊的背影保存在胶片上。

二〇〇二年田壮壮用彩色胶片重拍了《小城之春》，据说很多场景就是在原址拍摄的，这个电影质量不错，也拍出了小城的春愁，但我还是能鲜明地感觉到，彩色胶片还原的春天，分明不是一九四八年那个，光影和气质都那么不一样。演员的融入感也差很多，这可能不仅是演技的问题，道具做得再逼真，春天的气场却很难还原。

仔细研究我们这代人出生之前就问世的历代老照片，就会明白我们为什么写不出某些诗文。没有影像记录的更远的年代的诗文，有些美得惊心动魄，有些读着痛快淋漓。以前总是绝望地感佩前人遣词造句的才华，现在想想，这不仅是才华的问题，他们所经历的春天和我们的完全不是一回事。很可能，只有春天的名称相同，嗅觉、听觉、味觉和更深的心理感觉都完全不一样。

微信朋友圈里有人感叹：今年这个春天就像是假的。然后相约二〇二一年春天去哪里旅行，大家都认定二〇二一年的春天应该不会这么任性。我也觉得明年春天一切都会很好，但无论它表现如何，已是另一种春天了。二〇二〇年的春天即便假得像塑料，也还是春天的一种。我们承受了它的伤痛和暗影，没有理由因恐慌放弃它高光的部分。

（原载《人民文学》2021年第6期）

散文目光

◎余秋雨

一

我这一辈子，与散文的关系非常怪异，几乎说得上是"生死冤家"。

我原本的专业，是世界戏剧学，兼及国际人文美学。直到我担任上海戏剧学院院长，以及复旦大学、南京大学的"博士学位答辩委员会主席"，还没有写过一篇散文。

写散文的起点，本书那篇《因爱而勇》里约略提到。那是二十世纪八十年代后期，我越来越感到中国文化蒙受了巨大委屈。居然有那么多自称知识分子的人到处撰文、演讲，滔滔论述"民族的劣根性""丑陋的中国人"。即便在所谓"寻根热"中，不少热点也是以此为主旨。只要是中国人做的，什么都错，而且错得愚蠢、可笑、荒唐。对比的坐标，全在西方。

表面上，他们没有彻底否定中国文化，实际上已经否定。因为我对文化的终极理解是"集体人格"。所谓"民族的劣根性""丑陋的中国人"，就是在终极意义上否定了"集体人格"，因此也否定了中国文化。

我曾经仔细观察过那些诅咒中国人的中国人，想在他们表情间找到一丝把自己也包括进去的愧仄。但是没有，他们的口气始终居高临下，睥睨方圆，好像自己刚刚从天上下凡。

对此我不能不生气。尽管乡间童年告诉了我什么是贫困，"文化大革命"灾难告诉了我什么是痛苦，但我也目睹父母之邦在摆脱贫困和痛苦时的不懈毅力。我长期研究西方的最高哲思和顶级艺术，也熟知他们的远征血火、虏掠罪恶，怎么能容忍一帮既不了解西方也不了解东方的中国文人胡言乱语，天天毒害大量民众？

就在这时，我读到了英国哲学家罗素对中国的论述。罗素一九二一年到中国来考察，当时的中国备受欺凌，一片破败，让人看不到希望，但是这位哲学家却说：

  进步和效率使我们富强，却被中国人忽视了。但是，在我们骚扰他们之前，他们还国泰民安。

  白种人有强烈的支配别人的欲望，中国人却有不想统治他国的美德。正是这一美德，使中国在国际上显得虚弱。其实，如果世界上有一个国家自豪得不屑于打仗，这个国家就是中国。如果中国愿意，它能成为世界上最强大的民族。

  不管中国还是世界，文化最重要。只要文化问题能解决，无论中国采取什么样的政治体制和经济体制，我都接受。

  说实话，读到"在我们骚扰他们之前，他们还国泰民安"时，我哽咽了。

  罗素对中国历史了解不多，却显现出如此公平的见识。这种公平具有巨大的诱惑力，催促我必须为中国文化做一点事。

  于是，我辞职二十三次终于成功，单身来到甘肃高原。当时宣布的目的是"穿越百年血泪，寻找千年辉煌"，而我内心的目标却更为学术：让中国人找到集体身份。

  若有可能，我还想用点点滴滴的理由回答一个问题：为什么罗素说"如果中国愿意，它能成为世界上最强大的民族"？

二

  要说服自己和别人，理由必须是感性的、具体的，因此，我不在图书馆里查阅汉唐，而要独自在沙漠中行走。

  我们以往，在受屈、愤怒、反驳、辩论时，用的大多是大话和结论，听起来慷慨激昂、气势不小，实际上却无法平静地向外界说明自己，因此并没有什么力量。

  更重要的是，我们举起的标帜，大多是历史逻辑、国际政治、经济数字，而不是文化。大家经常把文化放在口上,而不是放在心上,不相信文化真有那么大的力量。

但是,罗素说了,"不管中国还是世界,文化最重要"。

于是,我决定,既然要为中国文化说话,就必须用最纯粹的文化方式,让一切向往文化的陌生人都能倾心。

这样,我的主要行为就成了这样两项——

第一,实地考察古文化的遗迹和废墟,必须亲自到达;

第二,边考察边写散文,而且是美文。因为只有美文才称得上"纯粹"的文化。

这就是我开始在荒原小客栈里写作一篇篇《文化苦旅》的由头。

三

说起来,研究中国古代文化的队伍已经不小,但是,这支队伍基本上由学者组成,他们都以学者的目光,做着学者的事。

我也是学者,但我打开了散文的目光。

不错,散文不仅仅是文笔,首先应该是目光。

这就像我原先从事的戏剧一样,以"戏剧的目光"和"非戏剧的目光"看同样的事,结果大不一样。

以散文的目光看中国历史,也就引进了广大读者最饥渴又最动心的眼光。这种目光的特点是:厌倦陈腐,厌倦狭窄,厌倦枯燥,厌倦重复,厌倦概念;着意诗情,着意人伦,着意发现,着意惊奇,着意细节。

我就顺着这种目光,取舍沿途所见所闻,结果,选择出来的一切与我原先的学术目光差别极大。但学术目光也有作用,那就是在散文目光中加了一层"重大意义"的网筛。

这样一来,我写敦煌,就会凭想象写出自己与斯坦因的车队对峙在沙漠里,然后自己大哭一场的情景。然后,我系统阐释了废墟文化、非攻文化、魏晋文化、乱世文化、两难文化、拜水文化、藏书文化、书院文化、晋商文化、清宫文化、流放文化、科举文化、君子文化、小人文化……

这些文化,在我之前,大多没有人以专题方式完整写过。这就是说,散文目光帮助我开启了这些重大课题在当代立身的起点。由此可知,散文目光,能够超越疲庸的历史流行话语,诗化地思索天下。

挖掘出这些文化还是第一步,更重要的一步是让广大不熟悉历史的朋友乐于接受。于是,散文的语感、节奏、文字起了关键作用。这就使《文化苦旅》等作品拥有了大量急于在文化上认祖归宗的读者,而且,在海内外保持了几十年的热度而不减。

大陆不必说了,深圳书城总经理陈景涛先生曾向我出示过一份全国十年畅销书排行榜前十名,我一人占了四本——这还不算总数超过正版几十倍的盗版。

在台湾,"到绿光咖啡屋听巴赫读余秋雨"成为一代时尚,一群台湾作家还以这个书名出版了专著。为此,我每隔一段时间必须到台湾举行一次"环岛演讲",无法推却。

白先勇先生说:"余先生的散文,一直是全球各华人社区读书会的第一书目。"

但是,正是这一切,给我带来了祸害。

四

极度畅销,被媒体转换成了极度诽谤。据杨长勋教授统计,我已经有幸成为古往今来受攻击最多的独立文化人。他自己收藏到的诽谤文章,已达一千八百多篇。这就是散文所能造成的祸害,本文开头所说的"生死冤家",并不夸张。

奇怪的是,所有的诽谤都不涉及文章本身,只是一味造谣。上海警方根据我的报警,曾就一个所谓"前妻"的谣言进行深入调查,得出结论:社会上针对我的多数诽谤都是为了诈取"止谤费",因此建议以"讹诈"的罪名起诉。我为了避脏,没有起诉,心里却还有点嘀咕:仅仅为了"止谤费",能搞出这么大的规模、延续那么长的时间吗?应该还有强悍的发动者吧?

后来终于明白了真相。本书《"石一歌"事件》一文已经记述,香港一家报纸加上广州一家报纸,起到了关键作用。

那是在汶川大地震期间，我在第一时间赶赴现场后在海外发表文章，说"全民救灾的事实证明，中华民族是人类极少数最优秀的族群之一"。没想到这句话引得香港《苹果日报》发起对我的系统攻击，攻击文章也承认了过去对我的诽谤都由他们制造。原来，他们最容不得的，是我把中华民族说成是优秀族群，哪怕是"之一"也不允许。

对此，我作了回应："我愿意在中国寻爱，他们坚持在中国寻恨。"

这就是他们对我发起大规模诽谤的根本原因。

因此，他们也从反面为我颁发了一个大大的文化奖章。这么一想，散文又让我由"死"返"生"了。

于是，我干脆以阐释中华文化为主业。到联合国世界文明大会上发表演讲《中华文化的非侵略本性》，在纽约联合国总部发表演讲《中华文化长寿的原因》。同时，开始在海内外从头论述君子之道、老子、周易、屈原、司马迁。

五

生生死死之间，我对自己的散文也就更加珍惜起来。

一直有不少人在编我的文选，连大学者季羡林先生也在生前主导，为我编了一本散文选《南溟秋水》。但是各种文选都没有来得及把我近年来所写的《中国文脉》《门孔》《雨夜短文》作为选择对象，因此就有了这本新的散文选。

可选文章不少，我闭目一想，粗粗分了四辑：

第一辑　背影

第二辑　路途

第三辑　逸思

第四辑　自己

"背影"是指中国历史上一些让我们仰望的杰出文化人。他们后来多数成了中国人的"人格地标"，因此也成了集体人格的一部分。顺着我的目光细细地看过这些背影，谁还能相信所谓"丑陋的中国人"这种诬陷？

"路途"是从空间意义上丈量中国文化的厚度和温度。这种丈量，我先用脚，再用笔。有幸，广大读者都跟着我上了路。余光中先生曾打趣："你的苦旅，转眼就成了人声鼎沸的乐旅。"让那些被长期冷落的文化路途再度热闹起来，这本是我的初衷。但是，再度热闹并不是回到过去。重温过去的路，是为了迈出新的脚步。中国文化，看起来老路纵横，却急需新路。

第三辑"逸思"中的很多文章，在其他地方出现时最受青年读者欢迎，被报刊转载的频率也最高。用短短的文字随意书写，这倒是散文的本性。相比之下，第一辑和第二辑的负载都太重了。我自己在休闲时也喜欢读这种轻笔漫谈的文章。因此，这一辑让散文回归，让读者舒心。

第四辑"自己"，放在压轴的地位。散文写来写去，最终是写自己。个体生命信号的浸润，是散文不同于论文的一个重要特征。我在这一辑里所选的，都是以自己为题材的篇目，但这一辑的开头《我的生命支点》《因悟而淡》两篇，已经说明我心中的"自己"其实没有那么重要。"自己"早在心中放空，只是写作时所需要的一种"可亲托手"。

"无己而又有己"，这是人生的一种境界，也是散文的一种格调。

（原载《美文》2021年6期）

"西园雅集"透泄宋代文人精神密码

◎陈歆耕

一

总是试图让史识构筑在坚实可靠的史实之上，但发现史料常常如一座晃晃悠悠、吱吱嘎嘎的独木桥，下面是深不见底的沟壑……

我所能做到的是，如果连一座独木桥也无，决不臆造一道虚幻的彩虹。

二

最初的阅读和探究兴趣，萌发于一段介绍北宋文人雅集的史料。后人多称这次雅集为"西园雅集"。原先对这个"雅集"也闻所未闻，研究艺术史的专业人士大概知晓。因为参与雅集的有几位是中国艺术史上无法绕过去的顶尖人物：苏东坡（不仅是文学家，同时是大书法家）、米芾（大书法家）、李公麟（开创白描人物画的大师级画家）、王诜（大画家、收藏家、驸马都尉）……但在更广阔的大众视野中，大多数人如我这般孤陋寡闻，只知有王羲之召集的"兰亭雅集"，不知有更让人惊叹的"西园雅集"。

于是，搜罗各类史籍和当代文论中有关这次"雅集"的记载，试图获得"雅集"完整而精细的资料，目的无他：书生的"老毛病"——很想围绕这样一个值得文学艺术史记载而又无更多人知道的"雅集"写一部书。阅读中发现很多关于这个历史时段的人物传记和史料，都有介绍，但通常是寥寥数笔，一带而过，可谓语焉不详。让我感到意外惊喜的是，从一个论文网站搜索到上海美术学院胡建君教授的博士论文《元祐文人圈与文人画的发展》，其中第一章第三节专题写到了"元祐文人圈与西园雅集"。这部论著，帮助我对"西园雅集"有了一个轮廓性的整体了解，为我提供了进一步向前探究的路径。

三

有了初步了解后，就纳闷，为何如此高规格的"西园雅集"，却闷在文史堆中，没有如"兰亭雅集"那般进入中国大众的视野？

且来比较一下，两个"雅集"参与者各自的阵容：

——"兰亭雅集"：王羲之、谢安、谢万……共有42人；

——"西园雅集"：苏东坡、苏辙、李公麟、黄庭坚、晁补之、秦观、张耒、米芾、王诜等，共有16人。

看两次雅集的阵容，我们就会发现，在"兰亭雅集"中，堪称文学艺术史上巨公伟人的，只有王羲之，其他人我们对其文学艺术成就，则所知甚少。而"西园雅集"中，有苏氏兄弟，加苏门四学士和大艺术家李公麟、米芾、王诜，个个都是文学艺术史上光耀千古的巨人，为何却未产生"兰亭雅集"那样的传播力和影响力呢？这是我在阅读相关史料时产生的第一个问号。

毫无疑问，"兰亭雅集"之所以几乎家喻户晓，首先得之于王羲之的那篇文章和书法皆一流的《兰亭集序》。尽管书法原迹早已失传，但一代代书法大家的摹写，使得其清雅俊逸、超凡脱俗的书法艺术，仍能长盛不衰。有了书圣的笔墨，"兰亭雅集"也就成了中国文人"雅集"中的一个不朽事件；同时，文章本身又是代代学子传诵的千古名篇，其闪烁的光亮穿越时空，当然不可能被时光的尘埃所湮没。反观北宋的这次阵容强大无双的"雅集"，却未能给我们留下可与《兰亭集序》媲美的遗墨和文字。有苏氏兄弟和苏门四学士、几位艺术大家参与的活动，以他们才华横溢的诗文、艺术造诣，理应有不朽的记叙诗文和笔墨传世。遗墨和文字是有的，但在文学艺术史上一直存有争议。遗墨有李公麟所绘《西园雅集图》和米芾所题写的《西园雅集图记》。按理说，有这两位大家的图文载其雅聚，也足以震烁千古了。现将米芾的《西园雅集图记》全文引录如下：

> 李伯时（李公麟）效唐小李将军为着色泉石云物草木花竹，皆妙绝动人。而人物秀发，各肖其形，自有林下风味，无一点尘埃气，不为凡笔

也。其乌帽黄道服捉笔而书者，为东坡先生。仙桃巾紫裘而坐观者，为王晋卿。幅巾青衣据方几而凝伫者，为丹阳蔡天启。捉椅而视者，为李端叔。后有女奴，云鬟翠饰，倚立自然，富贵风韵，乃晋卿之家姬也。孤松盘郁，后有凌霄花缠络，红绿相间。下有大石案，陈设古器瑶琴，芭蕉围绕，坐于石盘旁，道帽紫衣，右手倚石，左手执卷而观书者，为苏子由。团巾茧衣，手秉蕉箑而熟视者，为黄鲁直。幅巾野褐，据横卷画渊明归去来者，为李伯时。披巾青服，抚肩而立者，为晁无咎。跪而捉石观画者，为张文潜。道巾素衣，按膝而俯视者，为郑靖老。后有童子执灵寿杖而立。一人坐于盘根古桧下，幅巾青衣袖手侧听者，为秦少游。琴尾冠紫道服摘阮者，为陈碧虚。唐巾深衣，昂首而题石者，为米元章。幅巾袖手而仰观者，为王仲至。前有髯头顽童捧古砚而立，后有锦石桥竹径，缭绕于清溪深处，翠阴茂密，中有袈裟坐蒲团而说无生论者，为圆通大师，旁有幅巾褐衣而谛听者，为刘巨济。二人并坐于怪石之上，下有激湍环流于大溪之中，水石潺湲，风竹相吞，炉烟方袅，草木自馨。人间清旷之乐，不过于此。嗟乎！汹涌于名利之域而不知退者，岂易得此耶！自东坡而下，凡十有六人，以文章议论、博学辨识、英辞妙墨、好古多闻、雄豪绝俗之资，高僧羽流之杰，卓然高致，名动四夷。后之览者，不独图画之可观，亦是仿佛其人耳。

其文与李公麟的绘图相对应，呈现了这一众多巨公伟人在聚会时的形态。其文末的一声长叹，似也足以如《兰亭集序》般，使后学晚生心灵为之颤动。但其实际效应，为何仍拘于专业学术圈内，在百姓中几乎寂寂无闻？胡建君教授的论文，较为详尽地概述了"雅集"图文引发争议的论点。参与论争的学者，不仅有中国大陆，还有美、日及中国台湾地区等众多的研究者。可以说，都持之有据，让人看了常有穿过一团迷雾，又堕入另一团迷雾之感。因李公麟和米芾原迹皆不见传世，后世学人只能凭借各种他人的文字和描绘摹本来推测。一推测，就难免公公婆婆，各说各理。我们只能说，某一种论点，所依托的证据，稍稍靠谱一些。诸如南宋楼钥的《题王诜〈湘乡小景〉》记载："国家盛世，禁脔多得名贤，而晋卿（王诜）尤胜。顷见《雅集图》，坡、谷、张、秦，一时巨公伟人悉在焉。"稍后，又有同为南宋人的刘克庄在《跋〈西园雅集图〉》称："本朝戚畹惟李端愿、王晋卿二驸马好文喜士，有刘真长、王子敬之风。此图布置园林、山石、人物、姬女，小者仅如针芥，然比之龙眠（李公麟）墨本，居然有富贵态度。"从刘克庄的记载看，李公麟的雅集图还不止一个版本。除了墨本，还有一个着色本。这个版本画得很精致，似画在扇面上。而米芾的"记"也是用蝇头小楷题写在纨扇之上。南宋人士记载北宋名士活动，算是较靠前的记载了。即便"图、记"是南宋人之伪托，但我也坚信雅集活动绝非无中生有。

台湾学者衣若芬在《一桩历史的公案——西园雅集案》一文中，从四个方面质疑其真实性，得出"图、记"为后人托名的结论。她的核心论据是"在明代之前，米芾的《西园雅集图记》，无论在他本人的文集抑或其他的文献记载中都不见提及"；而大陆学者杨宽胜则态度相反，他认为"从（米芾）《宝晋英光集序》中可知，在岳珂开始整理米芾诗文之时，已经散失了有十分之九之多。况且'南渡而后，文献不足'，所以不能凭借南宋的典籍文献中没有收录，便否定史实与图记的真实性"。

四

甭管是质疑或肯定，都无可以用来板上钉钉的"铁证"。让笔者同样生疑的是，米芾的《西园雅集图记》为何却缺失了对活动时间的标注？我们都知《兰亭集序》，首句便是"永和九年，岁在癸丑，暮春之初……"而米芾的"图记"，无论首尾都无时间标注，使得后人围绕"雅集"举行的时间，也争得唾沫横飞。另还有让人生疑的是，整篇文字几乎都在介绍画中人物的形态，等同于该画构图的说明书，导致行文支离沉滞，缺少气韵贯通的淋漓和洒脱，似非米芾文章之水准，更像是普通文人的笔墨。其中对人物衣着的描写文字，"幅巾"一词出现了五次，也有违通常的为文之道。

"西园雅集"的"图、记"呈现较晚，又始终伴随着学界的争议，也许是这一阵容强大的巨公伟人的雅聚盛事，未能进入大众文化视野的因素之一。

另一影响传播力的因素，也许与雅集的召集人、场所、时代氛围有关。文人雅集的源头很早，在《诗经》中就已有记载，只是能够为大众称道广泛流布的无几。在"西园雅集"前，名气最大的当然是"兰亭雅集"。该雅集，几乎成了中国古代文人精神高蹈、超越功利乃至悟透生死的一个标志性符号。"兰亭"的召集人为已弃官归隐的会稽内史王羲之，参与者人数众多，"群贤毕至，少长咸集"，诗与酒是雅聚的主要形态。背映叠翠峰峦、修竹茂林，惠风拂面，春阳和煦，酒香袅袅。文士们环绕曲水席地而坐，酒杯随溪水漂移，停在谁的面前，谁就得吟诗饮酒。吟不出诗，则加倍罚酒……在这样一种醉眼蒙眬、文思泉涌的状态下，王羲之为诗集作序，翰墨飞扬，无意间登上了中国书法艺术和文采风流的双峰。可以想象，当时的召集人和参与者心态都是极度放松的，除了风雅，没有更多的心理包袱。

相比较，北宋文人的"西园雅集"，明显要压抑和拘谨多了。西园者，驸马都尉王诜的私家宅院也。雅集的召集人当为王诜。这就成了一件政治上高度敏感的事。按照宋代礼制，公主及驸马接见宾客须特许方可，所谓"家有宾客之禁，无由与士人相亲闻"。在"乌台诗案"中，王诜被"勒停两官"、贬放外地，遭严厉惩罚，就是因为他与苏东坡有私交，又在此案中为东坡印制诗集、泄露拘捕信息，违反了皇亲国戚不得与"士人相亲闻"的内禁。皇上设此禁的理由是防止内戚与外臣相勾结，擅权干政。因此"西园雅集"由于政治上的高度敏感，参与者很难进入"兰亭修禊"文士们那般阳光、洒脱的精神状态。活动只能在私密中悄悄举行。人数众多，车马辚辚，谁能确保不会走漏风声，被监官弹劾，或被政治对手密告？读米芾那篇真伪莫辨的《西园雅集图记》，愚夫则感到有些蹊跷，按文中所说："李伯时（李公麟）效唐小李将军为着色泉石云物草木花竹"，苏东坡"捉笔而书"，在一旁坐观者为王晋卿，苏子由则"执卷而观书"，秦少游独坐盘根古桧下作沉思倾听态，米元章"昂首而题石"……从这么一幅图卷，我们不难看出，参与"雅集"者几乎都在各自"忙乎"，互不交接。友人难得一聚，那位苏子由居然还能"执卷而观书"，实在让人觉得不可理喻。子由先生不至于到了这把年纪（注：按照有些书籍记载，雅集在元祐二年举行，子由49岁），参加朋友聚会也还得勤读不辍？

五

由此，请允许我的思绪跳跃一下：宋代的文人们，包括范仲淹、王安石、苏东坡、司马光在内，虽然创造了忧乐天下的士大夫精神标高，但其整体的生命状态并不洒脱、快乐，他们即便想效陶渊明"采菊东篱下，悠然见南山"也不可得。这样一种感受和判断，并非来自对"西园雅集"图、记史料的最初研读，而是持续近两三年对各类宋史资料涉猎的感受。范仲淹活得痛快吗？四次被贬、罢，主推庆历新政不到一年即夭折。王安石活得痛快吗？两次罢相，临终前手抚榻几，郁郁长叹，终夜不眠。苏东坡活得痛快吗？不计其数地被贬斥、流放，遭遇"乌台诗案"，险些断送"老头皮"。司马光活得痛快吗？他老人家生平志向并非要编撰一部《资治通鉴》，而是立根朝堂之上，实现他的政治抱负。郁闷多年，在实现元祐更化、尽废新法后，"刚大之气，一泻无余"。王安石归天后，他也紧随其后到"阎罗王"门下报到去了……

至于为何不痛快的导因，且容许我在后续文字中慢慢道来。

因为持续的阅读，也使得我打消了原初的写作构想和思考关注点。

宋王朝的天空确实星光璀璨。"西园雅集"中的数位，仅仅是其中的几颗。如同陈寅恪先生所说："华夏民族之文化，历数千载之演进，造极于赵宋之世。"但笔者不打算因此像某些写作者那样大唱盛世颂歌。

盛世风华，文星昌耀——这样一种单向一元模式的思维方式，浸透在无数涉及大宋王朝的书写中。写作者们恰恰忽略了，星光的亮度，常常与天幕的黑暗是成正比的。就如我们赞美荷花——可以用尽词库中最美的文字，来称颂它的娇艳、君子之风——上结莲子下育莲藕，将整个身心都奉献给了这个世界。但是……但是，透过洁净的水面，它的根部却是一片污浊不堪的泥淖。它出淤泥而不染，但我们岂可连"淤泥"也一起称颂？

我还联想到一个未必妥帖的比喻：宋代统驭者与文人的关系，如同一只喜欢精神游戏的猫和一只甘侍猫的鼠。猫将鼠扑在爪中，并不想一次性地满足口腹之欲，它想获得更多的精神快感——于是放一放，再逮回来，再放一放，直至其疲惫至极不再奔跑……更何况，那些体力充沛的鼠，还可用来搬运猫食，为猫创造更多的附加值。任何比喻都是跛脚的。老鼠很容易让人想到"鼠辈"，怎可用来比喻宋代的文人？其实，在动物界，"猫"与"鼠"的生存方式各异，不应在"物格"上有尊卑之分。

卑鄙的"猫"和伟大的"鼠"，您更喜欢谁？

中国人的十二生肖中，鼠为首。在文学艺术作品中，鼠的形象常常是很可爱的，如米老鼠。庚子鼠年伊始，十四亿中国人居然被这个小东西"折腾"得户户隔离、停工停学、如临大敌，可见鼠的能量。有人甚至溯源发现，每逢老鼠登场，世界总是要地动山摇。

越是看起来卑微的生物，越是轻慢不得。

世间事物总是充满悖论。我们应该正视和承认这种悖论，才有可能稍稍接近历史的真相。

尽管关于"西园雅集"图、记的真实性疑点很多，争议不断，但后代文人们还是宁信其有，而不愿轻易肯定其无。因而后续各个历史时期的文人、艺术家们，都兴致百倍地摹写其图、诵读其文，各种摹本层出不穷。我想，这其中有精神心理的因素在起作用：文人们长期生活在高压之下，逍遥自在、倜傥不羁式风雅，其实是一种奢侈品。难得据说有这么一次巨公名贤的高端雅集，它传递的精神密码给后世文人们带来一种神往和心理抚慰。至于真伪，反倒不重要了。

（原载《何谈风雅》，作家出版社2021年3月版）

我，世界

◎汪惠仁

忍的类型

某日收到照片，是久违的少年时的玩伴寄来的。从照片上，我只能从下巴的西南角依稀可辨的疤痕来判断此人就是"他"——我是疤痕产生的目击者。当时他贪婪地把高高树梢上整个鸟窝取下来，他要让所有的鸟蛋完好无损。当我看到那些青色的鸟蛋的时候，也看到他下巴的西南角在滴着血。

现在的他，坐在照片里的大堂上，情绪饱满，皮肤呈现着轻度酒精中毒的颜色。背景墙上挂满了他的企业获得的各类认证铜牌。当然，最为醒目的还是那个高悬在大堂上的巨幅的"忍"字。

普通人会把这个字刻在心里，忍气吞声地过一辈子。成功人士通常会把这个字挂出来，只为提醒自己不要乱了"大谋"。

文学里也有个"忍"字。这个"忍"不再是聪明机巧，也并不意味着写作者性格的懦弱，这个"忍"字在于揭示人生的困境：忍把浮名，换了浅斟低唱。这是柳三变的意义，他把"忍"字放到了交换价值与自由价值的交界点上，体现着自由价值对人生的诱惑。"忍"是暗藏价值选择的充满动感的中间状态——这里有滞重的生活，还有希望。

燕 巢

小时候，我经常去大姑家。在大姑家的堂屋里，我总爱给有线广播的地线浇上水，这样，来自大队部的通知和中央人民广播电台联播节目就不再被炒豆子似的杂音掩盖。

然后，我就呆呆地看着有线广播木盒上方的燕巢：无数褐色的泥粒神奇地聚合成这"危险"的巢,每个泥粒的表面都是那么光滑,一些泥粒被压得扁扁的——我把燕巢称为半碗"城墙",上口收得拢些的,我称之为半壶"城墙"。为筑这"城墙",燕子选择每一粒春泥,并且反复咀嚼,我见过燕子的唾液在阳光下闪耀着拉伸着,燕子知道,这一口唾液将要粘牢的是"城墙"的哪个部位。

燕巢是坚固的:巢之每一分毫,皆有燕的生命因子。燕巢之泥,如蚕之丝啊。

写作者,也在筑巢,只不过用文字而已。人的聪明是燕不能体会的,所谓的"时代感"在制造一个又一个的"典型"文字模块——无疑,对于文字筑巢而言,这是高效率的。所有的事物都将注定湮没在时间之场,但我想,一粒粒竭诚而筑的巢,它的消失也是一粒粒的消失;而用模块拼结的巢,它的消失将是一块块的,甚至轰然一片——就像那么多的我们曾经的偶像。

不二法门

中国的数字都极有讲究。

"不二法门",这是最初让我一头雾水的词。这里就有"二"这个数字——这个数字现在的活跃程度可能不用我来描述了,它就像童年时被投来掷去的苍耳,粘在每个人的身上。

让我们回到"不二法门"这个词。这个词,我最初看见它是在乾元禅寺,那时我还在上小学。那时寺庙的香火并不旺,我的心里只觉得那是一个可供玩耍的乐园,尤其在夏天的时候,寺旁高大而浓密的竹与松为我带来了大片大片的阴凉。常住的只有三五僧人,一例的清瘦。寺内的一面墙上写满了佛教语录,其中一则就有"不二法门"这四个字。碗口大的紫色的绣球花开了一树,我向树下的僧人请教这四个字的意思。他怀抱着一只年迈的猫,回答了我,但我听不懂他的口音。后来有人告诉我,他是太湖县人。花瓣在风里簌簌落下,经年雨水侵蚀了寺院的墙,"不二法门"四个字墨迹淋漓——这是我最初的疑惑,也可能是我最后的疑惑。

乾元禅寺多年没有再去看看。那一株花树,那一面墙,那墙上的字,一定不是老样子了。我们从思想史上了解到的"不二法门"早已被新的生活挪作他用。

无　常

人常常舍不得说破某些东西。

比方说，人生无常。这是我们心里时时闪着的一句。但作为成年人，我们不忍把这句话过早地传授给下一代人。我们教给下一代人，是这样的观念：人生只是一系列亟待解决的问题。

但是，人生无常。这毕竟是每个人迟早要发出的感慨，这毕竟是人迟早要面对的最根本的挫折。所以，酒、致幻的药物以及宗教向我们走来，我们用它们来安慰这无常的人生。

当然，当你有阅读的兴趣，拯救这无常人生的还有文学。但，文学不是酒，又不是致幻的药物，也并非宗教——尽管文学需要一定程度的非逻辑主义的力量，尽管文学需要仪式感。文学是一只蜜蜂，它要四处奔波，采集它能够采集到的、在它的采集传统里也没有对它自身构成致命的那些花粉。

如果，我们把这无常的人生简明地用一个数轴来表示，我想：类似宗教那样的情感与思想，占据的是原点的位置；真实的人生则在世俗利益的牵引下向正负两侧运行；酒及致幻药物则为我们提供一种漫溢的状态，这一状态让我看见"理念人"与"真实人"的错位关系。

正因如此，我想，好的文学，定是从以上的三者中分别借用了：宗教的定力、世俗的实在与幻想的勇气。

加　法

生活问题的解决之道在于这一问题的消失。

维特根斯坦是在告诉我们什么呢？他习惯沉默，话很少。维特根斯坦的回答并不显得沉甸甸，他的回答是轻盈而透明的：他总会把问题返还给你，因为答案就在你的提问方式里。哲学就在你的语言里。

写作者中，有很多是勤奋而刻苦的人，他们勤奋刻苦地在做"加法"：于采风团"深入生活"，于经典作品借鉴"技艺"，于哲学偷得"深刻"。

这让我们看见了新型文化生产中写作者的"奔逐"心态：套话的叠加总是能换来平均收益——因为集体性的对"不离谱"的迷恋，我们的写作者在套语的加法里渐渐安逸起来，很少有人冒着风险去反观并建立自己的语言。这就是为什么，那么多人在做着加法，我们的内心却在不停地持续地亏空，爱不能有效积累，"我"在丧失。

青　年

写作者的顾虑总是比一般人要多。他的每一个作品都不能重复，这与手机的设计师区别很大。我们彻夜排队买来的新手机和上一代手机相比并没有太多的不同。而写作真正的难度正在于：既要在一群写作者中体现独属于自己的文体辨认度，又要不同于以往的自己。

种种顾虑之中，写作者越来越看重年轻读者的口味。

我想，这并不庸俗。屠格涅夫写完《父与子》，他就担心因此而永远失去俄罗斯青年的喜爱。

对青年读者的看重到底意味着什么呢？是书商的市场焦虑，还是精神的传承忧虑？

在屠格涅夫的时代，俄罗斯民族的眼睛一直紧盯着法国和德国，唯恐被欧洲抛弃。巴黎底层的多次起义引导着俄罗斯作家的良知发现：屠格涅夫为自己的农奴主家庭出身感到羞愧；德国哲学也是俄罗斯读书人不容错过的学习对象：屠格涅夫从德国归来，与别林斯基谈论黑格尔，屠格涅夫说，别林斯基表现了极大的兴趣，不断地热烈提问。

思潮、风尚是我们熟悉的词。而青年，总是被假定与新思潮、新风尚紧密相关。思潮的真正发生，前提是对话，就像屠格涅夫与西欧的对话；并不存在一种思潮突然发生在午夜时分，于是也并不存在一夜主宰市场遏制传承的新青年。实用主义以青年的名义干过很多浅薄的事。

读　者

读者是谁？

读者是那个挑剔的人吗？据说他是经典性文学赛场上最终的裁判。

读者是那个亟待启蒙的人吗？不然，他何以对名言警句如此着迷？

也许，读者，我们对他完全不可把握，他就是毫无头绪的整个世界，他就是洪流，他不回顾也不听预言更不接受暗示。

写作者在生活中很难抓到一个理想的读者；这种读者为写作者提供着修辞学的建议，甚至，关于世界，他也能提供"真理性"的认识。

当我们没有进入写作之时，地球人皆是读者；当我们进入写作之时，无数读者中谁能成为古典时代的知音？

传播学需要这欢呼的人群——这群人用自己的电子终端当作表决器。读者被传播学空前地组织起来，成为随波逐流的消费模范——真正的阅读已经无限度地弱化了，读者变成了"参与商业传播的人"。

真　理

与真理性相关的总是基本问题。青年农民可以在区域性经济热点的某个工地上演绎励志故事，春节也不能回家——忙，或者是车旅的费用太高，他沉浸在自己的现实逻辑里；但他的九岁的孩子，一个留守儿童，得知自己不能和父母共度春节，选择了自杀。

孩子自杀，让我们看见了一种坍塌，让我们回归到基本问题，回归到人与自然真理性的层面。

实用主义生存逻辑只有在偶然灾难事件前才获得暂时的反思，好的文学给予人世的却是持续的反思能力，因为好的文学一直记得那个未被侵害的人与自然并视之为依据——任凭实用主义造出了多少繁华，好的文学总有能力拆穿它以牺牲真理性为代价的本质。

自 杀

时常想起一个自杀的女孩。她或许是得了某种精神病的遗传，她的母亲也是以自杀的方式离开这个世界的。女孩和她的母亲一样，并不缺少身边人的爱，但从青春期开始，她就执意寻找一种"美丽的方式"来结束生命。女孩上了大学，她的父亲为了防止意外，不远千里，每周末都来看望，并托付处世老成的同学帮着照应。几个月过去了，父亲觉得女儿似乎变得乐观开朗，他觉得，以后可以两周来一趟了。就在父亲改变探望频率的这一时段里，女孩失踪了。三天后，她的尸体在北戴河的海滨被找到。

她找到了那种"美丽的方式"。

她确认自己不属于此，而在彼——无人能将她说服。

她与我们差别很大吗？有些大，但不是想象的那么大。我们每个人都有着似她那般的瞬间。可能在写作者那里，情形更为类似。写作者总是很方便地将人世视为"他物"，而自己在"他物"之外。不能见容于当世，是一部分写作者心头暗暗自得的因素。这似乎成为一种"美丽的方式"。

世界在被叙说的时候，的确是他物。但世界的本质不是他物，它是全息之物，总和之物，我们都在其中——即便生命结束，我们也在其中。

一切存在即在他物之中。写作者可以在作品中模仿一个精神病患者，但不能真的成为精神病患者。

他的目的

古罗马的斗兽场，有很多残酷的故事。

但这里的残酷故事是可以细分的，并非都指向统治者的荒淫。作为低贱人的对手，一开始出场的是野兽，后来则产生了分化：死刑犯、奴隶在满场欢呼中胜利或死亡；一个不甘贫困的自由平民为了高额回报也来参加这场游戏；到后来，贵族和奴隶主们当中也有一些成为角斗士，他们来到此地，大概是要证明高贵人性中最有荣誉的那一部分：勇敢、毅力和智慧。

故事开始时，也许不是赌局。

但开始并不足以喻示结局。在故事之行进中，你并不清楚又会有哪些因素先后加入。

这先后加入的因素就像一个个的人那样，各有心思各谋其利，一种看不见的力量在"放纵"他们。于是，我们看见，故事里，他们在"获益"，他们在走到某种结局。

似乎那个看不见的力量无所作为。

文学要问的是，那个看不见的力量，他真的没有目的吗？

故事里先后加入的因素，他们先后获得个别的叙述学上的"意义"，但他们最终都在完成那个看不见的力量——他的目的。

他当然有他的目的，那个看不见的力量。

即使他暂时放纵你，那也是因为，你迟早要回来，听从他的召唤，猜测他的目的。

后代和后来者

参观一些博物馆时，我的情感总是很复杂。先民的生活生产的用具大体上是简陋的，面对这种简陋，我至少能感到自己有着双重的身份，貌似难以区分的双重身份：后代的我，后来者的我。

后代的我，总是要勘侦出一点线索，把我与先民联络起来。认祖归宗的冲动会把先民用具之"简陋"重新加以解释：生活如史诗般的长征，一直延伸至"我"的时代。文化的亲近感会把"智慧""勇气"赋予这些简陋的用具。

另一个我，是后来者的我，是一个作为在生活之场中迟到者的我。这个我，不像后代的我那么"热烈"：他注意到了"简陋"本身，他注意到了生活形态的断裂；他冷淡、冷漠地谈论着眼前的这些简陋用具，嘲笑它们的不合理；甚至，他对后来出现的全榫卯制作也不以为然，他一点也不愿意流连在"能工巧匠"的文化幻觉里。

青　春

一直不愿意把类型写作的概念强调出来。

譬如，我不愿意对青年作家谈青春写作，虽然我知道，市场在对这一概念进行滴灌培育和注水出售。这真的不是我故意追求高冷姿态，我实在不忍把青春从身体里剥离出去。

青春，是我们身体里的天书。

和生理学对人的青春界定不同，文学的青春在年龄上并没有截然的限期。我常常把《变形记》《罪与罚》《尤利西斯》视为青春的文学，它们大都在作家三十五岁之前完成。也许，很多人在刚刚出现第二性征时就已经成为老练精干的社会成员了，他们眼中的世界是清晰的，他们的路径是明确的——故而，他们的价值观可以用共同语的某些词汇精确道出，它们响亮而正确。但毕竟还有一些人不是这样，他们和世界的谈判进展缓慢，他们和世界最多只能达成局部协议，世界在他们的表述中是霸道而模糊的力量，似是而非——为了表述他们的感受，尽管他们并未放弃共同语，但他们对共同语使用的警惕心是常人的一百倍。他们的青春期很长，甚至，终生都是他们的青春期。

是卡夫卡、陀思妥耶夫斯基，是乔伊斯，是他们提供了一个逸出的世界，提供了青春，提供了我们身体里的天书。

是的，恋爱在这一时期也是极重要的。我们从青春期开始尝试与异性交往，并逐步体会有着伦理倾向的情爱管理，但是，这不应该是青春文学的唯一内容。

自　由

有些艺术形态的历史，并不很久远。

比方说有声电影。二十世纪快进入到三十年代的时候，有声电影才大规模进入人们的视野。这大概有技术上的因素：虽然早在1876年之后的几年之内，贝尔、格雷和爱迪生已经申请了人类声音电磁传输的专利，但稳定而清晰的录音和播放技术却是二十多年后的事情。不可忽视的是，那时关于电影的观念，也许在推迟有声电影登场这一过程中也发挥着不小的作用。

　　人类的内在欲求是多么的复杂！在某种意义上，人类把感性的极大满足视为幸福和进步；而在另一些时候，人类又把感性的每一次满足视为堕落，视为对人性和艺术高贵的规定性的背叛。二十世纪三十年代对有声电影的质疑是强烈的，尽管这质疑没有改变电影形态流变的大势。质疑者重申，电影首先是一门剪辑的艺术。

　　质疑者的担忧是，忽视剪辑的感性泛滥和庸欲膨胀是电影艺术的灾难。

　　谁能否认这是合理的质疑呢？非常合理。事实上，在有声电影涌向市场的最初的时间里，电影艺术的滑坡是公认的。

　　后来的电影，不但接纳了声音，接纳了色彩，接纳了明星制造，而且几乎成为人类用全部的感性元素重建幻觉生活的唯一的复合的呈现方式。

　　电影没有死去，是自由帮它找到了出路——而不是"放纵"解救了它。

　　自由是能够回应质疑并将质疑纳入自身的感性。

（原载《美文》2021年第1期）

学 而

◎陆春祥

公元前479年4月11日，曲阜城春寒料峭，冷风刮在人脸上依然生疼，城北的洙水河边，已经泛青的柳叶，齐齐垂下了脑袋，它们在为一位哲人哀悼，这一天，孔子去世。

孔子去了，孔子的故事正式开始。

弟子们遵礼守丧。25个月啊，一日为师终生为父嘛。日子是单调的，却不枯燥，同学们每天都在回忆孔老师的教诲，他编过哪些书，他做过哪些事，他讲过哪些话，他唱过什么歌，他什么事开心了，他什么时候生气了，都一一回忆，细细梳理。还有，同学之中的经典语句，也都要记下来。

曾参、有子，你们年轻，你们找弟子负责记录吧。

天不生仲尼，万古如长夜。

二十篇《论语》，篇篇闪光。

《论语》大教室的黑板报上，永久张贴着孔老师评出的各科先进同学：

德行优良者：颜渊、闵子骞、冉伯牛、仲弓；

言语杰出者：宰我、子贡；

政事擅长者：冉有、季路；

熟悉文献者：子游、子夏。

己亥初春，陆布衣老师讲《论语》，试解《学而》如下。

《学而》今年差不多有2570岁了，公元前551年9月28日，它和孔子一起诞生。

学而时习之，读书人终生的使命。

"陆学而"将要来到我家。嘉嘉的预产期是4月20日左右，我替未出生的孙孙命名为"学而",我希望,他(她)带着夫子的气息而来,无论男女,无论长相,无论富贵,健康平安,智慧有修养就好。

(补记:2019年4月14日,晨6时半,我在缙云的"岩下时光"民宿,还没起床呢,陆地同学急急电话报喜:小瑞瑞来了,顺产,六斤一两,母女平安。瑞瑞是她奶奶早就取好的小名,我祥,她瑞。瑞瑞大名,陆修蕴,陆地和嘉莉自己取的,哈,他自己的孩子自己作主。不过,修蕴和学而并不冲突,通过努力钻研学问和品行,用来藏蓄智慧和才华,通过不断学习并经常践习,都是修炼自己行为的良好方法和途径。)

我问:学习并且时常温习,是一件快乐的事吗?

百分之一百零一的同学回答:复习考试,一点也不快乐。

夫子应该不会说错,否则,古今读书人一定不会将它当作使命的。使命是什么?使命就是责任,强烈的责任,使命就是需要耗尽你毕生的心血去完成的任务,没得讨价还价。

那我们理解一定有误。

时,偶尔;习,实践。将学到的东西,偶尔用到实践上,那不是一件快乐的事吗?嗯,这还差不多。屏幕上常见各种名人演说,听听蛮激动,飞机上挂水壶,高水平,细细一考究,原来,都是将学到的东西,贩卖一下而已,贩古贩今,贩东贩西,他们的本事在于,"学而时习之"。大把大把的银子进账,自然"不亦悦乎"啦。

巧言令色,鲜矣仁。

巧言令色的人,你身边找找,一下子会冒出不少。怎么脸型都有点相似呢?皮笑肉不笑,或者,挤出的笑容,堆在窄脸上,足有几斤重。

敲重点,鲜矣仁。缺少真诚的心意,这就击中了要害,一个缺乏诚意的人,你还能指望他什么,他只能讲讲你喜欢听的话,而这些话,大多如草原上跑动的浮云,一会儿遮东,一会儿盖西,就是不落下雨点。

曾参出场了。

这位小孔子四十六岁的曾学生，一张嘴，就说出了千古名言：三省吾身。

三省，也就是三问吧：为人做事有没有尽到心？和朋友交往有没有失信？老师教的东西有没有复习好？

是一日三次反省自己吗？肯定不止，必须每日多次，从早省到晚，周而复始，这样反省累吗？你说累吗？起先累，后来就不累了，再后来，不反省，就浑身难受。蒙古族作家鲍尔吉·原野和我说，他每天晨起跑步，无论何时何地，无论寒暑风雨，我赞叹：哥，您真有毅力啊。他笑：不跑难受。

我去江西婺源江湾，那里有一座"三省堂"，老屋很大，房间很多，清中期的古建筑，如果不是这个堂号，这样的老房子，人们是不太会关注的。况且，这房子也不是曾参后人建造的，但人们来此，大多是为了曾参。我猜测，中国各地，以"三省堂"命名的房子，应该会有不少，它是优秀品格铸造必不可少的原材料。

曾子是如何炼成的呢？

说来话长长的，我慢慢讲。

《先进》篇的最后一节，子路、曾皙、冉有、公西华，在夫子面前各言其志。

最潇洒的曾皙，他的志向最著名：暮春三月，春服既成，冠者五六人，童子六七人，浴乎沂，风乎舞雩，咏而归。

曾皙显然比子路他们志高一等，他将天时地利人和全融合在一起，自得其乐，随遇而安，夫子大赞，原因就是，曾皙的志向，是全方位的，儒家需要这种充满人间烟火味的情怀。

曾皙比孔老师只小了六岁，虽是洒脱之人，但性格上显然比较成熟。

这么个温文尔雅的人，教育他的孩子，却严厉得很。

某次，曾皙让儿子去瓜地锄草，儿子不知道怎么回事，一边锄草，一边还想着其他的事，也许，昨天晚上的功课还不熟练，他的心思还在课本上呢，锄着锄着，就将一棵瓜苗给锄掉了。这下不得了，曾皙随手拿起一根棍子，重重地打了儿子一棒，儿子当场昏死过去。

曾皙是恨铁不成钢，老子打儿子，天经地义。

儿子也不是那么好惹的。

儿子苏醒过来后，也不埋怨父亲，他平静地理了理散乱的发髻，走到瓜地边，从容地坐下来，"鼓瑟而歌"，父亲是弹瑟高手，儿子自然也会。也就是说，曾晳的儿子，在遭到父亲暴打后，依然平静地弹瑟唱歌，像什么事也没有发生一样。

曾晳看着儿子的举动，一时竟不知道说什么好。

孔老师听说这件事后，评论道：父亲打儿子，轻轻地打，那就算了，如果重重地打，儿子一定要跑开，曾晳的儿子，被父亲暴打却依然受之，这是陷曾晳于不义呀，这不是孝顺的做法。

曾晳想来还比不过这个儿子呢。

该儿子还有更让人不解的举动：曾晳极喜欢吃羊枣，他儿子就忍着不吃。枣不好吃吗？肯定不是，一定是枣太好吃了，儿子觉得，老爹这么喜欢吃，咱做儿子的，就别和他抢着吃了，让他多吃点，多吃点。

有一天，风和日丽，曾晳家的织布机有规律地响着，门前却突然热闹起来，有人跑来告诉曾晳的妻子：哎呀，不得了了，你儿子在街上杀了人，因为和人吵架。曾妻头也不抬，依然两手紧握布梭，一下一下地织着。她相信，她的儿子，绝对不会杀人，绝对不会。

曾晳去世后，他的儿子为父亲举行了简单的葬礼。儿子认为，父亲活着，好好待他，父亲死了，咏而归，薄葬就可以嘛。

这个儿子，就是曾参，"三省吾身"的道德模范。

父子都成为孔门的七十二贤弟子，极为难得。

曾参是有资格做子思老师的，虽然"参也鲁"（有点鲁钝，布衣以为只是表面而已），以前成绩不太好（马云数学高考不是考过零分吗），但他勤奋刻苦，深得孔门真传，教教孔老师的孙子，绰绰有余。孟子有没有受过子思的教诲，无法准确考据，但孟子受教于子思的门生，一定可以成立。

孔孟，就这样相连起来了。

孔老师，还有比学习更重要的事情吗？

孔老师摸摸下巴，笑笑说：傻孩子，自然有了。

要孝顺父母，要尊敬兄长，行为要谨慎，不说谎话，关心别人，亲近有善行的人，这些，都比读书重要！

孔老师讲完这几条，和蔼地看着问他的门生：这几条做好，行有余力，则以学文。读书学习，分分钟的容易，最重要的是做人。

嗯，《大学》开宗明义就讲了大学之道：在明明德，在亲民，在止于至善。国家的高级学校中，培养什么样的人才呢？能彰显人的品格，要亲近老百姓，人格一定要完善。

孔老师站在遥远的高岗上，面对着鳞次栉比的大学，那一群进进出出忙乱的各国大学生，那一群进进出出忙乱的各科教授，一面摇头，一面感喟，怎么就本末倒置了呢？唉，唉！

小屁孩子夏，卫国人，小孔子四十四岁。

不过，子夏和曾参一样，都很老练，就如以前我教书的班级，坐在前排的几位小个子同学，年龄小个子小，但脑子却比大同学好使。

这一天的课堂上，子夏发出了成人般的感叹：

娶妻嘛（小同学一张嘴，大同学齐齐地讪笑），假如噢，你们别笑，我没碰过女人，不代表我不知道女人。娶妻嘛一定要重品德，容貌是次要的，我妈以前这般漂亮，我爸说的，但现在不是黄脸婆了吗？女人的容颜就是一朵花，含苞时最漂亮，开了就要谢，我家的小院子里有许多花，我观察十多年了。侍奉父母，必须尽心尽力（小同学讲这句时，大同学一脸的真诚），我每天上下学，但一点也不影响我侍奉父母，以后，我希望我的孩子也这样对我（大同学听到此，频频点头称是）。和朋友交往，绝对要真诚，讲信用，答应的事，必须信诺。

大同学闻此，开始闹哄哄地交头接耳起来。

陆布衣闻此，脑子里立即出现了尾生的形象。

男青年尾生，不知长相，不知年龄，庄子只提供了这么一点点信息。那尾生，看上了某年轻女子，他们相约，在村东头的桥下面约会吧，那里僻静，一棵千年大樟，将桥掩映得错错落落，桥下面，人迹罕至，那里绝对安全。

尾生其实早早就到了，站在桥柱下面，他在模拟与心爱的人相见的场景。

等啊等，没等来女子，却等来了一场大暴雨，雨如注，不，简直如柱，不一会儿，水就涨起来了。河窄水急，洪水咆哮着上涨，尾生抱着桥柱，就是不离开，他想，他这会儿离开了，那姑娘来了怎么办呢？不是见不着她了吗？堂堂大丈夫，怎么可以没有信用呢？水涨到尾生的腰，涨到了尾生的胸，涨到了尾生的头，最后，漫过了他的顶，尾生"抱梁柱而死"。

尾生的死亡原因，法医专家诊断：为情而死！

你们说尾生傻吗？好多姑娘却说，一点也不傻，尾生是守信的典范。

现在哪里去找尾生呢？婚前信誓旦旦，婚后没过多久，就离开了那座桥，有男尾生，也有女尾生。别指望他（她）抱柱，他（她）们抱的是新人，抱的是新鲜，当然，还要抱财富。

子夏今天的演讲很过瘾，因为他看见孔老师站在门边不断地点着头呢。

孔老师一肚皮的为政思想，不，只能说理想，因为一直得不到实践。五十一岁好不容易开始做官，他的官也做得相当不错，鲁国大治，人民富裕，道不拾遗。但还是少了许多变通，短暂的为官生涯，不得不中止。从五十五岁起，他开始周游列国，这是好听的说法，难听的呢，他自己就认为，他是一条丧家狗，一条没有家的流浪狗。

他不是一个人丧家，他带着一大群学生呢。个中艰辛，甘苦自知。不过，他对学生们的讲课，却一直没有停止，课堂变大了，变宽了，东风西风都可以任意在教室出入。

小同学子禽，陈国人，小孔子四十岁。

子禽是个爱思考的同学，他一路随老师丧家，却见老师神情自若，无论到哪里，都是一副先知的模样，他就很奇怪。

有一天，他终于忍不住，抓住子贡同学的肩膀，使劲地摇了摇，发出了他的疑问：我们的孔老师，每到一个国家，一定会得到很多该国的各种资料，这是他自己找来的呢，还是别人主动给他的？

子禽这个问题，已经酝酿好久了，他看到孔老师，即便到一个非常陌生的国家，也会对这个国家了如指掌，他怎么会知道的呢？他难道真是神人吗？

子禽问完，喘了一大口气，即便没有答案，他也释放了。

子贡显然见多识广，他和蔼地看着这位小同学：老师为人温和，善良，恭敬，自制，谦逊，我以为，正是因为老师具有了这样的品质，他才会得到那些东西。而我们普通人，大多要靠问，才能得到这些知识。

嗯，嗯，子禽不断点头，他觉得子贡要比他懂太多了。

陆布衣听完子贡的回答，觉得还不满意：孔老师，应该是将各种品德、储备的知识、强大的理解力数者融合，才有了这些先知。

举一个例子。

孔老师五十岁才开始学《周易》，他颇为后悔，要是早点看到这本书，他不至于在黑夜里盲走许多路，就是说，他要聪明许多。

陆布衣一到知天命的年纪，迅速找来《周易》，乾、坤、震、巽、坎、离、艮、兑，这八个，简单，记一下就可以。两条线来了，一短，一长，然后，我开始背乾三连，坤六断，震仰盂，艮覆碗，离中虚，坎中满，兑上缺，巽下断。完了完了，数学本身就不好，背了多遍，被那两条长短不一的线，折腾得头晕脑涨。这还没有生成六十四卦呢，每卦再加上六爻，三百八十四爻，彻底放弃。本来，我还有个小理想，古稀之年时，穿个布褂，白胡子爷爷，给人算几卦，装装样子总是像的，因为我还有长长的人生经验呢。

算是小告诫吧，数学不好，你还是别碰《周易》了。

我以前做班主任，每晚每早，都要去班级督查，晚自修，早自习，背着手转来转去，偶尔会接受一下学生的提问，那时，我判断学生是不是好学，主要是看成绩，另外也看平时爱不爱提问。进了《论语》课堂，才发现自己的浅陋，孔老师早就有判断"好学"的标准了。

君子食无求饱，居无求安，敏于事而慎于言，就有道而正焉，可谓好学也已。

前两条，应该是为颜回量身打造的。一箪食，一瓢饮，在陋巷，人不堪其忧，回也不改其乐。颜回为什么不讲究吃，不讲究住？他心中只有一件事，读书，不断地读书，修身。凭颜回的本事，做个官应该没什么问题，但他不愿意，他对孔老师说：俺在城外有五十亩田，足够供应我要吃的稀饭；我在城内还有十亩田，足够生产我要穿的丝袜。摸清颜回的家底后，布衣感觉，颜回其实不是穷死的，他只是不讲究吃住而已。

《雍也》第六中，就有这样的对话：

有一天，鲁哀公问孔老师：您的学生中，谁最好学呀？

孔老师回答：有一个叫颜回的最好学。他很有修养，从不把怒气发在不相干的人身上，也从不犯同样的过错。只是太遗憾了，他年岁不大，已经死了，现在已经没有这样的学生了，我也没有听说过有爱好学习的人了。

颜回死的时候只有四十一岁，孔老师大他三十岁。

孔子感叹完后的两年，自己也去世了。

继续说"好学"。

办事勤快，说话谨慎，这也是"好学"的要求。

子路办事勤快，但说话不谨慎，不算好学。

其实，在不同的场合，孔老师对"好学"的阐释还是有不一样的地方。

有一天，子贡问孔子：老师，卫国那个大夫，孔文子，他凭什么得到了"文"的谥号呢？孔老师答：孔文子敏而好学，不耻下问，所以得到这个谥号。

这里，孔老师的好学，又回到了聪明爱好学习的意义上来了。

还有一个前提，不耻下问。在古代，放下身段，并不是一件容易的事，贵族阶层，有着十分优裕的自我感，一般耻于和身份低于自己的人打交道，那些下人，怎么可能有智呢？他们只配被奴役。但孔老师认为，他们大大的错了，他们错过了获取智慧的途径。他看得很明白，人非圣贤，每个人都有值得人学习的地方。

其实，孔老师自己就是好学的典范，他骄傲地宣称：即便如十户人家这样的小地方，一定有像我这样做事尽责又讲信用的人，但是，"不如丘之好学也"。

是的，如果不好学，三岁死爹，十七岁死娘，又没读过什么正规学堂的孔子，怎么会三十来岁就开始授徒呢？

人的一生，谁也不能准确预判，贫和富会在什么时候发生。不过，这不影响对贫富的理解，作为有文化的读书人，必须要有情怀，贫来了，如何处置，富来了，如何对付。这实在是个大问题，会影响人生的。

子贡以自己的亲身经历咨询孔老师：

老师，贫穷，但不谄媚；富有，但不骄傲。这样的态度如何呀？

孔老师答：应该是不错的态度。但是，贫穷而乐于行道，富有而崇尚礼义，显然要高于你刚才说的表现。

子贡似乎有点大悟的样子：老师，您给我们讲《诗经》的时候说道：如切如磋，如琢如磨。是不是说的同一样道理呀？

孔子笑了：端木赐呀，现在，我们可以来讨论《诗经》了！告诉你一件事，你已经可以自行发挥，并且领悟到了另外一件事。

孔老师回答子贡的标准，显然不是空穴来风，因为他的另一个好学生颜渊就是这样的良好践行者。那几句表扬颜渊的话，这里不再述了。

《诗经·淇澳》，出自卫风，全诗共三章，每章九句，借物起兴，以绿竹赞美君子的高风亮节，其中著名的"如"字比喻，除了子贡说的，还有：如金如锡，如圭如璧。这些喻体，和前面的一样，修整骨角与玉石，浇铸青铜器皿，需要不断切磋琢磨，精益求精，这些比喻告诉我们，君子之美，在于后天的修养，在于道德的磨砺。

孔老师的含义，其实还是明显的，乐道与好礼，和无谄无骄相比，显然境界更高，情怀更广。

不患人之不己知，患不知人也。

不担心别人不了解我，只担心我不了解别人。

别人不了解我，我已有的才学与品德，不但不会缺失，反而会更加促使我努力学习。别人不了解我，总是有原因，各种方面都还没有达到足以让别人了解我的高度，这不就有了差距了嘛。

我不了解别人，带来了许多问题。志同道合的朋友，太少了，因为不了解别人，一直找不到合适的伙伴，一起承担要做的事情。

孔老师这一说，解了我多年的困惑。我的困惑在前一句，别人一直不了解我，连表面也不了解，我这一身的本事，我是明珠投暗呀。

后一句，说的是知人善任吗？嗯，应该是的，孔子如果做鲁国的组织部部长，一定会选用更多的人才。

不己知，不知人，连起来看，互为前提，互为基础。不知人，两眼一抹黑，一个人走夜路到天明，还不一定能到天明呢，极有可能在黑夜中死去；不己知，找个山水好的地方隐起来，孔老师偶见一路高歌的楚狂舆，立即下车，想与他交谈，狂舆招呼也不打，扭头就跑。

（原载《北京文学》2021年第11期）

橡皮擦

◎沙 爽

午夜失眠，随手翻翻微博，见《科技日报》登出了一则简短新闻，说北京大学神经科学研究所万有与伊鸣团队利用基因编辑技术，可以精准"删除"动物的特定记忆：

> 该研究在两个不同的实验箱里诱发大鼠对箱子的恐惧记忆，进而将基因编辑技术与神经元功能标记技术结合，通过对特定印记细胞群的基因编辑精确删掉大鼠对其中一个箱子的记忆，而对另外一个箱子的记忆完好保留。

这一天是2020年3月24日，日本正式宣布将东京奥运会推迟至一年后举办。意大利、美国和西班牙的新冠新增病例持续攀升，中国大部分城市大中小学的开学日仍遥遥无期，整个世界沦陷于新冠病毒带来的恐慌之中。微信朋友圈里，有人开玩笑说，应该把这一年从历史纪元中删除，这样东京奥运会仍可以在2020年如期召开，人们也不必为虚度的一岁而焦虑不安。短暂的莞尔之余，面前仍旧是阴沉凝滞的漫长时间。疫苗虽已进入实验阶段，但真正应用于临床，至少要等到一年以后。二三百年来，现代医学原本一路突飞猛进，不仅放言要攻克癌症和艾滋病，还要让纳米机器人深入人体，随时修补所有被衰老和疾病损害的器官……谁能想到呢，小小的一个病毒，便狠狠击中了现代医学的阿喀琉斯之踵。

在这样的日子里看到这样一则新闻，真是让人心头五味杂陈——如果删除记忆是获得重生的唯一方案，当瘟疫结束，曾经在悲伤、恐惧和绝望中苦苦挣扎的幸存者，会不会宁愿删除关于这场瘟疫的全部记忆？

如果我们的海马体能够自行辨识记忆的类别就好了——如果是愉快的记忆，就将它们输送到大脑皮层进行备份；反之，与痛苦有关的记忆将被永远封存在海马体内，等待另一个新生事件取而代之。事实是，人体确实拥有类似机能，一只隐形的橡皮擦，早已被造物主植入我们的体内，用以擦除所有痛苦和不堪的往昔。肉体经受的剧烈疼痛，在经年之后将会变得隔世一般模糊。但是，此类记忆一旦被输送入大脑皮层，它就会变成一块巨大的、吸饱了雨水的海绵，阴郁、沉重、不堪触碰。当人们经历战争、恐怖袭击、强奸、重大交通事故等事件之后，随着时间的推移，有约七成的人会通过自身调节逐步恢复正常心理状态；而余下的两到三成人群，则坠入与此相关的漫长噩梦——医学上称之为创伤后应激障碍，简称PTSD。在美国"9·11"事件发生后，因之而罹患创伤后应激障碍的病例，至少有万人之巨。曾经遭遇过的灾难画面一遍遍在脑海中重演，使他们夜夜难以入睡，也无法集中注意力。一点点稍大的声响，就足以让他们受到惊吓，甚至看到摩天大厦也会惊惧不已……记忆造就了一座人生炼狱，将许多人囚禁其间，而刑释日遥遥无期。

怎样才能让大脑删除苦痛，以补救被无形鬼魅所损毁的人生？

最早剪辑人脑的尝试，大约发生在古埃及。在一小部分埃及木乃伊中，尸体头盖骨上钻有奇怪的小洞。这种治疗癫痫病的古老手术早已失传，以致后来者不得不查阅大量资料，以了解这些小洞到底所为何来。

到了19世纪末期，为了治疗精神类疾病，医生们开始尝试对大脑进行手术。施术对象除了人类，还包括家犬和灵长类动物。1935年，在伦敦举行的第二届神经精神学会上，约翰·富尔顿和卡罗尔·雅克布森发表报告，提到他们对黑猩猩实行两侧前连合切断术后，黑猩猩的攻击性行为减少了。在此基础上，葡萄牙医生安东尼奥·莫尼兹发明了脑叶白质切除术，用以治疗包括精神分裂症、抑郁症、严重强迫症以及一些被人们认为有精神疾病征象（如喜怒无常、具有暴力倾向）的人。经过手术，这些患者确实大都变得温顺驯良。莫尼兹因此获得了1949年度诺贝尔生理学医学奖。

脑叶白质切除术曾经风靡一时，从20世纪30年代到50年代，短短二十年间，仅在美国，就实施了四万到五万例。但因之而起的质疑也从未止息。50年代前后的一项调查表明，大约有三分之一做过脑叶白质切除术的病人，术后病情并没有多少变化；另外的三分之一则比术前有所恶化，变得更为冲动，甚至丧失了部分人性和社会性。也有的病人在经过手术后失去了精神冲动，表现出类似弱智和痴呆的迹象。一些文艺作品也以此为题材，比如电影《飞越疯人院》，影片的主角，热爱自由且充满反叛精神的迈克·墨菲，被强行施行了脑叶白质切除术，就此变成了一具行尸走肉。在迈克·墨菲的感召下重新唤醒了生之希望的"酋长"，忍痛杀死迈克，逃出疯人院。

在日本，曾经发生过一桩轰动一时的"脑叶白质切除术谋杀事件"。

该事件的主角名叫樱庭章司，出生于昭和四年（1929），是一位成绩斐然的业余拳手，为人富有正义感。除了擅长运动，樱庭章司还勤于学业，自学英语并考取了正式的翻译资格，并立志要当一名作家。

年轻的时候，樱庭章司曾经做过土木施工员，为了保护被欺辱的同伴，他痛打过小混混，也曾涉嫌以暴力手段抗议老板的不当行为。以上这些都构成了他的"前科"。后来他开始写作，成了当红的体育作家。有一次，在赡养母亲的问题上，他与妹夫发生争执，盛怒之下，他捣毁了妹夫用来展示玩具的玻璃橱柜，因此再次被捕。医院对他的易怒型性格进行了精神鉴定，随后以检查肝脏为名，对他实施了脑叶白质切除手术。作为出院的条件之一，他被迫在手术同意书上签了字。

术后的樱庭章司，无缘无故出现了癫痫症状。而意欲的减退，使他的书写能力陡降到了从前的五分之一。有一天，他在窗前眺望落日美景，却发现自己的内心竟已不再为这世间的美好动情。自此他决意要杀死那位为他手术的医生，再自杀谢世。某日他服下巴比妥，来到医生家中，但碰巧医生外出，于是他一不做二不休，杀死了医生的妻子和岳母。

樱庭章司被捕之后，法庭对他进行了医学鉴定，确认他患有脑萎缩和髓液循环障碍，同时还发现了当年手术时遗留在他脑子里的止血夹。

受到此案启发，日本著名推理小说作家岛田庄司创作了《溺水的人鱼》，讲述了天才的游泳选手阿蒂娜在胁迫和欺骗之下，被切除了脑叶白质，由此失去了运动能力，不得不在轮椅上度过了痛苦的后半生。促使樱庭章司下定复仇决心的那个黄昏，也被岛田庄司移植到了小说之中：

> 这是在欧洲大陆可以看到的最后夕阳，眼前是一片金光灿烂的大海，间或也能望见星星点点的渔火……可是，望着这一切，阿蒂娜全无赏景之

心，她只是呆呆地站在那里。以前，每当她看到这种夕阳西下的美好光景，总是惊呼赞美，欢呼雀跃。眼前的阿蒂娜简直成了一个木偶。

以脑叶白质切除术来改变某些人类天性的尝试宣告失败之后，医生们转而求助于药物治疗和其他更精确的脑外科手术。在半个多世纪的时间里，人类对自我肉身的探究可谓巨细靡遗。科技的飞速进展也鼓励了科学家的野心，他们所追求的目标也更为精细，对"记忆操纵"的研究，便是其中之一。

2014年，荷兰科学家宣布，他们成功采用电击疗法删除了人类大脑里的指定记忆。医生借助电休克机等特殊仪器和设施，在短时间内，以适量的弱电流刺激患者脑部，从而引起脑神经内部发生综合作用，达到局部治疗的目的。

从2016年开始，加拿大麦吉尔大学的阿兰·布鲁奈特博士和他的搭档们，则尝试使用降压药普萘洛尔，为六十名受试者进行每周一次的治疗，每次治疗时间为十分钟。在六次治疗结束后，有三分之二的患者病情有所改善，虽然不能称之为完全清除痛苦记忆，但病人此前的睡眠不良、过度警觉、记忆闪回等PTSD典型症状，均减少了百分之五十甚至更多。

在此之前，美国佐治亚医学院研究小组曾经与中国华东师范大学的科学家共同合作，从小白鼠大脑中成功分离出记忆分子。他们在试验中将小白鼠放到一个房间里，播放一段录音，然后反复对小白鼠进行电击，使之对这个房间和声音产生痛苦的记忆。然后，他们将小白鼠再一次放到这个房间，并播放让它感到恐惧的录音，同时给它注射被称为CamKII的蛋白质。此后，当小白鼠被重新放回到同样的环境中并播放同样的录音时，则不再因恐惧而颤抖。他们由此得出结论：如果我们试图删除一段不愉快的记忆，需要在同时回放痛苦的记忆或恐惧的情况下，注射这种CamKII蛋白质。

至于《科技日报》上所报道的利用基因编辑技术来删除特定记忆，其具体的操作方式新闻中并未提及。但是人们还记得，早在2018年11月，南方科技大学副教授贺建奎曾经发布消息，声称一对经过基因编辑而对艾滋病免疫的双胞胎婴儿诞生，此事当即在全球互联网上掀起了轩然大波。

当时出于好奇，我查阅了资料，了解到基因编辑的一些皮毛知识。当HIV病毒攻击人体时，它主要以CD4+T细胞为目标，必须在细胞表面找到一个叫作

CCR5或CXCR4的受体,这个受体相当于HIV病毒进入人体的"入口"。但是对CXCR4进行编辑可能影响到胚胎的发育,而且多数HIV都是通过CCR5受体进行入侵的,所以CCR5受体就成为基因编辑的最佳选择。贺建奎团队正是敲掉了CCR5基因的32个碱基,使其蛋白无法正常穿膜表达于细胞膜上,病毒也就无法找到这一"入口"进行入侵。不过,基因编辑存在出错的可能,并由此引发基因突变,对新生婴儿产生无法估量的伤害,也有可能产生新的疾病隐患。而且基因一旦被修改就无法恢复,这种隐患会伴随人的一生,并被遗传给子孙后代。

后来,坊间传出贺建奎被捕的消息。南方科技大学也发表公告,解除了与贺建奎的劳动关系,并终止其在校内的一切教学和科研活动。一桩疯狂的科学事件似乎就此画上了句号。然而,作为一个懵懂的凡人,我始终没有弄明白,应用于人体的基因编辑究竟在多大尺度上为法律所允许——如果将基因编辑作用于胎儿属于非法行为,那么,利用基因编辑技术删除特定记忆,其应用对象到底仅限于实验室动物,还是终将在人类中推广实施?

在一个文明社会里,出于对个人隐私的维护,我们不可能追踪这对婴儿的未来。基因编辑究竟给他们带来了怎样的伤害,以及如何确认其对艾滋病终身免疫,这一切都将成为悬念。半个世纪前脑叶白质切除术留下的阴影并未散尽,考虑到人类记忆的复杂性质,实在远非小白鼠可以比拟——以基因编辑技术操控记忆,将为人类带来福祉还是灾难,我们完全无从预知。

有几次,朋友在网上向我借钱应急。第一个反应当然是担心遇到了网络骗子,于是请对方拨打我的电话,然后随口问了两个问题。这些问题不会见诸任何正史和野史,也无法凭借搜索引擎找到答案。它们是在多年的交往中,我与友人共同经历的细枝末节。如同在忘记某个密码的时候,系统据以确认操作者系你本人的提示问题:"你最喜欢的老师的名字?"或者"你小学同桌的名字?"。它们是游离于公共记忆之外的私人印记,而只有这样的印记,才可以证明你是你。这人世的深情,恰是建筑于我们彼此间共同拥有的点滴回忆。罹患阿尔茨海默症的人之所以让人哀怜,是因为先于肉体,他们与亲人内心的环扣已经提前脱离。我们无法想象那是怎样一个全然空白的世界,仿佛一切被强光漂过,回首时空茫一片,连脚下的路也接近虚无。

在韩国电影《我脑中的橡皮擦》里,当秀真的记忆力日渐衰退,那个隐形的橡皮擦不断擦拭掉她脑中的一切印记,深爱着她的哲洙说:如果记忆离开了,还会剩下灵魂。秀真说:不,如果没有了记忆,那么灵魂也就不存在了。

果真如此,当未来医学真的可以删去那部分痛苦的记忆,此后的人类,是否仍可以拥有属于个人的完整灵魂?或者是,在完整与欢愉之间,我们将如何决定舍此取彼?

(原载《青年作家》2021年第3期)

未竟之旅

◎李晓君

> 那片黄金中有如许的孤独。
> 众多的夜晚,那月亮不是先人亚当
> 望见的月亮。在漫长的岁月里
> 守夜的人们已用古老的悲哀
> 将她填满。看她,她是你的明镜。
>
> ——博尔赫斯《给玛丽亚·儿玉》

月 色

 如果找一位能够与月色相匹配的人,我会当仁不让地选我自己。说出这话时,我一点儿也不脸红。事实上,当我想到这句话时,我因辗转难眠,恰逢其时地看到月色如白色粉末撒到床前,便披衣站起,来到户外。此刻的月亮,如一张略有残缺的脸,映在澄净的夜空,秋凉如水,河汉无声,让人无限感慨。夜晚像一方巨大的墨池,又如浩荡的江河,足以洗濯一切,浸染一切。如此漆黑混沌的夜,又如此明亮清透如白昼,月亮,仿佛仅次于造物的存在,其神秘和美丽足以让人窥见而无从描绘。承天寺的钟声如乌鸦的翅膀无声无息,我的老友张怀明此刻也心满意足地入睡了。我突然明白,我不是在户外,而是在灯下,挥笔写下这则短文《记承天寺夜游》。

 "……何夜无月,何处无竹柏,但少闲人如吾两人耳。"

 月亮在我朝,是一种法则,一种精神,一种审美,更是一种语言。《史记·天宫》说:"月者,天地之阴,金之神也。"汉人拜月、祭月的习俗由来已久。《诗经》最早写到男女在月下幽期密会,痴情而直率地倾吐对月下美人的思慕,《陈风·月出》:"月出皎兮,佼人僚兮。舒窈纠兮,劳心悄兮。"诚如《史记》所言,月亮的阴性品质,总会让人不期然地联想到女性、思念、忧伤等词汇。

我在《记承天寺夜游》中表达的这种"闲",或许是一种无我、放逐、归寂、隐匿的情绪,这种情绪,如月亮的背面,浮现出无端的凄然的美丽。差不多同时,我在另一篇文章《赤壁赋》中,因夜游赤壁,仰对明月,情不自禁放歌:"桂棹兮兰桨,击空明兮溯流光。渺渺兮予怀,望美人兮天一方。"我对明月的凝望,仿佛思慕远方的美人,在这清朗、惬意的明月之夜,大家都为月亮饮酒歌舞,仿佛是明月的真正爱好者,只有我知道,我才是月亮唯一的知己。我的伤怀就像明月的伤怀,我的沉醉就像明月的沉醉,我的抑郁就像明月的抑郁。

在霜露既降、木叶尽脱的秋天,我和友人从雪堂漫步回临皋,月色将树林和我们的身影铺泻在小径上,我和友人走着、说笑着,长江在身边如半醒半寐的猛兽,漆黑的丛林如未知的人生的旅途,我在人群中会突然沉默下来,甚至在漫无边际的夜空中神游。灵魂出窍大抵如此吧。"挟飞仙以遨游,抱明月而长终",我在幻想中与月亮合二为一。对于别人来说,月亮是装饰在窗户上不可企及的神秘事物,对于我来说,月亮,也许是一张温暖的床。多少年以后,我的同道,一位美丽的法国女作家佛朗索瓦兹·萨冈,在她的短文《床》中,如此写道:"'床'是一个被不体面地蔑视的词语:一切时代的国王、皇帝、贵族们的肖像都被陈列在他们的府邸里,肖像中,他们的妻子站在活动穿衣镜前,他们的父母坐在扶手椅里,法律人员在他们的记事簿前,仆人们在他们的橱柜前……床,我的床,我有一天会离你而去,被人抬走,正是那一天,我会感觉到自己在死亡的悠缓而阴暗的洪流中,被其他的日子所推动,正是那一天,我离开最后的床,像河流汇入大海时一样。"月亮,是我的故乡、我的眉山,是我母亲的手掌、儿时的梦幻,是另一个我在空中将我凝视——那在夜空中端庄、皎洁的是我本身,而在地上,在黄州的这位屈辱的仰望者,只是一个没有灵魂的幻影。

"月亮里住着梦幻,不可企及者。"(博尔赫斯语)或许,我是李太白的转世,而博尔赫斯是我的转世。据说,他流传下来的三百多首诗歌中,写月亮的有五十多首。至于我的诗文中,写月亮的有多少首(篇),留给有心的读者去统计吧。盲眼的博尔赫斯老人有望不见月亮的痛苦,我则在漂泊不定的一生中始终有月亮这兄弟的慰藉。月亮是个实体,它的出现,使天空不显得那么空洞。反言之,在密实的天空里,月亮其实也是个缺口,是个陷阱,是我们沉重、饱满的人生中轻盈、虚无的部分。试想一下，如果没有月亮，宇宙——这时间与空间的统一体，这浩瀚和伟大的存在，将会变得多么无边和黑暗啊。

江 海

"小舟从此逝，江海寄余生。"当年我在黄州写下这句子时，未曾想到一语成谶。

建中靖国元年四月二十八日（我去世前三个月），与故友杜孟坚邂逅于江上，时隔八年，江上重逢，"怀仰世契，感怅不已"。在我不长的一生中，月亮始终像一条小舟、一张床——渡我、眠我。时间之海里，我阅尽人间春色——"问汝平生功业，黄州惠州儋州"，漂泊成为我一生的主题词。我并不因此怨恨皇帝和政治上的敌人，正是他们对我肉体的放逐，使我获得了精神上的逍遥。这比在紫阁金殿里草拟文稿，听着滴漏感受无聊之夜的漫长与孤寂，显得有意思多了（虽然这多少有些自我安慰的成分在里面）。

重逢杜孟坚的刹那，我的梦幻之感如此强烈。神宗元丰二年，我自徐州调任湖州，三过平山堂——距离上次见到恩师永叔公已时隔八年，当我故地重游，先生已经去世八年——我产生的人生似梦之感与此次相仿佛。我能体会吾友黄鲁直夜宿武昌松风阁，写下"东坡道人已沉泉"的心情。

"休言万事转头空，未转头时皆梦。"佛家言"前阴已谢，后阴未至，中阴现前"，意指寿命已尽，魂魄尚未投胎（所谓"中阴身"）。我自感生命的期限将至，而对于来世我未曾有任何的假想——就让我断气时游离这衰亡之躯的"中阴身"漂浮于江海，永不再投胎。

"平山阑槛倚晴空。山色有无中。"欧翁的词句还在，而他的音容笑貌已成幻影。联想他的身世和我自身的际遇——作为同样衰残的老翁，我不禁悲从中来。

后人说我是宋朝尚意书风的始作俑者。"我书意造本无法，点画信手烦推求。"这是我对自己书法的评语。江海气质，是我书风的自然流露。我的一生便行走在大山大水之间，如果说我是个出色的诗人、词家、散文家、书法家、画家、音律家——虽无法自谦到不能接受的地步，但我更愿意说我是个旅行家——在我朝,唯有天上的明月和候鸟,比我的足迹更广阔地丈量过中华大地。我是个将字写在大地上的书法家。因而我的书法如同我的散文一样,纯粹出于一种浪漫、天真、灵妙的天性,如月照空山,如惊涛拍岸。

后人形容王右军的字:龙跳天门,虎卧凤阙。是很形象和贴切的。

而江海无形,它以大地的凹陷处为形,我的字因而不能用形象去比拟。

季 常

陈季常。

当我想起你的言辞举止,我的心中铺满三月的樱花或盛夏夜阑人静烛火温馨照耀的画面。他是那种我想成为的人。仿佛一面镜子,通过他映现出我自身。

我在黄州四年,曾三次去找季常,而他也曾七次前来见我。后人整理《东坡集》,见有我写给季常的信札十六封——"俱在黄州时作"。黄州是我仕宦生涯的一个低谷,却是我来到不惑之年后精神勃然焕发和收获友情的阶段。比我之前与之后任何一个阶段,都更令人回味。

季常最为流传的故事是——河东狮吼(见于南宋洪迈《容斋随笔》)。"惧内"成了他最著名的标签。我曾为他写过一篇《方山子传》。他在光州、黄州一带做隐士的时候,喜欢戴一顶高高且方的帽子——那是古代乐师常戴的一种帽子,故称他"方山子"。此公在洛阳有雄伟富丽的园林宅舍、在河北有每年收入上千匹丝帛的良田,而他视之如粪土,一概莫取,甘愿窝在这偏僻之地遁世。此公甚可爱也。

后人见我写给季常的书札中,较有名的三帖是《一夜帖》《新岁展庆帖》《人来得书帖》——分别是:请季常转达王君所索取的黄居寀画龙已暂借给曹光州事、相约季常上元时在黄州相会、慰问季常之兄伯诚逝世。此三帖与《黄州寒食诗帖》,都是我贬谪黄州时的经意之作——所谓经意,并非刻意书写,而是率意趋笔书之,只是状态轻松,"散怀山水,萧然忘羁"(东晋王徽之)。此书札,遒劲茂丽,肥不露肉,劲媚秀逸,后世称为天才之作。在《一夜帖》第五行"却寄团茶一饼与之,旌其好事也",字形体态摇曳多姿,全赖书写时心手相忘,亦是兴之所至,笔毫贴着可爱的季常先生的精神行为而去,将我的笔墨情趣与书写对象高度融合、化为鬼神之功。第七行"季常"两字字势巨大,占据半行间距。此两字如一笔书之,连贯、醒目,仿佛是对季常本人浓墨重彩的画像——就让此公如危石悬顶,以其可爱、怪诞时时压迫我,提醒我苍白的人生之途中也有那让人会心一笑的片刻。

子 由

你们比我更熟悉和喜欢子由。

我写给子由的诗词,见于选集的不下200首。其中《和子由渑池怀旧》《和子由论书》《初别子由》《水调歌头·明月几时有》等数篇,已成为传诵千年的经典。"岂独为吾弟,要是贤友生。"子由仿佛为我而生。他是我寂寞生涯的参照与标高。造物使然,让我在人生途旅有这样一位知己、精神同游人、拈花一笑的映照者。

子由是人间美好的证明。有人说我与子由好比弓与箭,唯其弓的坚毅、隐忍,才有箭的迅疾、锋利。我们的父亲颇有先见之明。他给我取名"轼",是希望我像马车上的横木,懂得稳重和保护自己,仿佛他一眼望穿了我这个呱呱小儿未来势必掀起惊涛骇浪而无所畏惧;他给子由取名"辙",也像欣慰地看到我弟老成持重如地上的车辙,即使马车掀翻他也无恙。我少知子由,天资和且清;而子由说,"抚我则兄,诲我则师"。子由是我漫长的羁旅生涯无限思念的那个人。是我精神的出口,欢欣或寂寥时刻的共情者,无弦琴上的音符,寂寞的星星(无限深情的注视),流淌的江河,唤醒我的早晨的光线,我的侧面或背影……子由构成我个人的完整性。没有子由,我是半个人——诚如后来欧洲小说家卡尔维诺笔下"分成两半的子爵"。子由的存在,让人们相信,世间存在一种超越父爱母爱及爱情的情感——兄弟情,因其在结构上的并置而非垂直或者雌雄相吸;这情感不像爱情、父子(母子)情的封闭内卷,而是"外拓"为对自然、宇宙、时间、空间、草木禽兽、风雷雨电、艺术宗教生活——无所不包的一切事物上的共同分享、激发和鸣唱,是完全奉献自我而不占有对方的一种精神上的牺牲和建构。是相互的形成和支撑。是隐秘的成长和塑造。

某种程度上,是子由而不是我写下了这些吟唱给子由的诗篇。

附录《宋史·苏辙传》:"辙与兄进退出处,无不相同,患难之中,友爱弥笃,无少怨尤,近古罕见。"

美 人

美人。——十年生死两茫茫。

王弗、王闰之、王朝云——她们都姓王。与季常、子由不同,她们是我身体内室的参与者与共建者。是欲望、激情、潮汐、孕育、分娩——这个人隐秘部分的收藏者和承担者。如果说季常、子由是我的精神之叶,王弗、王闰之、王朝云则是我的身体之花。是我的生命本身——是土壤,也是烟花。我的充盈和虚无。

我的存在与消逝。

或许我吟唱美人的诗句,不及我给我弟和友人的诗篇动人。因为我注定是个朝外的人——美人为我安守,我则将生命投放于洪流与骇浪——在与激流的共舞中书写诗章。我注定不是个安分的人。我的外向型性格总是会将自己推入舆论的焦点、事件的中心。

王弗——谨肃。敏而静。有识。这是我在亡妻墓志铭中的三个关键词。彩云易散——王弗十六岁与我结为夫妻,二十七岁去世,她与我有着灵犀一点的默契,是我的夜来幽梦,我的相顾无言明月当窗,我的千里孤坟无处话凄凉。

王闰之。亡妻的堂妹。——死的托付。二十七娘。她二十一岁嫁于我,四十六岁病逝,与我携手二十五年。我弟赞她:"贫富戚忻,观者尽惊。嫂居其间,不改色声。"她是妥帖和恰当的代名词。她谨守天道人伦的法则。与我的动辄非人之举不同,她是安静的、消隐的、藏拙的,她是我灿烂人生的灰烬,是我的月圆天心。

不消说,王朝云是我的灵魂伴侣。后人对于才子美人的佳话总不免添油加醋,于是朝云的形象在后人的描述中愈益离奇。她十二岁成为我的侍女,二十三年陪伴我一起升沉荣辱。她是人世间一支清新的乐曲,是我冗长、沉重生命中的一道彩虹。

惠州栖禅寺大圣塔下松林中，墓边六如亭楹联云：

不合时宜，唯有朝云能识我。

独弹古调，每逢暮雨倍思卿。

书 家

笔墨之迹托于有形。虽然我崇尚自然、平淡，但我的书法还是以强烈的风格，影响着后世。在我之前，将字体写得这么丰茂、肥厚、扁平的，还没有过——这里产生了一种奇妙的视觉上的反差，看似呆板的字却产生一种无以言传的韵味——这涉及一个艺术创作的核心命题：格调。人们常将我的书法与同时代的米芾作比较。他们公认，米芾在技巧上可以说是当朝第一。但将我的字与他的字挂在一起时会发现，我的字更耐看，更有韵致。而米癫的字略显狂放而含蓄不足。此正如我所言：

> 永禅师书，骨气深稳，体并众妙，精能之至，反造疏淡。如观陶彭泽诗，初若散缓不收，反覆不已，乃识其奇趣。

意思是王羲之七世孙智永和尚的书法极精妙反而看起来很平淡，没有个性，正如陶令的诗歌貌似松散，反复阅读会发现妙趣横生。我的书法很有个性吗？是的——你从一堆字中，一眼就能看出谁在学我；我的字又是如此恬淡，出于自然，从不造作刻意——我曾经说过，"书初无意于佳，乃佳尔"。无意于佳乃佳，不仅是我的书法追求，也是我的哲学观。我从未将成为书法家设为自己的人生目标，这正是我成为书法家的原因。也是我与唐以及之前崇尚"法度森严"的书法家的根本区别。道理正如"功夫在诗外"。因之，后世称我为"文人书画第一人"，正基于此。

然而，明白的人还是会认同我的字从王羲之出。我学王羲之，写得又不像王羲之，唯此，我的字才有个人的生命力。我认同好的字——神、气、骨、血、肉，五者缺一不可。神采是美人区别于花瓶的所在；气韵生动，譬如树叶之于算珠，其美在于摇曳多姿，譬如江河之于塘水，其势在于流淌不止；书法、文章有骨才能立，反之如肉泥；墨分五色，字的浓淡燥润正如人的血色，善书的人善于使用墨色；无肉正如骷髅，丰腴或瘦削各成其美。

当笔毫摩擦纸张，画下线条，一种"游戏"的欢愉充盈心间。写字具有一种游戏的性质，我从来不认为"笔成冢墨成池"是成为书家的必然条件——可能会成为一个书匠；没有欢愉的书写只有苦闷的训练，不能成为真正的书法家。书法应是对宇宙自然的生动反映（取象），是浇块垒吐胸次的方式（抒情），是经营空间位置的行为（布局）。

书法之道——大字难于结密而无间，小字难于宽绰而有余。

你细细体会。

古人说"作草如真""作真如草"。草书因为书写速度快，每一点画瞬间完成，往往造成点线的"起、行、收"单薄、浮草、苍白，只有像写楷书一样把每一个点画写到位、写扎实，确保每一笔的质量，才算佳作；写正书，容易陷入每一点画的刻意书写，弊病在于显得僵滞、呆板，因而要带有行草的意味去书写，使每一断开的笔画之间形成内在的映带、呼应，作品才有神采。——书法之道，往往在书法之外。我们每个人的困境，在于我们入戏太深，因而如井底之蛙，不能看到更广阔的天地。

——奔波、放逐的生涯，促使我在无聊、漫长的旅途中，想一些与荣耀、名望、仕途，甚至入圣无关的事。我在与贩夫走卒、引车卖浆者之流的聊天中，在与蹇驴、峰岭、春江、湖光、落日、荒寺、桃花、山楼、东风、暮鸦、白鹭、银汉、赤壁、满月、竹林、沙洲、縠纹、岭梅……的对话中，形成了我对书写的认知。

我的字就是我的自画像，我生命的长度不为我所掌控，但我的书法使我超越其上而到达永恒。

（原载《雨花》2021年第6期）

被升级的力量

◎华　静

一

暴风雨来临前，少年蹲在海边，面向大海，久久地凝视着海面上唯一行驶的那艘船。少年身着短袖衫、短裤，一双棕色的休闲球鞋，白色棉线袜，看上去干净秀气。他的年龄在十三四岁。他脚下的沙滩坚实，是水泥筑成的码头一角。那水泥是和了石子的，经海水日复一日地冲击，那石子的粗粝凝重了少年此时的情绪。

走过他身旁后，我远远地看着他，就好像他在一幅画里。

在这寂静的海边，只有他，看着那船发呆。

他背对着我，我看不清他的脸，也看不见他的眼睛。但我强烈地感觉到他凝视的双眼是明亮的、专注的、深刻的。

他在盼望谁归来吗？他在思念谁吗？

少年的身影显得孤单，瘦小的胳膊支撑在腿上，强壮了他凝视的画面。那一刻，没有人能够说清楚他的心思。

令人遗憾的是，我一直没有走上前去和他打招呼。真是不忍心惊动他。让我感到心酸的那种凝视，凄美，怅然。

我宁愿他是倚在娘亲怀里撒娇的少年，也不想看他在海边成人一般成熟的苦苦期待。我把他的凝视从心里定义为"期待"。

在这个暴风雨即将来临的时刻，这个少年进入了他自己的世界。这个世界似乎很遥远，仿佛穿越了时空隧道，在隧道的另一端。

我望着海天相连的浪涌潮起的海面，将更深的寂寞加在少年的后背上。漫天乌云倦懒地梳理着天空时，那少年还在，还是那个姿态。我的情绪一片一片地散开，随着海风起舞。

我宁愿少年的眼前是他的恬淡美梦，是一个春天的梦。

写这个故事的这一刻，我有些高热，后背一阵阵发冷。我想到那少年的后背，不禁更冷。蜷缩在这夸张的冷中，几近伤心，没有气力去代替少年的痴迷。

其实，我并不排斥这个画面，某种程度上还有深深的理解。牵牵绊绊，多少年，缠绕在心里的儿女情怀就在这个画面上铺开，撩拨起叛逆固执的灵感，念念不忘地给这灵感缀上名号：我爱。

少年在我离开海边时还在，姿态依然。他的行为在海风中画了一个漂亮的惊叹号，还画了一个大大的问号。有人认识这个少年，告诉我说，少年是个聋哑人。我猛然，醒来。

人都有埋在心底的故事，但少年那单纯与沧桑的凝视，反差很大。我强迫自己不去理会这个另类版本，却挥之不去少年孤寂的背影和执着的神情。久久地，我陷入一种沉思。

似乎，与这个少年相关的情节都有着一种力量，以至长久以来在我的心中回绕。

二

人生转折，要的是绝美领地。

热爱是绝美领地的向导。成为绝美领地的"王国"的主人，要有潜质。有备而来，在青春的岁月里就要准备。

我们有时面临的问题，其实并不难。所在的问题都有下限，而唯有解决问题的能力没有上限。我们的自信不仅来源于我们本身的价值和实力，也来源于普通的我们有着非凡的生命力。永无止境的好奇，让我们在自己的王国里有数不清楚的身份。我们展示自己的同时，不再有符号化了的脸谱。

低下头的动作让人心酸，蹉跎般的痛楚发人深省——人生中的坚守有时并不宏大，在点滴的细节中也能发芽开花。只要不是"自己"走成了我们的曲折，生活还在继续中，我们就会走成属于我们的轨道：坦诚热烈，真诚故我。

生活中的绝美领地很难挂在嘴上，独立的我们都在寻找着自己的领地。人性的变化和周围环境有关，和社会的多元化有关，和财富地位有关，但我们要说的主流话题却只和冲动有关。因为，我们能用"绝美"来称呼的正是我们所热爱的，正是我们想要打开的——那些让我们默记在心里的大事小情，会感动以后很多岁月。

绝美领地，是种认同，是种默契。

记得有这么一句话：语言是一种本能，没有技术壁垒。我们可以理解到什么程度？所有美好的思想都有范本，而自己的永远是最独特的。

我们感谢沉寂的日子，大气而又略显悲壮。一路走来，坚强不死，真诚没有失忆，我们的眼睛一直望着心中的绝美领地。

光亮来自天，来自阳光，来自月亮，来自灯盏。

明天，还会有谁对我们击来无缘由的拳头，我们不知道。但我们体验了严峻的生活片段。工作的压力，生活的重担，却没有让我们的情感粗糙，反而用耐心和坚韧给自己悄然带来许多意想不到的欣慰。

曾经，在天涯网友的签名档里，看到一句经典论断：人生没有彩排，每天都是现场直播。我们对不公不义的浪漫抵抗就是没有失去自己的思想，也没有失去判断的权利。

珍惜所有，我们从自身开始，证明着一种姿态——品质和力量。

三

那年，我在法国见过这样一个画面：一个少女站立在哥特式的落地窗前，优雅的身影，蜡像般古典的侧脸，视线是望向窗外的。而窗外，是耸立入云的圆形石柱以及古朴的高大建筑。

我用东方女性的感受去看这画面，我以为时尚的同时包裹着一种形态，让我眷顾，让我垂青。那细节庄重，富于怀旧的娴静气息。

另一个角度去看，我认为是个性的彰显。城市的个性，建筑的个性，少女的个性乃至我的个性。

个性没有颜色，但极具特质。我们保持自己个性时，其实保持了一种本色。个性不是自负，是热情有余执着有加，是坚持自己不随波逐流，是不羁的力量……个性应该属于另类的魅力，人文色彩异常突出，其流淌出的风格令人振奋。

有些人会猜测个性中有没有内容，念念不忘个性与人在事业上的成败有什么关系。个性能开创局面，事业有新的发展是个性的指认。

但是，个性主宰不了判断。所以，个性在人生的坐标上只是一个生命的燃点。置身事件之外无所谓个性，切入进去就饱含激情。个性张扬又不凌乱，这样的时候浸润着人对社会的触感，一切与固执无关。

潜在的个性人人都有，要用时间去慢慢扩展。

北京电视台曾经播出过一期节目，名字就叫《剃头匠》。是说一个老人敬大爷的故事。画外音大致是这样说的：这张脸是老的是旧的，也是洁净的、平和的，更要紧的是，这个剃头匠脸上有一种贵气，不是傲慢，不是浮华，而是经过了见过了的大气，对这世间一切都讲究着，讲究到随遇而安了的一种状态。可见，这种状态也是一种姿态。我们被这个老人与众不同的、平凡而气派的气息深深吸引，以崇敬的心情读他。

敬大爷是小人物，可他始终保持自己独立的人格。读他，会有一种美好的情绪慢慢升起来。我们对着他，就像对着一面镜子，努力地校正自己，使自己不失正直，不失尊严。

来自于许多人故事的相互碰撞，就形成了我们看得见的完美的力量。

四

总在一个地方，想象不到远处的风景有多美。所以，经常走在路上时，就很留意周围的环境。

我对看风景一往情深。风景一处比一处好看。大自然造化世间万物，让万紫千红的景色沐浴人们干渴的心灵。难忘去杭州千岛湖的情景。那湖水像浓厚的油一样，深而厚，船过蹈空沥尘，让人清爽不已。惊羡那锐不可当的千岛湖气势，平静安详却又大气磅礴，更把一种热烈情怀嵌在了一碧万顷的湖水之上。

走着看风景，我们走在风景里。别人看风景，我们也是风景。

说走着看风景，是有寓意的。走着看，不远不近，有身临其境，更有一种观望的美感。有些风景，真正走近了，反而觉得不美了。就像那年我去新疆，原来印象中的大草甸子都是干干净净的、不同层次的绿色，结果，当我踏到那草上时，老远就闻到一股股马粪牛粪的味道，徘徊瞻顾，硬是把疲惫和消闲组合在一起。在那个美丽的、却带着粪味的大草甸子上，竟然还住了一夜。睡在帐篷里，夜间的寒冷与白天的炎热简直两个世界，头顶上能看到星星，地上伸手能摸到草。蜷缩在被子里，只露出眼睛。那一刻，真想有一壶老酒，或许三杯过后不再寒冷，澄怀息虑。

那个在草原生活了一辈子的老人说，不要害怕冷。你只要想着你身边永远有一堆篝火，你就会感到热了。你还能听到歌声、琴声。他怀里抱着一个银酒壶，令人匪夷所思的是，他从不打开也不喝一口酒。想必，他为他说的那话佐证吧。

走着看风景，其实就是最美的风景。

这个夏天，把目光盯在奥运赛场，盯着比赛的每一场每一个环节上，只有沉浸在其中时，才感受到一份单纯的竞技快乐。奥运会让这个夏天更热，同时也让每个人有了变化。人们不再只关心自己，更懂得自爱、自信，在炎热中敞开自己，释放出激情、热情和温情，向别人伸出自己的手。美好的情感不只为自己留着，这种情感也应该传达到更多人的心里。

我们总是相信，只有经过了时间考验和汗水的洗礼，就能跨越心中的堡垒。所有的希望都是被汗水和泪水托起来的。

正是因为不懈的追求，我们才能保持着率真。这或许正契合了当代人的某种心理，映照出了一个精神不死的喜剧结尾。不知在哪一天我们有了自己的认知，完全可以站在"我"的主场去看曾经经历的一切。

寻找自己的方向，山高路长。凝视和咀嚼那难以言表的前方，我们从容思考。

我们走着，一个个"我"都在"忘我"而行。

只把目光放远大山，大山的深处和攀登不上去的地方，有着无限风光。相信，那不着边际的某种神韵，会呼唤出我们内在的力量。

（原载2021年8月"五人周末行公众号"）

乱书房记

◎谢　冕

我至今也还没有书斋，尽管我有自己的房子。那年我离休，在北京郊区买到这所一百八十平方米房子的时候，很是"风光"，被学生赞为"和国际接轨"。当时我想，好不容易"倾其所有"有了这样宽绰的房子，我一定要好好享受这从来未有的空间。为此，我买了若干石雕，阿波罗，大卫，维纳斯，等等，我特意在阁楼安排了优雅的咖啡座，朋友来了，款待喝一杯热咖啡。当日我扬言：不让书进屋！那时我的想法有点简单，甚至有点犯傻，文人吧，能离开书吗？当时还真的这么想了——你看人家日本、韩国的学者，家里不放书，个人有宽敞的办公室可以放书。

我对于书，是又恨又爱。爱是真，恨是假。幼时母亲教我"爱惜字纸"，一张字条都舍不得扔，何况是书！但我实在难以忍受书籍对我的"压迫"。它们是"慢动作"，步步进逼。开始是"蚕食"，接着是"挤压"，后来则是肆无忌惮的"侵略"！我在北大有公家分配的房子，畅春园一套小三间（当时叫高知楼），一些朋友到过的，也看过我被书籍"压迫"的惨状——当日觉得并不窄狭的房间，居然排山倒海，全方位地被"占领"——只给我留下一张床，一只权当饭桌的小凳子，这就是我那时可怜的生活空间。真的应了"安不下一张平静的书桌"那句话。

这下好了，我毕竟有了"宽敞"的新房子了！但很快，事实否定了我的天真，我对于书籍的"拒绝"无效！朋友送的，自己买的，会议用书，加上出版社的赠书，刊物，报纸……书们依然我行我素，它们无声地，渐渐地、更是无比"温柔"地涌进了我的新居。势如破竹，不可阻挡！开始是客厅，客厅的静悄悄的角落，接着是沙发的周边，后来是餐桌，餐桌上下的所有"空隙"。随后是窄狭的楼梯的侧旁。它们无视我的存在，为所欲为！所幸我的维纳斯知书识礼，她静立一旁，不嗔不恼，而阁楼的咖啡座，却是被觊觎久之，陷入危境！

我毕竟有了新房子，却依然没有属于我的书斋。亦如往昔，我的"书斋"

如今只剩下小小的一张书桌。而书桌的状况更是"惨":书们,本子们,字条们,它们洋洋得意,成群结队,纷纷爬上了我仅剩的、可怜的"领土"——它们只留给我仅可张开一张纸的桌面!

正是我面临窘境的关键时刻,温州大学的孙良好陪同原先任职《新京报》的绿茶造访寒舍。良好是远道探访,绿茶则是"有备而来"——他要出一本关于当代学人书斋的画册,执意邀我加盟!为文绍介,或临场素描尚在其次,第一步,当然是要拜访我的书斋!这下我可吃惊不小!先是辩明:我没有书斋;再则婉却,太乱,不好示人!这是实情,我不撒谎。但他们不允,一定要"实地查访"。友情难却啊,何况是挚友远道而来!幸亏绿茶心慈,用心良苦。他的素描删繁就简,居然把我的一团乱局,整治得有模有样!

关于书,关于书斋,我写过不止一篇文章。很是无奈,一般都在"诉苦"。人们关切,问我书斋情景,也问我给书斋起过什么名号。我羞惭,无以答,往往支吾其辞。古来文人多以书斋雅致为荣,百来字的《陋室铭》名扬千载。纪晓岚为他书斋做的对联,"书似青山常乱叠,灯如红豆最相思",也是风雅绝伦。今人有把自己的书斋叫做"上书房"或"尚书房"的,底气足,自信且得意。我到过吴江的"钟书房",也到过苍南的"半书房",都实至名归。这些,都让我自惭形秽,颇为失落。无奈之下,索性自我调侃,学学陋室主人,也学学当代时贤,干脆叫它"乱书房"好了!

(原载《中华读书报》2021年1月7日)

遇酒且呵呵

◎格　非

在我幼年的记忆中，每逢喜事节庆，村里那些"会喝酒的"成年男性，照例是不屑与妇女同桌吃饭的。妇女和孩子们通常被安排在一起用餐——为公平起见，一种名为"封缸"的丹阳甜酒，被推荐给了他们，权作谈笑之助。尽管我们这些半大不大的孩子都是喝"封缸"酒长大的，但无时无刻不在觊觎父辈酒桌上的那些"双沟"和"洋河"。中国古代的成人礼，比如男子加冠、女子及笄，到了1960至1970年代，早已荡然无存。在江南地区，男孩子被正式当作成人来对待，通常是从被允许坐上父兄的酒桌，合法地品尝那些60度的烈性白酒开始的。

不过，在喝酒这件事情上，大人们为我们树立的榜样并不光鲜。他们常常为八仙桌的某个尊贵的位置（一般是指桌子正对着大门一侧的右首）而争得不可开交。每到过年，我母亲都要为是否应该请某位亲戚来家中做客而发愁。因为，如果这人没有被安排在上首入座，他通常的做法，是等酒菜上齐之后突然发作，掀翻桌子，拂袖而去。但如果让他坐上首呢？同桌的那些比他年长且地位、资历殊胜之人，据说也会倍感屈辱。另外，大人们在酒桌上猜拳行令，吆五喝六，借酒撒泼，伴之以种种繁复虚夸的说辞乃至机巧的作弊手段，其目的无非是将某位（或多位）特定的对象"放倒"。好好的一顿酒宴，时常会演变为持续五六个小时的无聊戏剧，既不能增佳兴、遣悲怀，更不能收拾身心、畅叙友情。

村里的姑娘出嫁后，大多会在婚礼后数日携丈夫回门省亲。既然是新姑爷婚后第一次上门，娘家人自然会郑重其事，大宴宾客。我们当地将这种风俗称为"请女婿"，可谓准确地抓住了问题的本质——因为整个宴席招待或针对的，其实仅仅是女婿一人。目的明确，戏码相似，最后总是以女婿的酩酊大醉而宣告结束。自从"女婿不吐，娘家不富"这一恶俗的谚语开始广泛流传以来，娘家人对女婿暗中加以保护的屏障也就不复存在了。他们请来的陪客，皆是能说会道、酒量奇大且久经征战之辈，其用意不言而喻。每当正月新春，来自外乡的新女婿出现在村头时，围观的村人总是会对他们给予深切的同情。因为，这些人不论高矮胖瘦、贵贱穷通，待会儿到了酒桌之上，一律都是任人宰割的羔羊。

大概是由于儿时在苏南乡村所体验的饮酒文化过于刺激，我在成年后对于酒桌上的斗气逞能之事，素来没有什么好感，避之犹恐不及。可这并不等于说我不爱喝酒，也不是说，我喝酒从来不醉。

直到现在，每当我回想起自己第一次醉酒的经历时，都会觉得有些不可思议。那时，我还在上海的华东师大读本科三年级。为了庆祝期末考试结束，我们寝室里的七个同学凑钱买了几瓶"尖庄大曲"，又去食堂买了小菜，将方凳拼在一起当酒桌，围坐在一起，饮酒聊天。没过多久，忽见同班同学李少榕飘然而至。我们跟少榕很少来往，对她也缺乏了解。她平常与我们说话都很少，更别说亲自光临我们的寝室了。我们出于礼貌邀她入席，没想到她也不推辞，大大方方地坐了下来，开口就提出，要和我们比一比酒量，一时让我们几个面面相觑，手足无措。

说起我们寝室的善饮者，来自江西赣州的邓明、来自湖北黄冈的刘伯高都是海量，就算要推举一位代表出来应战，怎么也轮不到我。可那天与李少榕拼酒的为何是我呢？其中的原委，实在有些记不太清了。我只记得，当满满两大茶缸的"尖庄大曲"放在我们俩面前的时候，我其实并不相信，弱不禁风的李少榕真的能喝白酒，因此心里也不怎么慌乱，而是试探性地问了她一句：

"要不，您先来？"

少榕一声不吭地端起了茶缸。她喝酒竟像喝白开水一样，咕咚咕咚，不一会儿就喝得一滴不剩，大家一下都傻了眼。在众人的起哄声中，我心中的恐惧和尴尬可想而知。我满脑子都是新女婿在酒桌上被人灌得昏死过去的画面，但我知道，眼面前的这茶缸酒，无论如何都得喝下去。最后能宽慰我的，也只有"豁出去"这三个字了。

在喝完酒后二十多分钟的时间里，我，李少榕，寝室里的另外六个人，还有在门口悄然聚集起的一伙围观者，都在静默中等待。等什么呢？我虽然感觉到房间转动的速度在加快，但还是能隐约听见他们的窃窃私语："你觉得，谁会先倒?"

为了不让他们看我的笑话,我挣扎着站起身来,扶着墙壁往外走,想一个人躲到屋外的树林里去醒酒,却终于在走廊的拐角处仆倒在地。恰巧从那儿路过的一位四川籍同学张林,将我拖入了他的房间,并将我安置在他那整洁的床铺上。从那以后,我与淳朴厚道的张林同学遂成莫逆之交,以至于今。

这件事给了我两个重要的教训。第一,在美丽的女性面前,尤须戒惧谨慎,保持冷静,"豁出去"这样的想法,根本要不得。第二,虽说小酌可以怡情,但醉酒没啥好处,痛苦加狼狈,整个一濒死体验,以后应当尽量避免。

总的来说,我觉得自己还算得上是一个喜欢喝酒的人。这里说的酒,特指中国白酒,酱香、浓香、清香皆宜。其他如啤酒、黄酒、葡萄酒、白兰地、威士忌之类,虽说也能喝,但没什么特别的好感。洋酒之中,仅有产于古巴的朗姆酒(30年的尤好)以及苏联产的伏特加颇合我的口味。我的原则是,有酒即喝,来者不拒,以不醉为前提。如果实在没人请我,在家藏几瓶好酒,与妻儿对饮,亦为人生乐事。我对于善饮者、酒量大者从不羡慕,在他们面前也不自卑。你喝你的,我喝我的,各有所乐。说起来,古往今来的饮酒者,如杜甫、苏轼、陶潜等人,酒量都不大,但这并不妨碍他们无酒不欢,无酒不成诗文。我的导师钱谷融先生,喜欢把"座上客常满,樽中酒不空"这句话挂在嘴边,其实酒量也很一般。

说到饮酒的理由和乐趣,我想大抵是言人人殊。不过在我看来,除了纯粹生理上的满足、麻醉感或酒精依赖之外,喝酒作为一种象征性的文化行为,与人的处世哲学或生活态度,往往也有很深的关联。

中国古代与饮酒相关的诗词歌赋,不论其基调是豪迈激越,还是低回悲凉,大多都与个体对"有限时间"的深刻体验有关。从曹操的"对酒当歌,人生几何",到韦庄的"遇酒且呵呵,人生能几何",唱的都是同一个调调。在波斯的《鲁拜集》中,类似的哀矜之辞亦比比皆是。我们通常会认为,文明、文化、道德所提供的意义是一种"真",而美酒虽好,却总是给人带来某种幻觉或幻象。不过,我的看法刚好相反。文化或文明本身才是不断制造幻觉或幻象的机器——正因为我们承担不了太多严酷的真相或真实,我们才会求助于文化或文明的保护。酒本身虽是致幻剂,但它的催化作用,恰恰可以帮助我们重返

"本真状态"。周邦彦或者杜甫,在劝人"莫思身外,长近樽前"时,实际上是在提醒我们看穿身外功名利禄的虚幻,珍惜时间中的当下,绝非仅仅是让人及时行乐。罗隐那句妇孺皆知的名句"今朝有酒今朝醉",语近俚俗,却把这层意思说得更为直白,从而具有了存在论哲学意义上的智慧——只有斩断对于未来的恐惧和忧虑,"现在"和"当下"才会真正产生。因此,如果说喜欢饮酒的人更偏好从根本上来理解生活和生命,从而有更多的机会看到并接受人生的本相,并非是无稽之谈。

在当今社会中,与人生相关的所有事件或事物,都在趋近于数学和计算,趋近于高度的理智和冷静。用齐美尔的话来说,自从"货币"这种东西被发明出来之后,人类社会即已迈向高度的理智化和体系化。情感要么受到越来越多的压抑,要么就在加速贬值。"感情用事"往往被用来形容病态或不合时宜的人格特征。在日常生活中,很少有什么领域为情感的表达预留位置和空间。而我们在习惯了锱铢必较的算计、筹措和担忧之外,情感本身也好像真的枯竭了。人们聚在一起的饮酒行为,成了当今"超理智社会"中为数不多的情感交流渠道,酒也成了情感联络的助推器或润滑剂。有一年我去某地开会,发现那里的同行大多不苟言笑,矜持而冷漠,心中难免怏怏不乐。可到了晚上,当这些人端着酒杯,搂着你的肩膀,说着坦率而亲热的话,且不时朗声大笑时,我才真正感受到那些同行的质朴与好客。

按照我的观察,平常喜欢喝酒的人,似乎更不易罹患现在比较"时髦"的抑郁症。根据弗洛伊德的研究,人的精神之所以会出问题,原因之一是"超我"或良心的"自我惩罚"过于严厉——被文明植入我们意识的审查官,通常具有暴君的性格。尤其是当我们遇到挫折时,它对"自我"的责罚常常会大大超过必要的限度。而人在饮酒时,其良心对自我的约束和审查,通常比较宽大,或者说,我们在喝酒时,更容易接受自己的不完美,更容易原谅自己的过失。另外,在饮酒时对二三知己敞开心扉,讲述自己的故事,也具有相当的疗愈效果,有助于维持身心平衡。

如果要说到饮酒为我们最为熟知的功能,大概就是所谓的"助兴"了。人生的确艰难,且充满了痛苦。但平心而论,生活中值得高兴的事,也还不少。朱敦儒的"幸遇三杯酒好,况逢一朵花新",很形象地提醒我们,要找到理由喝杯酒，让自己放松或高兴一下，其实也不难。快乐如果不来找你，你去找它也是一样。克尔凯郭尔好像也说过，他是从田野上怒放的百合花那里，学会了不要去忧虑。事实上，酒与鲜花，本身就是生活中美好事物的象征，兴之所至，一杯在手，谁不谈笑风生呢？

  最后，我还想说的是，我之所以酷爱中国的白酒，恐怕也与儿时的乡居经历有关。正因为只有在过年时，我们才能从空气中闻到甘醇浓烈的酒香，反过来说，到了成年以后，无论我走到哪里，只要一闻到白酒的香气，就会立刻沉浸在儿时过年的氛围中，引动思乡之情。白酒飘香，一次又一次，带着我重返故乡，重返春风吹拂的村庄和田野，时光倒流，仿佛生活依然充满了勃勃生机。

（原载《中华读书报》2021年9月22日）

拿得起，放得下

◎李建永

死生契阔，与子成说。
执子之手，与子偕老。

每当面对手机的时候，《诗经·邶风·击鼓》中的四句诗，便盘旋于我的脑海中挥之不去！本来是赞美爱情的诗句，怎么就"移情"到了手机上呢？不过想想也是，如今手机对于人们来说，可不是"死生契阔，与子成说"，交情那叫个深啊；可不是"执子之手，与子偕老"，一刻也不能分啊！

近日，我与女儿手机视频通话，讨论手机到底对人有哪些好处？她说，第一个好处就是通信便捷，让人真切地体会到什么叫"天涯若比邻"。女儿回忆，她在国外留学的数年时间里，由于有手机视频可以跟我们随时"见面"沟通，并没有太强烈的山川阻隔、远涉重洋的思念之情与悲伤之感。她说，即使回国工作这段时间里，如果没有手机，与爸妈分别生活在千里之外的两座城市，难免也会有"思亲如流水，无时不悠悠"的阔别之情。但是现在并不，随便什么时候打开手机，就可以跟爸妈"见面"唠嗑儿，实在是太方便了。即使是天南海北的好朋友之间，也不会再有古人的那种"浮云一别后，流水十年间""聚散苦匆匆，此恨无穷"之遗恨悲叹。这都是托手机的福。

她还历数了手机的诸多好处，比如做科研一刻也离不开的信息搜集啦，参加远程视频会议时多地点全天候的交流功能啦，听学术演讲可以随机录音录像啦，开展线上工作可以随时拉出N个小群啦，疫情期间即时鉴别健康码变绿变黄的安全监护啦，以及商场乃至网络购物的便捷支付啦，水电煤气之类的生活缴费啦，随时随地的约车约饭约宾馆约就医啦，寻找陌生地方的导航定位啦，"到此一游"时的拍照摄像啦，上下班通勤期间的网上阅读啦，还有忙里偷闲瞄几眼动漫也是超开心的啦……女儿说，手机的这些实用性功能和娱乐性功能，都是现代人所须臾不可或缺的。

我说，手机的好处自不待言，特别是我们中国，现在几乎可以达到"一部手机走天下"的地步。然而，正如孟子所言："赵孟之所贵，赵孟能贱之。"手机给人们带来舒适便利的诸多好处的同时，随之也产生了不小的副作用，甚而可以说给人们带来了许多坏处。

首先是时间的空耗。无论何时何处，地不分东西南北，人不分男女老幼，只要一部手机在手，人们似乎真的像《阴符经》所说的那样"宇宙在乎手，万化生乎身"，世界上大大小小的事件瞬间聚焦于这块小小的屏幕上，瞄一眼钻进去再难抽出来；也似乎真的像"革命成功"后的阿Q那样"我要什么就是什么，我喜欢谁就是谁"，你喜欢的、想要的、想知道的或者更多是你不想知道的许许多多"未知的""有趣的"人和事，以及花样翻新的各种游戏和短视频，通过大数据、云计算一股脑儿地"喂"给你，于是乎你的眼睛和脑子便乖乖地被它牵着鼻子东游西逛狂欢极乐……就这样，一小时、两小时、大半天、一整天，你的时间被手机伶伶俐俐地偷走了，你的日子被手机快快乐乐地霸占了。但是，当你回过头来仔细盘点这过往的一小时、两小时、大半天、一整天从手机里得到的收获时，却是微乎哉其微也！也就是说，在这一小时、两小时、大半天、一整天的时间里，你的生命几乎在空转。鲁迅先生在《门外文谈》中讲过："时间就是性命。无端的空耗别人的时间，其实是无异于图财害命的。"的确，生命是用时间来计算和换算的。看上去，手机空耗的是你的时间，实质上"谋杀"的却是你的生命。

其次是健康的损害。长期性刷手机的人，脖子、腰椎、拇指、手腕都会患上一些特定的"手机病"。特别是眼睛，长时间一动不动盯着手机屏幕，必然会感到干涩、灼热甚而视觉模糊，故眼药水便成为"拇指族""低头族"的日常必备品。对于学生——尤其是中小学生来说，爱护眼睛何等重要！南宋大诗人陆游《高秋亭》有句："从今惜取观书眼，长看天西万叠青。"且放下手机，抬起头看看远处的风景养养眼吧。说到健康，大家自然会想到身体健康，其实心理健康同样重要。我认为，人的智商亦在心理健康的范畴之内，至少心理健康与否，是会影响到人的智商变化的。现在人们过度依赖手机，以为一机在手便将一切搞定，根本用不着动什么脑子，久而久之，大脑就会萎缩，智商也会降格。譬如，开车的司机不用记路，手机里有定位导航；做作业的小学生不用背公式、记例题，手机里有"小猿搜题"；以笔为生的记者、作家和机关写材料的公务员，也不必"死记硬背"什么范文和古诗词，反正百度一搜就得；甚至连家庭消费都不用动脑子做计划，各类"商城"搜一圈便会给出"标配"，你只需要"剁手"就是了……记忆，背诵，计算，计划，这些人类所必需的基本技能，正在日益地弱化退化。毫不夸张地讲，手机正使人加速"白痴化"。我在上下班路上，还会经常看到一些司机边刷手机边开车，把车子开得左摇右晃弯弯扭扭，极其危险！与我同行的朋友形象地称之为"画龙"。这些对手机迷恋到成瘾性的"画龙"者们，已然丧失了基本的自制力和自控力，他们已经不是什么损害健康的问题了，而是"惊险"地"玩命"地行走在祸人害己的犯罪之悬崖边上！

再次是亲情的淡漠。我上下班一般选择两种交通方式，早晨上班搭乘顺风车，可以节省时间；下班时选择乘坐地铁，一来方便看点闲书，二来可以观察芸芸众生，"体验生活"。当你每天下班匆匆走进地铁车厢，一眼望去，无论男的女的老的少的坐的站的，绝大多数属于"低头一族"，他们几乎步调一致，保持同一姿势，手捧手机，目不转睛，埋头苦干。我还时不时从一些碎片化信息或文章中看到，有些"低头族"回家后又变成了"躺平族"，一机在手，六亲不认！这种现象在整个社会中究竟占多大比例，没有做过专项调查，不敢妄下结论。不过近来听到一首《爸爸妈妈请把手机放下》的儿歌，却是扎心啦！"手机有魔法，感觉很可怕。抢走了爸爸，抢走了妈妈！爸爸和妈妈，像中了魔法，一天到晚拿着手机他们在干吗？爸爸妈妈请把手机放下，陪我一起玩游戏，一起画画。爸爸妈妈请把手机放下，跟我讲讲故事，伴我快乐地长大。"我相信，"被手机抢走的"不仅是孩子们惊恐的感觉，也是某些"亲爱者"和长辈失落、失望的感觉。他们完全可以再续写两首歌：《亲爱的，请把手机放下》和《儿子女儿孙子孙女外孙外孙女以及你们的配偶和孩子们，请把手机放下》。要知道，节假日回家看望长辈，他们稀罕的不是你带回多少钱物，盼望的是你本人的归来；他们多么希望抓着你的手，看着你的眼睛，叙一叙寒温，唠一唠家常。而你的双手恰好捧着手机腾不出来，你的眼睛也正好盯着视频拔不出来，嘴里虽然也着三不着两地支吾着，可是心不在焉。《礼记·大学》有言："心不在焉，视而不见，听而不闻，食而不知其味。"这得多伤长辈的心啊！

谈到这里，女儿补充说，我觉得还有一点也挺重要的——如今连微信点赞也成了一种负担。小朋友们每天N次巡回"朋友圈"，给谁点赞，不给谁点赞，对谁"青眼"，对谁"白眼"，好像成了一种特殊待遇。有的小朋友之间，因为谁谁没给点赞而急赤白脸，搞得特累。本来网络是一个虚拟世界，但现在很现实，似乎渐渐地由虚拟化、娱乐化而转向了世俗化、势利化，"点赞之交"已然成为一种虚应故事和社交负担。这也应该属于手机的一个坏处吧？

我说，手机固然是造成这些"坏处"的重要因素，但决定的因素是人而不是物。人们对手机的过度依赖性和成瘾性，是由于人的内在欲望与外部诱惑的共谋而达成的。诱惑何时没有？何代没有？《尚书·伊训》记载商朝开国元勋伊尹告诫商王太甲破家亡国的"三风十愆"——诸如"淫风"中的"殉于货色，恒于游畋"，亦即求财货、贪美色、喜游玩、好畋猎等，"惟兹三风十愆，卿士有一于身，家必丧；邦君有一于身，国必亡"。虽然不能把三千五六百年前的致命诱惑"货色游畋"（其实这些仍然是现代人的致命诱惑），简单地等同于今天手机对人所构成的诱惑，但是手机的成瘾性和诱惑力，又确确实实给许多现代人造成了深刻的伤害。印度大文豪泰戈尔曾经告诫世人："顶不住眼前的诱惑，就会失掉未来的幸福。"就手机而言，如果人们顶不住眼前的诱惑，那就会失去当下的幸福，遑论未来！

北京有句俗话："用着了朝前，用不着朝后。"这本是指斥批评那些势利而实用主义的人际关系和处世哲学的；但是今天把它运用于对待手机上，则是一种再恰当不过的态度。而今的手机已然成为"人体器官"，无论工作、生活和学习，都不可能完全脱离开它，那你就尽管"用着了朝前"，尽情地享用吧。但是像前文谈到的诸如空耗时间、损害健康、淡漠亲情，特别是有些"画龙"者把手机固定在方向盘上，于行车途中痴迷"追剧"，一旦造成"追尾"乃至"追命"的悲剧，则悔之晚矣！如果在这些情况下还要把手机比作"人体器官"的话，那就是"悬疣附赘"，甚至是"恶性肿瘤"，那就应该把它切掉，你就得采取"用不着朝后"的方针，能朝多后朝多后。

我们经常说："拿得起，放得下。""用着了朝前"就是"拿得起"，拿起的是手机的实用性与必要性；"用不着朝后"就是"放得下"，放下的是手机的诱惑性与危害性。不过，这话说起来容易做起来难。历史地看，人世上，红尘中，诱惑总是层出不穷的，而且还是"与时俱进"的，并每每伴随着"新生事物"出现。古人云："欲败度，纵败礼。"故不可放纵欲望而毁败礼仪法度，走歪了人生的路。这就需要用心鉴别，识破各种诱惑，控制自己的欲望，把握好"拿得起，放得下"的尺度，方能有效抵制各类"新事物"所带来的负面影响。《诗经·大雅·思齐》云："刑于寡妻，至于兄弟，以御于家邦。""刑"即型也，模型也，示范也，榜样也。"寡妻"指国君之正妻。全句讲周文王姬昌在家庭中，给妻子大姒在各方面做出榜样，并影响到家族中的兄弟，进而淳化整个邦国。孔子曰："见贤思齐焉，见不贤而内自省也。"如果在抵制手机诱惑的问题上，每一个家庭都有"拿得起，放得下"的家长，为家人特别是孩子做出好的榜样，长之以往，言传身教，即可达致诗之所谓"成人有德，小子有造"。

试问各位看官，掂量掂量阁下的手机，可否真心做到"拿得起，放得下"呢？

（原载中国作家网"新作品"2021年8月18日）

另一种自然

◎李青松

自然就是自然，但是，自然也是一切。

——题记

象　牙

上世纪六十年代初。

西双版纳某傣族村寨。芭蕉掩映，鸡犬相闻，炊烟袅袅。

是日中午，寨民岩先勇正蹲在火塘旁抱着水烟袋，咕噜咕噜吸烟。岩先勇是傣族，面部黝黑，满口黄牙。头用黑布裹着，脚上穿一双草鞋。水烟袋是用粗竹筒做成的，竹筒是新竹筒，皮绿绿的，竹节与竹节对接分明。咕噜咕噜。岩先勇用力吸了几口，烟雾从鼻孔喷出来，在火塘上空停了片刻，就被梁上挂着的腊肉吸去了。

他的嘴巴从水烟袋的端口移开，用黑黑的大拇指将烟丝往烟锅里续填了几缕，按了按，然后，抬头看一眼那块黝黑的腊肉。腊肉上落着两只苍蝇。苍蝇的脚蹬了几蹬，就将腊肉上的一滴油蹬下来，落到了火塘的火里——噗！火苗炸开，升腾出蓝色的火焰，就像是一条龙在舞动。岩先勇咧开嘴，露出满口的黄牙，笑了。

忽然，只听得窸窸窣窣一阵响，哗啦一声窗子被推开了。接着，咣当自己又关上了。岩先勇起身看看，什么也没有啊，就以为是风，就回到火塘旁抱起水烟袋，刚要继续吸，哗啦一声，窗子又开了。他惊得瞪大了眼睛——因为一只巨大的脚掌伸进了屋里，原来一根竹刺扎进了那个巨大脚掌脚底的肉里。他立时明白是什么意思了，便放下水烟袋，双手用力把那个竹刺从粗鄙的脚掌上拔了出来。那是一只大象的脚掌。

三天前，也是这头大象曾大闹寨子。

"野象来啦!""野象来啦!"只听咔嚓一声,大象撞断了寨口一棵芒果树,接着,轰隆一声,一座谷仓塌了半边。大象挥动着巨大的鼻子,发疯似的横扫着面前的一切障碍。那对锋利的象牙,在阳光下闪着寒光。——愤怒的大象实在是太可怕了!可是,它为什么愤怒呢?

这时,有人拿出破铜锣、洗脸盆一阵猛敲;也有人挥起锄头、砍刀、长矛,高呼杀杀杀;还有人端起老火铳朝天鸣放,企图把它吓走。然而,大象根本不害怕。它转身向人群冲去,寨人四散而逃。大象把人丢下的脸盆一脚踩瘪,然后"嘭"的一脚踢出老远。

砍柴回来的岩先勇背着一捆柴进寨,正赶上壮汉们跟大象对峙。岩先勇知道,大象一般不主动伤害人搞破坏,它今天进寨袭击人一定是有原因的。他摆摆手,让大家散去。他走上前去,把一串香蕉丢在大象面前。大象猛地挥起鼻子,在空中停留了片刻,就轻轻放下了。鼻孔嗅嗅那串香蕉,并没有卷起来吃。大象看了一眼岩先勇,眼神里透着某种哀婉。它晃了一下头,打了个响鼻,掉转身子,朝寨子外面的丛林走去。岩先勇暗暗注意到,那头大象走路时的步履一晃一晃的,似乎是前腿的一只脚掌上有什么问题。

他万万没想到,三天后大象居然求助他来了。

这会儿,岩先勇往拔出竹刺的脚掌伤口处敷了草药,然后进行了简单包扎处理。那头大象却扑通一声跪在他的面前,这是干什么呢?岩先勇丈二和尚摸不着头脑了。不过,他从大象的眼神里看出,大象好像还有什么事情需要他帮助。——莫非林子里还有受伤的大象吗?岩先勇便骑到那头大象的背上,大象慢慢起身,缓缓而行,驮着岩先勇沿着一条羊肠小路,向热带雨林里深处走去。

小路旁边的荒草里,堆着圆滚滚的象粪蛋,一个一个比人脑袋还要大。该消化的东西都吸收到了体内,未能消化的树籽草籽和粗纤维就排出了体外。一些种子经过了象的肠胃处理后,就很容易发芽了。大象在什么范围活动,就把种子在什么范围播撒。象粪蛋,也是甲虫最爱吃的食物。一个粪蛋够一群甲虫享用几个月了。

不过,这头大象的肚子里有些空。竹刺造成的疼痛,痛苦难挨,几天来它无心觅食,更没有排出一个粪蛋。

这下好了——脚掌上的竹刺拔出后,浑身舒坦了不少。当它驮着岩先勇走到一块林间空地上时,便停了下来。前腿双膝跪地,岩先勇从大象背上跳了下来。只见大象开始用前掌刨地,用象牙掘地,渐渐,土里就露出了三根白色的东西。

大象用鼻子卷起那三根白色的东西,送到岩先勇面前。

那是三根白色的象牙。

蟒　桥

南方某山区。一寨子只有五六户人家,居于峭壁之上,一条刀劈斧削般的深渊,把寨子与外界隔绝了。寨人外出赶圩,只能走深渊之上横着的独木过去。深渊里常年积水,云雾缭绕,常有大蟒活动,身影隐隐约约。

此寨被称为"云端上的人家"。

民国初年,寨人还是刀耕火种。日子过得安稳,踏实。忽一日,暴雨狂泻,寨被水淹。深渊满盈,独木被大水冲走。寨人被困峭壁不能出。情急中,始见一黑影横卧深渊之上,搭桥救人。慌乱中,寨人相携相助自桥过,脱险。

回望之,寨人阿呆赶着耕牛正走到桥中间,耕牛惧之,腿抖不已,阿呆便用力推牛屁股,把耕牛强行推到对岸,耕牛无恙。然而,阿呆用力过猛,不慎跌落深渊之中,奋力挣扎。

"阿呆!"寨人惊呼。

呼地一阵风声,一道弧线横空荡过,将水中阿呆钩住,抛出深渊,阿呆得救。寨人定睛一看,那是一条大蟒的尾巴。原来,横卧深渊之上的"独木桥"便也是那条大蟒。它将首尾两端分别缠绕在树干上,用自己的躯体搭成了一座桥。

寨人叩首,无不感激。

三日后,水消。寨人置木建桥于渊上,曰之——蟒桥。寨人回寨,一切恢复如初。

是日,一蛇贩来寨,问:"此处有蟒乎?"寨人守口如瓶,半个字也未透漏。蛇贩不死心,说:"蟒皮制作二胡用,可高价收购。"阿呆看了一眼蛇贩,摇摇头。狡猾的蛇贩嘴角露出一丝不易察觉的表情。

傍晚，蛇贩悄悄来到阿呆家，掏出一枚"袁大头"银元，对着嘴巴，用力吹了一口，嗡——回音响亮。蛇贩将"袁大头"置于几案上，不说话，走了。阿呆追出来，蛇贩摆摆手，照走。

次日傍晚，蛇贩又悄悄来到阿呆家，又掏出一枚"袁大头"，吹了一口，嗡——又置于几案上。起身告辞。这回阿呆没有追出来。

第三日傍晚，蛇贩又来了。阿呆家的几案上已经摆了三块"袁大头"。这回，未及蛇贩开口，阿呆说："大蟒在深渊里。"

蛇贩哈哈大笑。又掏出一块"袁大头"，吹了一口，嗡——置于几案上。问计："如何捕之？"

阿呆说："须网捕。"

蛇贩："然！"

蛇贩回，昼夜结网，穿梭不歇。

又过了几日，蛇贩带网临渊，并有帮手同来布网。用活鸡做诱饵。蟒入网被擒。阿呆藏在一石头后面，不敢近前。蟒被装入铁笼中欲运走。蛇贩高声喊："阿呆，蟒已被捉，你何惧之有？出来看看吧！"阿呆露出头来，往这边惶恐地悬望。大蟒也睨了一眼阿呆，目光里充满了愤怒。阿呆双腿乱颤，不能移步。

突然，笼中大蟒张开大口，对着阿呆喷出一股黄色液体。阿呆惨叫一声，一只眼睛瞬间失明。阿呆心里愧疚，纵身一跃，投渊而亡。

这时，寨人闻讯，持刀抡棒赶来。将蛇贩缚之以绳，将铁笼砸毁，大蟒放生。大蟒爬出铁笼，簌簌而动。

倏忽间，晴天一个响雷，大雨滂沱。接着，大雾涌来，大蟒无影无踪。

蛤 蚌

长白山富儿岭有条河，叫富儿河，流向西南注入松花江。富儿河水流平缓，寡言少语，不急不躁。话说清朝光绪年间，有一支八旗兵，经此泅河调防。月夜，河面上人头攒动，马鸣啸啸，水中火光密如繁星。无人举火把，何来火光呢？俗语云——水火不相容。此河却水里有火，火里有水，众疑为怪。

待过对岸后，回首依旧。

一个叫富尔汗的小卒悬望良久后，悄悄跟首长报告说："此河必有珍珠！"

"何以见得？"首长问。

"水中火光即是珍珠所发。可入河捕之？"

"为甚不呢？——准。"

富尔汗脱衣赤条入河，泅水奔火光而去。不多时，得蛤蚌而归。察蚌体内果然有珠。首长甚喜。传令兵员统统下河，按火光去采，得蚌无数。蚌蚌皆有珠。大者如鸽子蛋，小者如米粒。将官兵员皆欢腾不已。

为何富尔汗能由水里的火光判定有珍珠呢？这源于他对珍珠的了解。珍珠的形成，与蛤蚌的痛苦密不可分。

本来，沙粒是沙粒，蛤蚌是蛤蚌，两者没有必然联系。但是，富尔汗自小在河边长大，深识水性，也深谙捕鱼采蚌之道。他知道，沙粒无意间进入蛤蚌体内后，便会粘在蛤蚌硬壳里面的外套膜上。这时，蛤蚌的痛苦就开始了——它必须分泌出一种叫作珍珠质的物质来排斥沙粒，才能减少痛苦。然而，无论怎样排斥，沙粒是无法出去了。这样，珍珠质就会不断分泌下去，日日，月月，年年，岁岁。不断分泌的珍珠质将沙粒一层层包裹起来，珍珠就一点点形成了。

珍珠，一向被尊崇为珍品宝物。因争夺珍珠甚至爆发过战争——恺撒大帝于公元前五十五年发动的对英国的战争，就是他听说苏格兰的河里盛产珍珠。罗马时代，上层的贵妇均以拥有珍珠首饰为荣。也有用珍珠强身健体的。成吉思汗率领蒙古铁骑西征时，每日都服用珍珠粉，滋补壮阳。

珍珠是会发光的，即便在水里，它也是会发光的。于是，寻光采捕即可得之。——这就是富尔汗的见识。见识可以帮助一个人做出正确的判断。

事实上，蛤蚌本无太大价值，肉也不怎么好吃。我小时候，在河里捕过蛤蚌。肉抠出来，扔进锅里煮，结果越煮越硬，嚼也嚼不动。一恼火，就都喂鸭子了。我捕的蛤蚌，体内从未抠出过珍珠。可见，珍珠不是轻易就能得到的。蛤蚌就是蛤蚌，但它创造了珍珠，就不是通常意义的蛤蚌了。也许，没有沙粒造成的痛苦，蛤蚌便不会产生珍珠。蛤蚌的生命及其价值，也因之珍珠的出现，而得以延伸，并有了美感和夺目的光彩。

那支八旗兵驻防后，以珠易银，充作兵饷，乐哉乐哉。

富尔汗有功，提拔为官。——什么官呢？大概相当于现在连部管兵饷管伙食的司务长吧。

猴　怒

太行山腹地，某林场。山高坡陡，森林广袤。也有猕猴、野猪、狍子出没。森林里的主要树种是油松，松果满枝，颗颗饱满。松果是好东西，籽儿可以育苗，也可以熟食。

每年松果成熟的季节一到，天刚放亮，林场职工就上山采摘了。出售松果是林场的大宗经济收入。林场上百号人口主要靠松果养活着呢。然而，令林场场长头痛的是，每年采摘松果都要发生一些事故。因为人工采摘必须爬树，稍不留神，就有人从树上摔下来。前前后后，已经摔伤二十余人，摔死的也有七八个了。断腿断臂的职工越来越多，没了男人的寡妇也越来越多。

在其位，谋其政。场长寝食难安——必须得改变采摘方式了。可是，怎么改呢？有人给场长出主意说，不妨让猴子上树去采摘，人在树下捡拾即可。场长一听乐了，说，这主意好。于是，弄来一批猴子简单训练几天，就上树采摘松果，果然效果很好，甚至松果产量还多于往年。

场长走路也哼哼几句小曲了——"天上星星千万颗，树上猴子多又多，树上猴子干什么？它把松果抛小哥。"

某日，一个外号叫"瘪嘴"的职工跟场长神秘地报告说："山上发现宝石。"
"什么宝石？"
"腊八蒜宝石。价格很俏！"
"腊八蒜？"
"不是腊八蒜，是像腊八蒜的宝石。""瘪嘴"从兜里掏出一块宝石递给场长，场长接过宝石朝太阳看了看。
"嗯，还真有点像腊八蒜的颜色。哪座山上发现的？"
"断头崖。"
场长一惊，说："那上面可是没人能上去。"

"不一定吧！""瘪嘴"说，"今年松果是怎么采摘的？"

"断头崖上有猴子吗？"

"有，二十余只，是一个家族。这颗宝石就是猴子从崖上抛下来的。"

"问题是怎么让它们把宝石抛下来呢？"

"逮一只猴子，折磨它，激怒崖上的猴子，它们就会往下抛石头，这样连宝石也就抛下来了。"

"然，就依你计。"

次日，场长及"瘪嘴"等一干人，缚猴子一只，来到断头崖下。仰视之，果然崖上树林里有猴子簌簌窜动。嗨！嗨！嗨嗨嗨——呀！"瘪嘴"大叫几声，故意引起猴子注意。不多时，崖顶一排棕色的脑袋，齐刷刷向下看。

场长说："动手！""瘪嘴"一刀削掉所缚猴子的一只耳朵，猴子疼痛难忍，哇哇乱叫。崖顶群猴见之，一片喧嚣——吼！吼！吼！吼！吼！随之，有零星石块投下来。

少顷，"瘪嘴"又手起一刀，猴子的另一只耳朵也被削下来。猴子头部鲜血直流，哀号不已。"瘪嘴"捏着削下来的猴子耳朵，晃了晃，故意给崖顶的群猴看。这时，崖顶的群猴被彻底激怒了，吼声如潮！石如雨下。

崖下，场长等一干人未及拾起宝石，就抱头鼠窜。慌乱中，"瘪嘴"躲闪不及，被一枚石块击中了嘴巴，满口牙齿，只剩下一颗。

从此，"瘪嘴"的嘴巴便彻底瘪了。

长　嘴

某林区。护林员老孟巡山时，眼见两只长着獠牙的公野猪在打架。大个的长嘴，略小个的花腰。它们翻腾着厮杀，几个回合下来难分胜负。獠牙撞击声，咔咔咔！很沉闷。是争夺地盘呢，还是争夺跟某个母野猪发生性关系的权利呢？——老孟很好奇，干脆坐在一根倒木上看个究竟吧。

两只野猪打架太过投入，根本就没在意不远处有一双眼睛在看着它们呢。野猪打架用的武器就是獠牙，一挑，一撅，一扫，一拍，招数不多，主要看哪个更有耐力。

老孟看呆了。

只见"花腰"疾速向悬崖奔去,"长嘴"以为"花腰"力气不支,败走了,哪里肯放过呢!便疯狂追赶,追到悬崖边上时,突然"花腰"一闪身,"长嘴"扑空了——直接扑到悬崖底下,没影了。

那悬崖足足有五层楼房那么高啊!

"呀呀!不好!"老孟大叫一声,'花腰'真坏!"叫声惊动了"花腰",它看一眼老孟,掉头就跑,几秒钟后就消失在山林里。老孟起身,三步并作两步跑到悬崖边上向下看——崖底全是灌木丛,扑下去的"长嘴"砸断了很多灌木,一个黑乎乎的东西躺在地上。

那一准是"长嘴"了。

老孟急火火赶到崖底,一摸"长嘴"的鼻孔,已经断气了。

于是,老孟喊来几个护林员,大家七手八脚把"长嘴"抬回了林场场部。场长见之,高兴不已。说:"好啊!改善伙食!"就命人在场部的院子里,架起一口大锅,柴火烧得旺旺。嘴里叼着烟袋杆儿的老人,怀里抱着娃娃的少妇,鼻孔淌着黄鼻涕的小孩也赶来看热闹,院子里洋溢着欢声笑语。

大锅里的开水烧得翻滚,热气腾腾。

"来来!把野猪放到锅里褪毛。"场长撸起袖子,指挥几个小伙子下手抬野猪。哪知,"长嘴"放进锅里,被滚开的热水一烫,激灵一下,居然活了。它嘴里喷着白沫子,从锅里翻身跳起来,一下蹿到地面上,接着,又连续蹿了几下,就蹿到场部大院外面,眨眼间,就钻进一片玉米地,逃遁了。

"找——"

场长带着老孟等人在玉米地里进行了地毯式的搜索,直到太阳落山,也没找到"长嘴"的踪影。场长看看时候不早了,就摆摆手,收工吧,各回各家。——唉,野猪肉没吃成,大家很是沮丧,但也没办法呀。

半年后,老孟发现,夜里总有个黑影时不时潜入林场家属区,猪圈里的猪哼哼几声也就没有动静了。但奇怪的是,并没有发生什么偷盗案件,老孟也就没有声张,更没有跟场长报告。

次年开春,林场职工家里养的母猪,都莫名其妙生出一窝小野猪崽。那小野猪崽个个长嘴,欢实,野性。浑身还有一股松油子味儿。

斗 鹰

人人知道龟兔赛跑的故事——龟兔赛跑的结果：乌龟赢了，兔子输了。就速度而言，无疑应该是兔子赢，但它中途睡了一觉，疏忽大意了，乌龟慢慢赶上来反超了它。乌龟取胜的法宝，在于三个字——不停顿。

乌龟属于杂食动物，也食菜蔬，也食谷物，也食肉类。乌龟最爱吃的肉，是鹰肉。嘴里寡淡的时候，就在河边晒太阳。乌龟晒太阳，跟别的动物不同。别的动物是趴在地上晒后背，它是把自己搞反了——四脚朝天晒肚皮。其实，这样晒太阳是非常危险的，天敌来袭之时，且不说翻个身不容易，就是把自己搞正了也要耗费一定时间，即便全速逃遁恐怕也是来不及了。

是呀，这个天敌往往就是鹰。

乌龟晒肚皮时，会反射出白亮亮的光，很容易就被空中觅食的鹰发现目标。鹰就闪电一般俯冲下来，叼住乌龟的头。瞬间，乌龟的头就欻地一下缩了，缩进盔甲里。鹰嘴就被乌龟的铠甲钳住了——疼痛难忍。然而，到嘴的肉是绝对不能放弃的。鹰抖动翅膀叼着乌龟起飞了。空中，鹰的翅膀下，乌龟悠荡悠荡。乌龟慢慢调整自己，将藏在铠甲里的尾巴伸张出来，卷曲着，用尾尖一下一下刺鹰的腹部，然后用侧面，咔哧咔哧，锯鹰脖子上的肉。原来，乌龟的尾巴是有锯齿的，那分明是一把钢锯呀。

乌龟会算好时间，在落地那一刻把鹰脖子上的气管锯断。鹰，一命呜呼了，乌龟也在瞬间安全着陆了。乌龟伸出头来，眨眨眼睛，睨一眼四周，张开嘴巴不紧不慢地开始享用美味了。

吧唧吧唧吧唧！

猞 猁

吐痰成钉，撒尿成冰。

冬季，大兴安岭林区。天，嘎嘎冷。

一只饥肠辘辘的猞猁溜进林场职工老马家的鸡舍，叼起一只芦花鸡，就蹿到墙上，拟逃之。芦花鸡哀鸣不已，翅膀扑棱棱奋力挣扎。

老马出门一看，怒火满腔。抄起一根烧火棍，杀将过来。猞猁叼着芦花鸡腾地一跃，一条弧线就划向了后山。老马哪里肯放过呢，撒丫子就追。猞猁隐入一条石洞里，发出撕心裂肺的号叫。趴石洞口往里望，里面黑咕隆咚，什么也看不见。只是，里面有动物呼吸吐出的热气挂在石洞洞口成了白白的霜。

老马用烧火棍往里捅了捅，似有软乎乎的感觉，但烧火棍无论在里面怎样乱搅，那猞猁就是不出来。

这时，老马九岁的儿子闻讯，也呼哧呼哧赶来了。

老马把烧火棍往儿子面前一戳说："往上撒尿！"儿子掏出东西，哈着气，就往烧火棍上撒了一泡尿，末了，还打了个激灵。老马把烧火棍迅速插到石洞里，用力拧。拧拧拧。在拧的过程中，烧火棍上的尿液已经结冰，并把里面猞猁的皮毛紧紧粘住了。最后，老马猛地一用力，把猞猁拉出了石洞。定睛一看，不是猞猁，是一只獾。不对啊！明明看到是猞猁叼着鸡钻进去了，怎么拉出来的是獾呢？老马忽然想起来了，獾有冬眠的习性，也许，獾早就在里面呼呼睡大觉呢。

老马往烧火棍与獾粘连的部位踹了一脚，烧火棍与獾就分离了。獾就颠颠跑了。

老马把烧火棍又戳到儿子面前："再撒！"儿子掏出东西，脸憋得通红，撒出几滴，再抖，就没了。无奈，老马只好背过身去，掏出自己又粗又壮的东西，哗！一泡大尿就出来。老马迅速将烧火棍插到洞里，再拧，拧拧拧。再用力一拉，可拉出的又是一只獾。

到底有几只獾呀？老马有点蒙圈了。如此这般，这般如此，獾又放生了。

看来用"撒尿"法不行了——因为儿子没尿了，自己也没尿了。得换个法子了——他吩咐儿子说："去，回家取一条麻袋，一个麻雷子。"麻雷子就是一个响的爆竹。一入冬，林区家家都备这东西，时不时就放几个，日子过得有点响动。也有鞭炮，也有"二踢脚"，也有烟花，也有"钻天猴"。

很快，儿子呼哧呼哧返回来了，将麻袋和麻雷子递到老马手上。"麻袋你先拿着，等一会儿捂洞口用。"老马一边说着，一边掏出火柴，嚓——就把麻雷子的捻点着了，顺手就投进洞里，然后，扯过儿子手里的麻袋，用麻袋口把洞口就捂上了。只听嗵一声闷响，麻雷子就在洞里爆炸了。啪啦啦——一个东西就钻进了麻袋里。

"可逮着你啦!"老马把麻袋口收紧，生怕里面的东西跑了。老马背起麻袋刚要转身，洞口又欻地蹿出一个东西，三两个跳跃，就钻进了后山的林子里。——是那只猞猁。

麻袋里是什么呢？老马更蒙圈了。

不会又是獾吧？老马打开麻袋口一看——是瑟瑟乱抖的芦花鸡。好家伙！芦花鸡，居然还活着。

（原载《人民文学》2021年第9期）

金沙江笔记

◎徐 刚

金沙江

《长江大辞典》谓:"金沙江古称绳水、丽水,藏族称布垒河或布列楚河,长江上游干流的一段。起自玉树县巴塘河口,长2308公里,占长江全长三分之一以上,因盛产金,故名。金沙江地处青藏高原和滇北高原,地壳活动剧烈,河流下切形成的峡谷河段长2000公里,世所罕见。"1998年秋日,在玉树,我与通天河一起,同是夕照下的漫步者,落霞与秋水共一色时,便是荒野涛声中的遐想者了:水出河口,无路可走,就连牧羊的小路也没有。千山万壑把金沙江遮蔽了,印象中的江潮拍天,也变得扑朔迷离。为群山壁垒桎梏而一往无前,在深山叠嶂之间,金沙江水与山岩撞击再撞击,下切再下切,然后坠落又坠落。也让诗人的想象碰壁,撞山,粉碎,在坠落中魂飞魄散,剥落所有的平庸,跟随着金沙江,在崇山峻岭中曲折前行,呼啸在悬崖峭壁,自由于束放之间。就流水而言,在创生万物的伟大使命中,它是无坚不摧而又刚柔相济的下行者、滋润者、接引者。金沙江还告诉我们:没有艰难险阻,就没有风情万种;没有风情万种,就没有无穷动力;没有无穷动力,就没有落差;没有落差,就没有可持续的流动。金沙江虽然深藏于峡谷,其意义却是清晰的存在:不经历粉身碎骨,便不能穿越万山丛中,金沙江不再是金沙江,何有长江?何有黄河以南的华夏文明?

金沙江在云南石鼓以上河段,被横断山脉的沙鲁里山和宁静山夹峙。河谷最宽处约200米,最窄处仅50米,峰峦与河谷之间的高差达1000米至2000米。峡谷呈"V"形,970多公里的河段中,江面高程由3500米急降至1800米。江流奔突湍急,奔云裂石,天摇地动,惊雷霹雳,其大声也,发轫于两山收束之际,鸣放于落差悬殊之时。此金沙之大观,而可称为奇观者,是一个不可思议的大拐弯，进入虎跳峡。两岸悬崖陡立，乱石峥嵘。树木几无，我徘徊其间，寻寻觅觅，只有几处零星的野草，开着寂寞小花。山巅与河谷之间的高差达3000多米，虎跳峡全长16公里，有七处超过10步的跌水陡坎，有巨石耸立河道中，与两岸高峰遥遥相望，曾经是群峰之一，后来跌落，不再高大，听天由命，安然自若。

正逢枯水，从虎跳石上跨石而过，河畔有乱石成堆。金沙江还拥有众多的呈羽毛状排列的干热河谷，沿江地貌陡峭而破碎，有时能见荒草，有时寸草不生。又干又热，破碎与荒凉挂在山壁上，高高在上，嵌入峡谷中的流水却总是生机蓬勃。这样的不协调所包含的是什么信息？是一条大江的使命？是对《道德经》中关于水的不用文字的诠释？流水处未必都有水，湿润从干热处来，水的普通与高贵并存。因此老子说"水几于道"，"道可道非常道"，水可水非常水也。金沙江的波涛跨越了中国地形的两个阶梯，曲麻莱和宜宾之间，是第一和第二阶梯的过渡地带。地形限制着金沙江，也激发着金沙江，一江柔弱之水面对着横断山脉，前仆后继地把岩石切碎，凿穿，凿出一条缝来，嵌进深沉幽暗的山壁，一线悠然，迤逦而去。

落差是美丽的。

长江第一湾

2005年清明，我回崇明岛为母亲扫墓后赴丽江，次日去石鼓镇，再一次面对着长江第一湾。这次没有爬山之劳，只是坐在河滩上，看枯水时宁静的青绿色的金沙江，发呆，猜想。江滩有大片的柳树林，上午的阳光下，柳林映照的这个弯曲，就像水墨画中，一根圆润而又灵秀的线条。而在大自然中，弯曲与圆弧看似随心所欲，却必有深意在，那是某种使命的召唤，也是某种探求的延伸，或是已知向着未知的呼告。当湿漉漉的弯曲优雅地弯曲在我眼前时，想起了亚历山大·蒲柏的话："所有的自然之物，皆是人类未解的艺术；所有的偶然，都有看不见的方向。"

金沙江在石鼓一百多度的大拐弯长达370公里，而其直线距离则为36公里。长江这一弯弯得如此奇特，急转弯后更难以想象的是，金沙江水竟然能在北半球同纬度上海拔最高的玉龙雪山（5596米）顶部，劈出一条峡谷，冲将出去，此即虎跳峡。自古以来，如此奇观激发了人类的奇思妙想，成为神话传说。我在石鼓民间探访时，可以归为几种：说夸父由玉龙雪山出发追日时，双脚腾空踏出了一条水道；说大禹治水时，认定金沙江必须转弯，便用一把大斧，劈出了虎跳峡。而世代相传的纳西族的故事说：金沙江、怒江、澜沧江是三姐妹，漂亮，活泼，歌舞俱佳，她们互作呼应齐头并进在横断山脉父亲一般的胸怀中。某日夜里，金沙姑娘做了个梦，梦见东海波澜壮阔地向她招手，呼唤道："美丽的金沙姑娘，东海欢迎你！""东海好玩吗？""好玩极了，有龙宫，有珍珠，有千万种鱼，海底有草原。""东海美丽吗？""东海的浪花皮肤雪白，和金沙姑娘一样美丽。你来了，东海龙王还会给你戴上镇海之宝——珍珠项链。金沙姑娘将会更美更迷人！""江海可以相容吗？""我们敞开胸怀，我们英俊的王子会亲自迎接你。""可是，我怎么来呢？""你拐弯向东，便是东海了。"金沙姑娘一梦醒来，便匆匆地与怒江、澜沧江打了个招呼："姐妹们，再见了。"便在石鼓改变流向，赴梦中之约。

可是，峛然屹立的玉龙雪山、哈巴雪山两兄弟却挡住了去路，兄弟相约：白天晚上轮流值守，务必留下金沙姑娘。哈巴好犯困，经常是一觉醒来，人间已百年。玉龙特别嘱咐，"万勿打瞌睡！"这叮咛声却让金沙姑娘听见了，于是心生一计：便在哈巴值守时略施脂粉，尽显殷勤："哈巴兄弟，你辛苦了。""还不是为你遭的罪？""我给你唱支歌吧，算是赔罪，可以吗？""要得！要得！"金沙姑娘便唱起了轻柔的歌，小夜曲一样的歌，摇篮曲一样的歌："雪山高呵雪花飘，哈巴要比玉龙俊呵，诚实又可靠。你要累了你就睡觉，睡完一觉你会长得更高，高过玉龙，云雾缭绕，天上的仙女在你怀抱"……哈巴听着高兴，先是大笑后来犯困，沉入梦乡。金沙姑娘趁机突围，虎跳峡中的陡坎是音符的沉积，尾部的三个滩头，是金沙姑娘得计之后的三声大笑。玉龙发觉大事不妙时，哈巴尚在酣睡中，玉龙一气之下便拔出宝剑，削掉了哈巴的半个脑袋。

至今山顶平坦的哈巴雪山还在发愣，"我的半个脑袋呢？"

哈巴雪山海拔5396米，在虎跳峡西岸，东岸为玉龙雪山。纳西神话传说中的两兄弟夹岸高耸，相对无言。

伟大的神话和传说，总是源于伟大的风景，那种如天马行空一般的想象，没有任何障碍，又总是和历史上曾经发生的某些事件、某些人物相关联。当我在石鼓听到这些神话传说时，我顿时觉得石鼓这方土地的神圣，它是神话传说的发源地，是风景的发生地。何其幸运，我听着老人们的讲述，那是认真的讲述，能感到其中的智慧。无论如何，它们已经给出了金沙江的方向。

神奇的弯曲呵，浪漫的转折。

人啊，你为什么只高歌平川大路，而不去赞美弯曲与转折？

金沙江的灵气，闪烁在石鼓的每一处旧宅，每一片瓦楞，每一块旧砖，每一处青苔，流淌在石鼓人的血液中，陶冶着这一方水土一方人。对青苔、苔藓的历史，人们的认知是远远不够的，它和古海中的蓝绿藻一样，是地球上最早的植被，是远古岁月留给我们的信物，一种象征。凡有青苔处，土必古土，石必古石，砖必古砖，它的嫩绿好古，是人与自然友好和谐的象征。石鼓人会自豪地对我说："石鼓有青苔！"这里民风古朴，安贫乐道，耕读传家，渔樵为荣。好声律，好诗文，好书法，尚诚实，尚贤良，尚忠义。每年春节，家家门口都有石鼓人自撰自书的联语。石鼓最有名的一副对联诞生于1946年，范义田先生家的大门上：

山连云岭几千叠，
家在长江第一湾。

范义田先生此联，是"长江第一湾"的首创，是这个词语的诞生。此一词语的诞生，意味着大自然的又一次奇迹再现，意味着命名，意味着存在，意味着新的风景出现。词语之不可小觑者，此为其一也。范义田生于1909年，1968年辞世。字楚耕，世居石鼓。其父范克明，乡贤名士也。家境清贫而好学成才，是石鼓的一个小学老师。范义田是其长子，1938年到武汉，与周恩来、李克农结识之后赴延安，到抗日军政大学学习。1944年回石鼓老家养病，以耕读写字为乐。范义田另有为烈士墓题写的"双烈墓"两联传世：

汗珠禾叶露，
血点山花红。

血啼三月杜鹃泪，
胆沥十年勾践心。

石鼓人好为联语，石鼓对联兴盛，说明了石鼓文化功底的深厚，人文气象的旺盛。我为石鼓小学大门门联惊呆了：

石可补天，愿诸生大炼精神，铸造国民资格，
鼓以作气，惟吾辈加功乐育，启开边地文明。

这副对联取"鹤顶格"，把石鼓二字嵌入上下联开首，用心良苦也。上联为学子书，以女娲补天为典，既言精神，又言当时中国天将漏也，天当补也，补天人需教而化之，"大炼精神"，铸造"国民资格"作结。"大炼"之用，古今少见，而又震慑心魄。下联用《左传》"曹刿论战"句意，为教师书：对学生要鼓励而不是强迫，使其斗志奋发，"鼓以作气"是也。另外值得注意的是"加功乐育"，与"大炼精神"相对，妥帖之外，对"乐育"即音乐教育的重视，可看作是德、智、体、美教育的代名词，也可视之为对音乐教育的特别重视，如梁任公所言，音乐和美术是情感教育、美的教育的最重要途径。对联作者周日韦，于1907年创建石鼓初等小学，1913年扩大为高初等完小，今石鼓小学的前身。初创时的门联，已成为石鼓小学的传统门联，成为一种在历史中永存的精神，入学的孩子们诵读联语，听老师讲述的是过去的却永远新鲜的故事和发愤精神。

1918年，石鼓人民和政府为周日韦立石勒铭"南屏周夫子德教碑"，至今犹在石鼓完小大门东侧。我前往拜谒时，适逢小学生上学，那碑，静静地看着孩子们，与天真烂漫共存。

想起了我的初中母校，崇明岛猛将庙三乐中学。"三乐"出自孟子语："君子有三乐，而王天下者不与存焉。父母俱在，兄弟无故，一乐也；仰不愧于天，俯不怍于人，二乐也；得天下英才而教育之，三乐也。"正是这所当时崇明西北部穷乡僻壤历史最悠久的初级中学，有当时从未见过的一座两层楼房，楼名"雨花楼"的学校，让我第一次见到了图书馆、阅览室，第一次读到了外国

文学，第一次看见《人民文学》等诸多杂志，第一次读到了郭小川的《望星空》，第一次读到了秦牧的《艺海拾贝》……对我而言，多少文学启蒙的第一次皆发生于此。我的课余时间全部在阅览室，我用三年的时间读完了学校小图书馆中所有文学书籍，图书馆的漂亮老师叫袁引钧，或许记忆之误有错字，我享有一次借多本的特权。袁老师的儿子张诗渊、张诗礼，都是我的朋友。正是她，在我反复追问"三乐"何义时，悄悄地告诉我语出《孟子》，用娟秀的钢笔字为我写下了原文，并嘱咐："不必与同学讲"，时在1957年。

从我入学开始，到我上高中，从军，做红卫兵，上北京大学，到浪迹江湖几十年后返校，参加校庆至今，那"雨花楼"已被拆除，"三乐"之名何来，学生们仍不知所以。反正就是三乐，三乐而已！而已而已！我曾不止一次地想象过，把孟子三乐语镌刻于大门，书于教室，成为新入学的学子的第一课，岂不妙哉！扯远了，打住。赶紧回石鼓。

李寒谷，十八岁考入北平国立大学文学系，1937年参加抗日救亡之战，与谷牧、王西彦共事。1938年回石鼓养病，捐出家财，建三仙沽小学，抱病讲课，自任校长。1951年辞世。云南省教育厅表彰李寒谷的联语是：

　　泽惠及山农，得半山青苗之遗意，
　　弦歌满江树，种一江桃李以成荫。

石鼓还有名联。铁虹桥西桥亭子，有纳西族老人操纳西古琴演奏古乐，其声优雅，绕梁不去。亭子两侧有联曰：

　　杨柳两行绿，
　　水天一色清。

撰写此联者为王绅老人，享年一百零八岁。此联是老人九十一岁时撰文书丹，字里行间，闲云野鹤。王绅是石鼓完小的退休教师，以吟诗写字为乐，从春节的对联，到红白喜事，邻里请托，有求必应，分文不取。尹启汤先生也有联语传世，题石鼓联：

金江非画浑如画，
石鼓无声胜有声。

题石鼓戏台联：

登历史舞台，艺术舞台，好歹让人评说，
讲物质文明，精神文明，深浅由我思量。

石鼓凤凰山有"文化名人墓群碑"。我小心翼翼地寻访在这些墓地中间，唯恐惊扰了长眠者的梦。他们是执教鞭者，他们是吟哦者，革命者。他们各有才情，各有事业，也曾在抗日救亡的战场上奋勇当先，但他们几乎都殊途同归，回乡办学，做小学、中学的教书先生。教书育人，吟诗写字做对子，在金沙江滩上柳林下漫步，走着走着，然后终老。桃李何言呵，却有道路阡陌了，在金沙江畔，百里柳林相送，他们的灵魂与水交融，"善下之""几于道"，迤逦而去，去往万山丛中。我从丽江到石鼓的本意，是访虎跳峡，看长江第一湾，却记下了石鼓的一群乡贤，几副对子，我的感动是这一纳西族石鼓小镇，是铭记历史的，珍惜这块土地上出现的人物。对文化和教育的重视，使这块土地诗性绵绵，书声琅琅，民风淳朴，彬彬有礼。纳西族有自己的美好传说、神话故事、木雕艺术；但他们同时也重视中原文化的学习和传承，从来不曾因身在长江第一湾，而孤芳自赏于石鼓亭中，却如长江一样吸纳包容。文化是什么？答案有万般。徐刚谓：文化是杂糅，是综合，是相与渗透，各有取舍，互为衬托。此文化之大者也。

种柳人

金沙江畔，守护长江第一湾两岸的柳林，绕石鼓、巨甸、龙蟠等多个乡镇，沿线柳树近一百公里，我去时，郁郁葱葱，碧绿如带。真个是：杨柳岸，晓风拂红日；金沙江，清波荡流光。

我要去寻找金沙江畔第一代种柳人，他是石鼓村民和泽周，时年六十四岁，一身纳西族农民穿着，干净利落。他告诉我，纳西族是从花草树木森林中走出来的，纳西人的血液里，流淌着对绿色和芬芳的向往，石鼓纳西人家，无论镇上、村子，院子里必有花木，吃不饱饭也要种草种树。早在二十世纪五十年代末，村民们便在江边垒堤种树。为什么种柳树，易栽，易活，长得快，可抵御洪水，防风固土，保护农田。总而言之，和泽周说为防护农田，"是为了吃饱饭"。未承想到几十年后成为风景，成为长江第一湾畔的一处名胜，这几句话告诉我，人造之景，设计布局，花木园林是也；无心插柳，随意为之，石鼓柳林是也。人造之景玲珑，有用心设计之巧；无心插柳自然，富巧夺天工之妙。

金沙江两岸裸露的山壁，不见树也不见草。长江第一湾一带，历来江风凛凛，浩浩荡荡，江风吹过，泥沙扬起，遮天蔽日。于是，岸边的农田里一片狼藉，油菜伏地，苞谷折损。新栽柳树之始也。到了洪水季节，无所羁绊的江水夹杂泥沙，汪洋恣肆，冲撞堤岸，淹没了新栽的柳树。水落潮退，那柳树一身泥浆重新站起来的启示是：拓宽林带，种更多的柳树，一年接一年地种，一代接一代地种。便种成了农田防护林，种出了丰收，种出了风景。当洪水来临，这成片的大块的互为呼应的柳林，就成了波涛中俯仰舍身的守望者，阻挡了洪水，护卫了农田。总有被洪水泥沙击倒的柳树，只要没有被连根卷走，浸泡在水里的树枝还会长出根须来，红嫩娇滴，若沉若浮。这些根须假以时日，会变成青枝绿叶，摇曳生姿。走进近百公里的柳林中，那是别一种壮观啊，有几层楼高的大柳树，树皮粗糙，树冠如盖，柳枝婀娜；有新柳，稍带羞涩，随风轻扬，低吟浅唱。会叫人春心荡漾，会让人耳聪目明，会使人浮想联翩。雪山连绵，金沙水拍，柳林夕照，是天然风景与人造风景的结合。

想起了王国维《人间词话》中的境界说："词以境界为最上。有境界则自成高格，自有名句。"王国维对境界之"境"的论述是："境独非景物也，感情亦人心中之境界。故能写真景物、真感情者，谓之有境界，否则谓之无境界。"由此得出的领悟是：境、情、景在先生笔下是不能分离的，境是自然景物，感情也是心中境界，文人之"有境界"，在于"写真景物，真感情者"。当今文章，写不出硬写，有文字而无境界者居多，究其原因无真景物一也，无真感情二也。笔墨倘不是从心中风景流出，滴着血，和于墨，境界荡然矣！

石鼓人如数家珍地告诉我：冲江河口往东一片柳林，是二十世纪初由袁廷芳、袁锦父子种植，又经第三代袁清品管护。冲江河口北以及大树林两片林子，是二十世纪六十年代开始种植的，如今已是好大林子，好大气派。顺江而下两公里的柳林之上，有公路穿过，杨柳依依，凭窗可望，其管护人和士宽是全国劳动模范。何其幸运啊，石鼓，在长江第一湾的怀抱中，你既教书育人，又栽树成林，你拥有那么多的教书先生，你是我见到的自撰自书联语最美的乡镇，你是风景美好之地，你是山拥金沙、江怀柳林的境界独具处。

携石鼓风景，我回到丽江。

(原载《草原》2021年第7期)

大河至上

◎王剑冰

到黄河源约古宗列曲的道路，十分遥远而漫长，觉得它就像是在天边的某个地方，必须要经过无数的曲折、无数的苦难才能到达。或者说你经历了无数曲折、无数苦难，也难以到达。

车子开了三四个小时，路面情况更糟，而且变得窄狭。但是左前方出现了一块蓝玻璃样的湖，让人一下子兴奋起来。这就是黄河源上的鄂陵湖。

雾气重了些，迷迷蒙蒙的，看不清天地。那些雾气从湖上升起来，给鄂陵湖罩上了神秘的面纱。光线时不时从云层间散射而出，穿过迷蒙的雾气，像手电筒蒙了一层蓝色布面，射到下面，也就是淡蓝的了。

这种淡蓝很配鄂陵湖，因为湖水实在是太清澈，清澈本身就发蓝。这样的色彩进入镜头，简直就像加上了一片难找的滤镜。文扎说，本来人们就是把鄂陵湖称为蓝色的湖，把扎陵湖叫作白色的湖。

蒙眬中看见鄂陵湖中有一块凝重的物体，等到光线再次打过来，发现似一座小岛。文扎说那就是"热玛智赤"，是一座很出名的岛，意思是山羊拉船。

谁发出叫喊。叫喊在湖上打着水漂，一直漂了很远。

再前行就是扎陵湖，鄂陵湖与扎陵湖由一座天然堤坝阻隔而又相通，形似蝴蝶。这蝴蝶就像一个储水器，将黄河支流的水聚集起来，聚集成耀眼的景观。

这个时候雾气已经散去，天地一片澄明。

登上一处高台，能看到水天相接的美妙，那是云气盎然的气象。看着的时候，会把水看成天，把天看成水。远处戴雪帽子的山峰，像优雅的少女在湖边漫步，而山腰的云朵，则是一群绵羊，在撒蹄子奔跑。透明度极好的阳光下，似乎还能望到彩色的经幡。

我查过一个资料，说唐蕃之间重大战争的发生地，就有星宿海地区，这个地区包括扎陵湖和鄂陵湖。这是因为，其与一条古道紧密相连。公元641年，文成公主进藏成亲，就从这里经过。这条唐蕃古道从日月山、切吉草原一路过来，绕扎陵湖、鄂陵湖，翻巴颜喀拉山，过玉树通天河，再至杂多当曲，越唐古拉山，最后到达拉萨。史书载，松赞干布专程赶往柏海，也就是鄂陵湖、扎陵湖这里盛情迎接，而后在勒巴沟文成公主庙修整一个月。

我的眼前浮现出一个史无前例的盛大场景，那场景，以烟波浩渺、风情奇特的两座大湖为背景，该是怎样的庄严隆重。

远处，谁在湖边扎了漂亮的帐篷，给这湖增添了另一种气息。帐篷里的人是要在这里修行？有的地方有小堆的玛尼石，像是身着袈裟在湖边盘坐，诵佛念经。

见识了鄂陵湖，现在又体味了扎陵湖，让人已然忘记湖同黄河的关系，猛然想起这就是黄河初始的一段，就感觉这一段太出彩。

刚才车子到达一个路口，这个不大像回事的分岔路口，一条是往牛头碑的卡日曲，一条通往约古宗列曲。

文扎停下，等索尼的车子，而后商量，舍去牛头碑的卡日曲，直接去最远的约古宗列曲。

临近中午，感觉也没有走出多远，只好找一处有清水的地方埋锅造饭。而后就听青梅让丁和达杰在山下演唱格萨尔，歌唱的内容，就是在哥拉杂加神山下赛马的情景。我们面对的就是哥拉杂加神山，这山是昆仑山的余脉，很多民间传说同它有关。

而后再次出发。总是以为不远了，又过了两个小时，约古宗列曲还是毫无踪影。路上遇到放牧的藏民，总说还在前面。

前面，怎样的一个前面？

中间又几次休息、问路。再次确定方向没有错误，还是往前。

约古宗列曲在巴颜喀拉山的北麓，是一个东西长40公里、南北宽60公里的椭圆形盆地，当地藏民根据地形起了一个形象的名字，叫约古宗列，意思就是"炒青稞的锅"。文扎说得更为详细，他说"约"，指这片土地，"古"，相当于汉语连词，"宗列"，是藏族炒青稞用的圆锅，这个锅底是平的。

我看着这口大锅，它的周围山岭环绕，山上流下的水在盆地内形成大大小小的水泊，阳光下这里那里地闪着波光，衬托着波光的是如茵的绿草，那是当地牧民的天然牧场。水从这里，便开始了它千折百回永不停息的旅程。

我们进来的时候，感觉不到是进入了盆地，远远看着一马平川，几乎没有什么路，路痕可能是来黄河源头的车子留下的，但是并不明显，说明来的人不多。一切都还是千万年的原始风貌。

地势起起伏伏，一忽是丘陵，一忽是矮崖，一忽是草甸，车子在其间忽上忽下地颠簸，如浪里的小船。刚刚翻下一道陡坡，前面又出现一座山岭。人在车内，必须要抓紧扶手，才不至于撞到哪里。

走了好一阵子，还是没有找到那个所谓的源头。只觉得过了无数道山岭，下了无数个陡坡。中间停下来看，却看不到刚才经历的曲折，眼前竟然还是一片平坦。

可是走入了魔幻之地？

过了无数次水，水有大有小，有的一加油门可过去，有的看似很浅，车子进去却费力，不停地打滑。有些水流躲在一道崖下，刚下去就掉入水中，引擎发出很大的声响，最终爬上来。

如此下去，真怕车子趴窝在哪里，那样就不知道有什么样的后果。

到达草甸的深处了，草甸里到处是受高寒反复冻融形成的水泊。水泊大的像湖，小的如马蹄坑，在大的湖中穿行，只要挨着边沿就行，在马蹄坑群穿行就难得多。

这口大锅里，散布着100多个大的水泊，有的水泊相连，高高低低，水流互动，也就有了大小不一的瀑布，远远望去，层层叠叠，波光粼粼。

欢声里，竟然看到活物在其中，那是高原特有的寒鱼裸鲤。这种古老的鱼有一指长短，自在地窜来窜去，全不惧人。

无暇多耽搁，车子还在缓慢地在巨大的锅底里颠簸。文扎说，约古宗列里还有野驴、黄羊、红狐，甚至还有狼和熊。

但是我们没有遇到，已经是黄昏时分，在黄河源安营扎寨是一定的了。

那么，晚间会不会有什么野物光顾？一只狼或者一头熊在夜晚的巡视中，发现了一个突兀于视线中的帐篷，轻手轻脚地过来，看看到底是谁如此胆大，闯入这个神秘的领地。或许不是一只狼，是一群狼，也或许不是一头熊，是一对熊。那样，我们这几个没有经过任何部门批准，在黄河源地露宿的"野人"，就陷于莫可知的危险境地了。

据文扎说，从来没有人在约古宗列留宿过，这是一次冒险。过不了多久，这里就会被大雪覆盖，那些水流和湖泊，也会是银光闪烁，完全一个冰清玉洁的世界。那时，人是不可能进来了，雪野里只能留下几许狼和熊的脚印。而雄鹰，仍然会盘旋其上，在这幽深的约古宗列留下悠扬的舞姿。

在约古宗列盆地的西南隅，也就是巨大的"炒青稞的锅"边缘，我们找到一个脸盆大小的山泉。泉在里面不断地翻涌，像滚开的水。伸手轻轻触摸，却清冽无比。据说这泉夏不狂溢、冬不干涸，源源不断的甘露流成宽1米、深10厘米的小溪。

这就是人们所说的玛曲曲果，也就是黄河的正源。文扎说，"玛曲"，藏语就是孔雀河，也就是指黄河；"曲果"是小河源头的意思。那么玛曲曲果，就是黄河的源头。再看这个源头的地理位置，它的两边是箕形的缓坡丘陵，当地人称之为"玛曲曲果日"，"日"就是小山。这箕形的山坡与泉眼形成了双手捧月之势，让人觉出黄河源头的神圣感。

有人看了一下手机测试的海拔，是4640米。我们都显得激动，在小溪间过来过去，有人做着双手捧泉的姿势拍照，有人依偎在玛曲曲果边合影。

山泉往上，矗立着一块块大大小小的碑刻，往上再走，又看到一道水流，从那面陡坡上流下来，而且水流不小。后来索尼他们寻找的扎帐篷的地方，不知是有意，还是那里确实适合安营扎寨，搭起的帐篷就紧挨着那股水流。

我顺着水流往上找去，一直找到坡地上一大片的沼泽地。那里布满了坚实的草疙瘩，而草疙瘩之间是水窝窝。在这里既不能迈大步，更不能跑，不定哪一脚踩不好，就会踏进或深或浅的水窝，肯定会崴了脚，那样，会给自己带来无法想象的困难。

水窝的草疙瘩上，竟然生长着一些黄黄白白的小花，我后来问文扎，知道它们是凤毛菊、金莲花、马先蒿、藏蒿草，这些能够抵御寒冷的小生命，不知最早是如何来到这片地域，来了便要适应，否则就不能成活，更不能开放。它们的开放因为我们的来，变得更加美丽。那么平时，真就是"寂寞开无主"

了。抬眼间，我才发现，这些小花斑斑点点地装饰了好大一片山坡。这里的海拔，会比刚才更高。

雅拉达泽峰周围的广大地表下，是寒冷的永冻层，我蹲下身仔细看一个个深浅不一的水窝，发现都是细小的泉眼，每一个都在往外渗水，渗得多了，就流了下去，一直汇聚在帐篷跟前的那股水流中。我知道，这条水流会在下面同玛曲曲果的水汇在一起，流入约古宗列曲的锅底。

我用手捧了一捧水，水清冽刺骨，似是刚刚化开的冰。雅拉达泽是巴颜喀拉山脉怀抱中的一个奇迹，它竟然孕育了一条大河。

沿着这片沼泽再往上走，就看不到我们的帐篷，那完全地隐没在了锅的半腰。而我，离锅的上沿还有着不小的距离。可见这锅是多么的巨大。

站在这陡坡上，我当时想，水会不会先将这锅底蓄满，再流出去？以前可就是我想的那样，约古宗列曲，或就是一个湖，渐渐地水源减少，锅底的水逐渐干涸，只留有一道不竭的流水。我们听"第一家"的那位求忠老人说过，以前玛曲水大的时候，就从她家门前流过，她家最早就建在水流的上边。那时有人想探寻玛曲曲果，都是游水过去。

从高处看玛曲，倒是应了那个"曲"字，它曲曲弯弯在约古宗列曲锅底不断回环，留下一块块水泊和沼泽草滩，那些大大小小的草甸水潭，就像孔雀开屏。

想来当地藏民叫它玛曲，即来源于此。那一定是一个人在最高处看到的惊喜。与青鸟龙洼汇合后的玛曲继续往前，就逐渐形成了宽约10米、深约半米的小河，然后进入盆地东北角16公里长的芒尕峡谷，再由峡谷冲出约古宗列盆地。这个过程，就像一个婴儿在母亲子宫由胚胎渐成人形，再从母腹中脱颖而出一样。

一路上，它会遇到身披银色铠甲的阿尼玛卿，而顺从阿尼玛卿的安排一路向东流淌。文扎说，阿尼玛卿是黄河流域的最高雪山，蜿蜒起伏有千余里，阿尼玛卿有18个儿女，另外还有360族亲，有1500名侍从。

威名显赫的阿尼玛卿掌管着整个青藏高原东部山河的安宁。由于远离河源，就派遣他的第二个儿子雅拉达泽来守护源头。雅拉达泽峰在约古宗列盆地偏西南的地方耸立，远远望去，像一个武士守护着一方圣地，金字塔的形状似高擎的利刃。高原气候多变，时而薄云缭绕，只让刃尖露出，时而浓云笼罩，完全遮住它的面目。周围再没有比它更有气势的山峰，在开阔的盆地内，它一帜独树，凛然于天。

文扎说，在麻多乡东边有"卡里恩尕卓玛"，那是位"银色仙女"，在辽阔高远的黄河源头，可是西金童东玉女，双双守护着母亲的河源。我向远处望去，那里一片云遮雾障，显现出无比的神秘气氛。我再次转回头，望向雅拉达泽峰，已经看不清了。

越是神圣的地方，越是会产生神话传说，这些传说托起了人们对大自然的无限信仰，也寄托了藏民族对黄河源图腾般的无限崇敬。文扎一路上讲说的都是关于山水的故事，他说得很是认真，你听的时候，就会相信都是真的，就会将那座山看成一尊神，会有一种景仰自心底上升。

现在让我们展开来看，看黄河最初的走向与变化：从芒尕峡谷而出约古宗列曲的玛曲，它的前面就是有名的玛涌滩，这是一段自然漫漶的流水，如出生的婴儿，在随意地哭闹撒欢，展示出出世的无拘无束。也仍是孔雀开屏，一路撒下大片的沼泽草滩和众多的水泊。

玛曲东行20公里，便进入了著名的星宿海，而后蜿蜒东南9公里，挽流左岸支流扎曲，再往下接纳左岸支流玛卡日埃，再往下，就同右岸来的一股支流卡日曲汇合在一起。这个卡日曲，就是原来标注的黄河源头。

从我上面描述的玛曲行走的漫长旅途来看，从约古宗列曲的来水，确实要比卡日曲远长，也更艰难，地理位置更神圣壮观。

同卡日曲汇合以后，队伍壮大起来，因而不再漫漶徘徊，冲出去一度分汊为七股流水，踉踉跄跄地抢着往前，最终并入三股，进入黄河源头第一大湖扎陵湖和鄂陵湖。一股势不可挡的大河，终于要在此集结整编，履行它"咆哮万里触龙门"的孕泽中华的伟大使命。

在描写玛曲这段历程时，我是带有着感情的，我真的想象一位伟大女性的诞生，那是多么艰难而伟大的诞生，一条大河的来源，必然是要有一个不屈不挠的经历，有一个一往无前的信念。

我无法想象，第一个找到这个源头的人，会是怎样的激动。哦，他或他们一定是犹疑不定的，对于一个源头的确定，是一个漫长而艰难的过程。我在确定后的今天找到这里，仅凭个人的想望是不可能的。我为此感谢上苍，感谢冥冥中那些支持我的人。这里没有手机信号，若果有，我一定会情不自禁地打给我的亲人，我要告诉他们，我走到了大河之源。

我还想告知我的母亲，母亲和我居住在黄河岸边，她老人家在世的时候，我不止一次同她去看黄河，母亲也不止一次地用手捧起黄河水。她总是说，这黄河的上游该是什么样子？该不是这么宽，这么黄，这么急吧？你什么时候去看了，回来跟我说说。我后来到过三门峡，到过刘家峡、青羊峡，最后到了青海的玛多，我都告诉了母亲，详细地为她讲说了我所看见的黄河，不一样的黄河。

但是我仍然不知道黄河的源头，而母亲也絮叨过，说这么说你已经离源头不远了？还是别去冒险吧，那里一定是个没人的地方。我那时听了这话，心内还感慨，毕竟是母亲啊，担忧儿子的安全。但是母亲的心里，一定会有一个黄河源头的景象，因为我已经为她描画了经过玛多的黄河清灵无比的样子，母亲那时流露出惊喜的表情。

我现在终于站在了黄河源头，我怎么会不想起母亲？我怎么能不想起母亲！迎着凛冽的寒风，我早已泪流满面。

藏族兄弟文扎说，他来过几次黄河源头，都是来去匆匆，随队考察完即返，否则怕天黑到达不了最近的曲麻莱县城。他说他把在黄河源头露宿一晚，作为一个梦想。没有想到，第一次来的我，竟然要在黄河源宿营。而且我住的帐篷就搭在潺潺的水边，这水就是黄河的源泉，两拃宽的一条弱水。为找这个较为平坦的地方，文扎与索尼他们转了好半天，最后选在这个离水边只有两尺的地方。

晚上，不知怎么了，越离得近，越发睡不着，若果一觉睡去，可不亏了这可贵的夜晚？

李白没有到过黄河源头，发出"黄河之水天上来"的浩叹，我可不就是睡在了天上？

睡不着，出来帐篷外，心内一声惊呼，天如何这么低？昆仑山与巴颜喀拉山呈现出一围的轮廓,暗蓝的天空平搭在上边,像一个顶棚,星星坠满棚子,这里那里眨着眼睛。半弯明月提着青灯,放牧着洁白的云团。以前在华山、泰山、峨眉山都曾见过夜晚的天空,并发出过惊叹,这里可是五六千米的海拔高度啊。

感到了寒冷,更是感到了恐惧,赶紧进去。高原反应愈加强烈,头疼得发紧,再紧就要炸了。想看看时间,手机屏幕瞬间出现一层白霜。我必须要扛过去,我只能扛过去,我试着深呼吸,但感觉肺部不畅,并且疼痛。我开始查数,让夜晚一分一秒地走过。在巨大的黑暗中,我能听清任何细微的声响,最清晰的,是帐篷边上水流的声音。听到这声音,我沉静下来,心的跳动与水流汇在一起,渐渐地,一切都不存在了。

(本文节选自《大河至上》,原载《收获》2021年第4期)

锦州的南山

◎杨海蒂

在中国,"南山"多得数不清,有几座格外著名:《诗经》中的节南山(节彼南山,维石岩岩),《史记》中的祁连山(留岁馀,还,并南山,欲从羌中归,复为匈奴所得),陶渊明笔下的庐山(采菊东篱下,悠然见南山),苏轼向往的南屏山(卧闻禅老入南山,净扫清风五百间),南宋学者胡宏敬仰的衡山(甘为稼圃南山下,长谢周公与孔丘)……最著名的当数"寿比南山",可见"南山"在国人心目中的地位。

位于渤海北岸、"辽西走廊"东端的锦州也有一座南山,何以得名无从考证,似乎就因为它坐落于城南。这座历史悠久的"城中山",最早叫松山,因为松树满山遍野,据说是商代箕子给取的名。商纣王残暴无道,为宠信狐妖妲己,挖掉一个亲叔父比干的心脏,另一个亲叔父箕子"亡命辽东,后到朝鲜",周武王兴兵伐纣,纣王兵败商朝灭亡,箕子大义将治国要略传授给周武王,却不肯出山为官。三十四年前,南山出土商代"青铜戈",经国家科学院专家鉴定,此戈并非作战兵器,而是珍稀的国宝"权杖"——商王朝最高权力的象征,它证得箕子的确履及南山。顺便一提,孔子高度评价箕子,柳宗元亲撰《箕子碑》颂其功绩。

说来惭愧,直到置身于锦州,我才算弄明白:古时候广义上的辽东,包括东北三省、俄罗斯远东地区以及朝鲜半岛大同江以北;现如今狭义上的辽西,特指辽西走廊,即从锦州到山海关之间的狭长地带,在冷兵器时代,它不只是兵家必争之地,它可是兵家死战之地。

锦州是国家历史文化名城,西汉朝廷在此设置了历史上第一个县级行政建制——徒河县。辽代是锦州历史上的高光时期,辽太祖耶律阿保机"以汉俘建锦州",锦州之名始于此时。盛产锦绣的锦州逐步成为辽东的中心,而今辖区内依然屹立的皇家建筑、佛道寺庙等人文盛景,大多建于辽代,它们是历史的遗存,也是文明的密码,使我真切地体察到古人那湮渺久远的足迹。

"锦绣之州"扬名遐迩,历代统治者对辽东觊觎又忌惮,隋炀帝诗句"我梦江都好,征辽亦偶然"就与征讨辽东有关。不过,古时候想从江南到东北,那可是艰难困苦加险阻,好不容易到达辽东,官兵眼前是茫茫一片大"辽泽"——"南北千余里,东西二百里",该是何等的绝望。

秋气肃杀,寒风在南山松林间飒飒作响,好在有和暖的阳光照拂大地。我们坐在高高的土堆上面,听文化学者、渤海大学教授刘鹤岩先生讲前朝旧事。

锦州是辽西走廊的重要节点,南山是守卫锦州的巨大屏障,曾几何时,多少风云人物在此挥戈驰骋,多少英雄豪杰在此鏖战沙场。南山在清代叫罕王殿山,这得从清太祖努尔哈赤说起。相传,努尔哈赤为探听明军实力,投身于辽东总兵李成梁帐下,后来被李追杀,连夜出逃到锦州南山,睡在山顶巨石上,化身青蛇方得脱险。遥想当年,努尔哈赤的军队锐不可当,飞扬的铁蹄和喋血的宝剑,把往日耀武扬威的将领吓得魂飞魄散,仅为六品官员的袁崇焕挺身而出列勇挡危局,凭着袁崇焕的神勇与担当,硬是将努尔哈赤挡在山海关外整整二十一年!

每到历史紧要关头,总会有人不计世俗得失"国而忘家,公而忘私":岳飞"抬望眼,仰天长啸,壮怀激烈",文天祥"人生自古谁无死,留取丹心照汗青",于谦"粉身碎骨浑不怕,要留清白在人间",袁崇焕"策杖只因图雪耻,横戈原不为封侯"……有他们的存在,国家才有前途,因他们的奉献,民族才有希望。

袁崇焕,这个一提起就让我心如刀绞的悲剧英雄,锦州的城防工事是他派人修建的,载入史册的"宁锦之战"是由他坐镇指挥的。努尔哈赤去世后,继承汗位的皇太极率大军围攻宁远、锦州,在袁崇焕的部署下,名将赵率教在松山—锦州—大凌河一带严阵以待,皇太极屡战屡败,明朝取得"宁锦大捷"。

然而,历史自有它的安排,明朝注定要灭亡。兵部尚书孙承宗是"辽东三杰"之一,是"锦州八景"勘定者(其间巡视过松山),最要紧也最要命的,他是袁崇焕的老师。在明朝,师生关系就是政治关系,忠臣孙承宗与宦官魏忠贤的博弈,导致两大阵营的政治搏杀,光风霁月之心怎敌鬼蜮伎俩,奸臣得道小人得势,阉党逢君之恶,崇祯忠奸不辨,袁崇焕大难临头。行刑台上,即将遭凌迟的袁崇焕遗言铮铮:"一生事业总成空,半世功名在梦中。死后不愁无勇将，忠魂依旧守辽东。"

赤胆忠心，惊天地泣鬼神！

袁崇焕与岳飞、文天祥、于谦并列为名垂青史的英雄，后来，康有为饱含深情地为袁崇焕庙题写对联："其身世系中夏存亡，千秋享庙，死重泰山，当时乃蒙大难；闻鼙鼓思东辽将帅，一夫当关，隐居敌国，何处更得先生。"谙熟历史的康有为的学生梁启超，对袁崇焕尤为推崇敬仰："若夫以一身之言动、进退、生死，关系国家之安、民族之隆替者，于古未始有之，有之，则袁督师其人也！"

又一阵朔风吹来，松涛阵阵，如诉如泣。我看见风儿掠过，我听见这片土地叹息，生命挽歌苦涩沉重，我的心灵漫无依泊。

南山等待着见证千古兴亡，明、清还有精彩大戏要在南山上演。松锦大战，明、清各投入十多万人马，最后战场就在松山一带。皇太极驻跸松山，亲自指挥亲自部署，松山城被清军攻陷，蓟辽总督洪承畴被俘。据清朝官方正史记载，起初表现得很硬骨头的洪承畴，终于为皇太极的规劝感化，加之以袁崇焕为"鉴"，最终"识时务"而归降清朝。野史可不是这么说的，民间传说洪承畴不敌美人计，拜倒在皇太极的庄妃（即后来的孝庄皇后）石榴裙下，一旦百炼钢化为绕指柔，江山便可以不要了，何况这江山还不是自己的。此说法不仅在文艺作品中多有体现，甚至连著名清史专家都认为真实可信。松锦之役奠定了清军入关的基础，具有历史转折意义。

说到清军入关，国人第一反应就是吴三桂"冲冠一怒为红颜"。一代战神袁崇焕蒙受千古奇冤，洪承畴、吴三桂叛明降清，明朝焉能不亡？袁崇焕被一刀刀凌迟时的哀号，奏响了大明王朝的丧钟，崇祯皇帝上吊结束了生命，中国历史结束了一个朝代。清代著名诗人吴梅村，以洪承畴兵败松山为题材写下诗词《松山哀》，又以吴三桂与陈圆圆为题材创作了《圆圆曲》。康熙、雍正、乾隆、嘉庆、道光等清朝皇帝，只要前往盛京祭祖，必定驻足锦州、登罕王殿山。他们留下了几十首关于锦州和南山的诗词，也就康熙大帝的《锦州道上》还算过得去。

岁月暗淡了刀光剑影，南山远去了鼓角争鸣。当历史推进到二十世纪，锦州再次展现出英雄城的风采。九一八事变爆发，全中国第一支抗日义勇军在锦州诞生,锦州成为中华人民共和国国歌《义勇军进行曲》的发祥地;一九四八年,国共三大战役拉开序幕,首战辽沈战役的主战场就在锦州,南山也迎来了历史辉煌。解放军占领南山阵地后,革命洪流摧枯拉朽,解放军从一个胜利走向另一个胜利,中华人民共和国的第一缕曙光在锦州的南山升起。

南山全称为"南山生态运动公园",是锦州市民的休闲中心,虽然古战场遗迹犹存,金戈铁马已为轻歌曼舞取代。

俄罗斯作家阿·托尔斯泰在他的《苦难的历程》中写道:"岁月会消失,战争会停息,革命也会沉寂下去。"是的。革命,不就是为了让人民过上和平、安宁、幸福的生活吗?

(原载《民族文学》2021年第2期)

再游三坊七巷

◎俞 胜

福州的三坊七巷，是"国内现存规模较大、保护较为完整的历史文化街区，是全国为数不多的古建筑遗存之一"，被誉为"福州的历史之源、文化之根、文脉昌盛之地"。迄今为止，我一共来过此地两次。第一次是在四五年前，那次来去匆匆的，到了三坊七巷却没有时间多看看，只参观了林则徐纪念馆和林觉民故居。

林则徐，一位伟大的民族英雄、"开眼看世界"的第一人，也是我心目中的一位"完人"，来到福州自然不能不去他的纪念馆看看。那一次，我是怀着一颗朝圣的心来到他的纪念馆。奇怪的是，四五年后再回想第一次在他的纪念馆里看到了哪些东西，记忆却并不十分深刻。只是那一次在这里购买了一本《林则徐家书》，四五年来，简直成了我的枕边书，时不时拿起来翻翻，从中汲取一些为人处世的营养。

那一次，印象深刻的是，在林觉民故居重温林觉民的《与妻书》：

意映卿卿如晤：吾今以此书与汝永别矣！吾作此书时，尚为世中一人；汝看此书时，吾已成为阴间一鬼……

吾充吾爱汝之心，助天下人爱其所爱，所以敢先汝而死，不顾汝也！

我们这个伟大而古老的民族，每当陷入生死存亡的关头，总会有许多仁人志士奋起，他们为了民族的未来、为了大多数人的幸福，舍小家顾大家、杀身成仁、舍生取义，他们是我们这个民族生生不息并得以走向强盛的优秀基因。

《与妻书》收入初中语文课本，对于我们来说早已耳熟能详，但和在他的故居重温这封绝命书时的感觉还是不一样，睹物思人，看着他的遗物、想着他曾经在这里生活的场景，心中再默念一遍《与妻书》，只觉得满胸腔都是一种崇高和伟大的东西在激荡、在回旋，激荡、回旋得人热泪直在眼眶中打转。

那一次，我还知道了，林觉民的故居也是冰心的故居。黄花岗起义失败后，林家为避满门抄斩，匆忙卖掉了自己的老宅。买下林家老宅的人叫谢銮恩，他是冰心的祖父，冰心小时候就在这栋房子里居住。

我们这所房子，有好几个院子，但它不像北方的"四合院"，只是在一排或一进屋子的前面，有一个长方形的"天井"，每个"天井"里都有一口井，这几乎是福州房子的特点。这所大房里，除了住人的以外，就是客室和书房。几乎所有的厅堂和客室、书房的柱子上墙壁上都贴着或挂着书画。

——这是冰心在《我的故乡》一文中回忆这座老宅的文字。那一次，还有一个人给我留下了深刻的印象。

从林觉民故居出来，恰好碰见一位五十多岁的女士正在给四五位学者模样的人讲许多福州名人之间的关系，她身材不高，穿着素雅，气质像一位大学里的教授，娓娓道来：

和这座房子有关系的，除了冰心，还有林徽因。林徽因的父亲林长民是林觉民的堂兄。在林氏子弟受教的私塾里，还有林白水和林纾。1903年，林白水创办《中国白话报》。前几年有人写过《萍水相逢百日间——记林白水之死》一文，纪念林白水。林纾则在1895年参加了"公车上书"，是中国新文化的先驱人物，先后翻译了《茶花女》《黑奴吁天录》等四十多部世界名著，为国人打开了一扇了解西方文学的窗户。

她如数家珍地介绍着这些盘根错节的关系，脸上带着一个福州人自豪的微笑：林纾进京会试时结识了同乡林旭。林旭是戊戌六君子中最年轻的一位。林旭的妻子沈鹊应，就是福建船政大臣、两江总督沈葆桢的孙女；而沈葆桢又是林则徐的女婿……

一时间，我听着她的如数家珍，不由得呆了一阵，似乎有什么东西像利剑一般刺穿了我的心灵，是什么东西，我却说不出。再看她已带着一行人谈笑风生地往巷子的那头走了。好几个举着三角旗的导游，带领着一群群游人杂沓而来。她的身影转眼间消失在人流中，以至于我至今都不知道她叫什么名字，在福州的什么地方工作。怎么对这些人物关系了解得这么清楚呢？

那一次，我就想，三坊七巷，这是一个什么地方啊，怎么会有那么多中国历史上的璀璨星辰聚集在这里？

但那一次，终究是来去匆匆，有些念头也只是如电光火石，偶尔在脑海中一闪。离开三坊七巷，混迹在嘈杂的市声中，那些偶尔闪现的念头便被淹没得无影无踪。

这一次做客福建省八闽书院讲堂，入住的酒店就在三坊七巷，时间上就比上一次要从容得多。完成任务后，我在夜晚的石板街上走，街上已游人稀少，身后的石板似乎正震颤出我的足音——这是一个什么地方啊，怎么会有那么多中国历史上的璀璨星辰聚集在这里？

据说历代封建王朝中，中进士数量超过千人的县全国仅有十八个，其中，福建就占有四个：闽县（今福州）、晋江、莆田和建安（今南平）。有一个说法，福建之所以人才辈出，与历史上北方士族因战乱南迁有关，像西晋末年天下大乱，"衣冠"纷纷"南渡"。也就是说，福建之所以如此出人才，都是因为读书人的基因遗传得好。但我总觉得，基因的遗传只是内因，父辈如龙虎，子侄辈如豚犬的比比皆是。福建人才如此星汉灿烂、洪波涌起，一定还有他的外因。那么，这个外因是什么呢？外因真的如南宋福建人陈俊卿说的"地瘦栽松柏，家贫子读书"吗？道理似乎是这样，用在其他地方应该也不错，似乎"放之四海而皆准"，可是用到三坊七巷的士子身上，就不那么准了。要知道，当年的三坊七巷可是达官贵人聚集之地，有人说，当年的三坊七巷之于福州，就好比紫禁城之于北京。这些富贵人家的子弟是如何做到"富而不骄，贵而不舒"，并且让"读书人的血"一直往下流传的呢？我一边往夜晚的林则徐纪念馆走，一边思索着。脚步叩在石板上，像是发出一声声探询。石板街的两旁，大红灯笼亮得红火，古色古香的民居，让我恍惚走进了林则徐的时代。

不出所料，夜晚的林文忠公祠大门紧闭，我仰望着高大的牌楼式门墙，不由得想起林则徐告诫长子的话："用力之要，尤在多读圣贤书，否则即易流于下。"他告诫长子，如果不读圣贤书，人就容易滑入下流中去。

三坊七巷的达官贵人，身居庙堂之高仍然如此不忘提醒子孙，要时刻谨记勤勉、努力、向上、向善，唯其如此，家族的一脉"血"才能世世代代流传并且兴旺发达开来。

是夜，在酒店中，听着窗外福州腔调的街谈巷议渐渐稀疏，我也渐渐入眠。四月的三坊七巷，房间里已经有了蚊子，入睡前打死了一只，不料还有一只潜藏得很深，早上四点开始寻机报复，嗡嗡嘤嘤地叫着，搅了我的清梦，索性披衣起床，一个人出了酒店，把自己当成一股风，随意地在三坊七巷里游荡。

与白天和晚上的喧嚣相比，此时的三坊七巷像换了一个人间。那些游人就像潮水一般从三坊七巷退去，等到早上八点左右，再开始如潮水一般地涌来。我盯着石板街看，仿佛那些消失的脚步都一样是梦。天空幽兰澄澈，旭日尚未初升，小巷的尽头，偶尔闪现出早起的保安的身影。

几根藤从墙头垂挂下来，那么随意地挂在墙上，简直是一幅抽象派大师的杰作；文儒坊的那棵老榕树，垂下一缕缕棕色的气根，像极了京剧里老生的髯口；窄巷，院墙高深，闽山巷的院墙差不多有两层楼那么高，人在巷子里走，仰望着这么高的院墙，是为了防盗还是主人身份的炫耀？仰望院墙上方的一线天，真有一种坐井观天的感觉。三坊七巷，能寻觅到一个坐井观天的人吗？

在晨光中漫步，触目皆是青瓦白墙，使出生在安徽的我又恍惚走进了家乡的一处古老建筑。但与徽派建筑的马头墙墙檐平如一条直线不同，三坊七巷的马头墙墙檐都带着圆圆的弧度，状似马鞍，当地人称这种墙为"马鞍墙"。从建筑上看一个地方人的性格，马头墙是不是体现着安徽人的性格要方正一些？马鞍墙体现着福建人的性格要圆融一些？似乎显得很牵强。我想，三坊七巷的建筑风格是徽派建筑与福州本土化的产物，应该是一种恰当的表达。那么，拿来、借鉴、交融，是否可以说成是三坊七巷的文化之魂？

一路走来，沈葆桢的故居、林则徐母亲故居的大门都紧紧闭着——除了旅馆，三坊七巷所有的门都紧紧闭着，古老的历史隔在厚厚的门板背后，隔在各种匾额、对联的背后。隔也隔不住的，那历史中流光溢彩的东西总要无声地从板壁间、从匾额间、从门缝里、从石头狮子的底座下无声无息地往外漫溢，渐渐地在晨光中浸润了一块块青石铺砌的一条条街道。

所有的门都会打开的，所有的历史都会呈现出来。早晨九点以后，游人又像潮水一般漫进三坊七巷的时候，我在友人的陪同下，走进了位于黄巷的小黄楼。据说它是三坊七巷里面积最大的古名居。需要买票进入，也许是过早的缘故，院子里的游人并不多，对见惯了江南园林的人来说，院子也无多少新巧之处。吸引我的是院子里的一棵百年萍婆树,这是我第一次见到萍婆树,叶片翠绿而肥大,比枇杷树的叶子要大一些、薄一些,高大的树冠间隐隐有些白色的花朵。还有一棵古老的芒果树,据说就是黄楼的第一任主人、唐大顺二年(891)进士、崇文阁校书郎黄璞亲手所植。如此说来,这是一棵千年的古树了。树干,一个成年人伸展开双臂未必能合抱过来,现在被称为"芒果王"。树和人的关系,最容易引人遐想。树叶在微风中飒飒有声,仿佛正在一页一页地翻阅千年的史书,或者正在议论发生在这栋楼里乃至三坊七巷的陈年旧事。这飒飒声中一定有关于三坊七巷文化之魂的片光零羽,只是无人能解。

出了小黄楼,穿过安民巷,进入文儒坊大光里,我们走进何振岱故居品茶。

何振岱(1867—1952),光绪二十三年(1897)举人,擅画能琴,书法熔碑帖于一炉,诗作深微淡远、疏宕幽逸,是"同光体"闽派的殿军人物。名扬遐迩,弟子甚多,时人皆以能入何门为荣。

这是一座两进的院落,院门开在临街一侧。进门直行数步右转是一进的厅堂,左手边是临街的院墙,正对厅堂大门。院墙上贴有今人书写的一个大大的"福"字,"福"字前置一储满水的硕大水缸。站在一进厅堂的台阶上,看水缸中"福"字的倒影,自能感到民间吉祥的寓意。

现在屋子的主人暂且属于张志在,他是一位寿山石的工艺大师,作品多次获得大赛的金奖。志在身高一米七左右,身材纤瘦,他向我们讲述着他当初入住这里的过程,以及入住后如何恢复旧居的面貌,全要原来的样子。志在的话不多,三言两语,语调不疾不徐,让我联想到第一次来三坊七巷时,在辛亥革命纪念馆前邂逅的那位五十多岁的女士。志在不说话时,脸上带着一种三坊七巷人阅尽世事般的温温和和的微笑。

(本文节选自《再游三坊七巷》,原载《青年作家》2021年第7期)

对一棵古槲榆的"重构"

◎黄 风

　　漆园吏告诉我,这棵树不比大椿,但也有把年纪了。
　　漆园吏告诉我以后,一只精卫鸟从云端出,以炎帝千金的姿态,盘旋在岳家寨上空。那时岳家寨还不存在,连鸡子儿里的一根血丝也谈不上,岳家寨诞生是将近两千年后的事了。从上古而来的精卫鸟,俯视着巉岩凌穹的太行山,于莽苍之中发现一棵树格外耀眼,像它胸前缀着的父王赏的宝石。
　　这棵树就是古槲榆,守望在如今的岳家寨。从精卫鸟发现它的那天起,古槲榆愈加生机蓬勃,与天地同修,与日月同寿,而秀于万木。"'天脊'我为峰",一览山川之荣枯,看红尘如走马灯。转啊转的,东汉末年唱着童谣来了:

　　　　举秀才,不知书。
　　　　举孝廉,父别居。
　　　　寒素清白浊如泥,
　　　　高第良将怯如鸡。

　　在一片童谣声中,天下群雄像山猪争霸,上党也难逃其劫,被搞得民不聊生。守望的古槲榆急了,便给周边的老百姓托梦,它的树皮树叶也可吃啊。于是老百姓不惜拼命,翻山越岭而至,将树叶采摘一空,将树皮剥个精光,仅剩下一具"白骨"。但第二天又枝繁叶茂,迎着东方日出,继续"舍身饲民"。如此日复一日,古槲榆救民于水火,半口气出成一口气,使他们活了下来。
　　东汉剃头拍手完蛋后,红尘依旧如走马灯,转啊转的,转到了南宋末年。在一个日头很拽的中午,寂静已躲到树叶下,躺在蜘蛛的吊床上午休时,守望的古槲榆瞭到一个草笠男,草笠一晃一晃地从山下爬上来,身后带着一家老小。被日头蹭起油皮的脸上,趴着亮晶晶的汗虫,嘴像受困的鱼一张一翕。他们来得实在不容易,翻越悬崖峭壁时,把命像煺毛的老鼠捏住尾巴倒提着。

草笠男也瞭到古榔榆时，焦灼的眼中顿时冒出泉一样的笑，笑得泪花四溅。他用破烂的袖头拭掉笑，招呼全家老小再坚持两步，从爬上来的沟畔挣扎到古榔榆下。在凉爽滴答的浓荫中，草笠男脱下草笠，抹一把下巴上汇聚的汗水，环视着四面安全可靠的大山，对东倒西歪的家小说，咱们再不逃了，死也要死在这个地方。

那天的古榔榆下，草笠男带领一家人，遥祭罢山外的祖宗，又拜过山神，在归鸟的喧闹中燃起炊烟，像黄昏生出一缕花发。他们从此隐姓埋名，围绕古榔榆生息，直到那个叫秦桧的家伙被铁铸了，长跪不起时，才告诉世人他们是岳王爷的后代。

漆园吏告诉我的时候是梦中，"他们"告诉我的时候，是梦醒之后走出石屋的早晨。古榔榆像当年"舍身饲民"一样，在次日的晨光中，正枝繁叶茂地迎接日出。告诉我的是一位两腮塌陷的老人，他居然背得出岳王爷的词句："怒发冲冠，凭栏处、潇潇雨歇。抬望眼，仰天长啸，壮怀激烈。三十功名尘与土，八千里路云和月。"只是背的时候，嘴豁牙残齿的，有点走风漏气，偶尔还带出一丝口水。

老人腰勾了，坐在古榔榆旁边的台阶上，像树上掉下的一根枯枝。他背完"云和月"，再往下背时卡壳了。他说后面的也记得，今天却不知咋回事，脑子一下接不上了。他歉意地摇摇头，点燃一支味道毛糙的烟，又给我讲起他们村庄的故事。但讲着讲着，大概脑子又接不上了，就两眼发直地像丢失了一根大辫子走神。因此，故事讲得有一搭没一搭，烟也抽得有一口没一口。一口烟抽完也不吐，嘴巴空洞地张着，由烟自己散去。

最后，老人丢掉烟头说：我们是岳王爷的后代，全村一家子。

老人两手撑着台阶站起来，又说：我们是岳王爷的后代，一辈一辈过来的。

快走出石巷时，老人掉过头来，再次说：我们是岳王爷的后代，村里还有他的庙呢。

老人的背一傲一傲，像棵弯曲的失去弹性的树，却又不甘心地要挺起来，然后消失在巷口外。他似乎专门为我而来，我似乎在做梦，如同梦见漆园吏一样。

太阳已爬上山顶，阳光赤条条地奔来，穿过短促的石巷，拥抱住对面的石屋，在山墙上一阵"壁咚"。被路过的风撞见，便怂恿窥探的树枝去捣乱，小巷因之变得流水潺潺，波光在地下墙上荡漾。有鲎摇头摆尾，有鲵趴在水底。而远处被照耀的树木，还有裸露的山崖，却像着了火似的，把散淡的晨雾燃尽，渐渐生出炎热来。

古椰榆"玉树临风"，茁壮的枝向四面撑开，相互交错着，撑起一朵"蘑菇云"，满树的叶摇响时，波光粼粼的。木心说懂得树，就懂得了贝多芬。我不知道他说的，是否就因为这叶的声响。它的树干非同一般，通身石化了似的，遍布患过天花一样的斑痕，但摸上去并不粗糙，又光滑又坚硬，像小巷铺的石板。我以前从未见过这样的树干，如果无视头顶的绿云，我会毫不怀疑它是假的，是用水泥浇铸的。它的根须，同它的枝一样茁壮，拱出地面又扎下去，或扎在石板缝里，或钻到石屋下，像群蛇扭斗。

我高高地举起双手，探到能探到的极限，然后顺着古椰榆的树身，一截一截往下抚摸，直到树根底。我在抚摸一棵树，也在抚摸一截活化石，抚摸一段漫长的岁月。那岁月被年轮碾出绵延的车辙，像乡间天底下的黄土路。我的抚摸让我明白，它之所以这么坚硬光滑，是将两千年的风雨沧桑，一点一滴地修炼入骨了。若用力拍打几下，会拍打出铁来，会拍打得指尖发麻，指关节疼。那麻和疼告诉你，什么叫百毒不侵，什么叫刀枪不入。因此，它的树貌远比树龄年轻，不是"鹤发童颜"，而是"玉树临风"。

我重新抬头仰望古椰榆时，两臂恍惚生出羽毛来，觉得自己是一只归鸟，它也是我的栖息之地。便情投意合，就像那个已故的波兰老人写的：

> 在翅膀的欢呼中舒展自己
> 坠落，躺在石头边
> 以古老而纯洁的方式
> 望着生活……

于是我面朝东方，趁寨子还残梦未了，趁老人离开后再无人来，在"翅膀的欢呼中"，坐到古椰榆的树根上，吊儿郎当地背靠着树半躺下。我真的舒展了自己，听到了自己的"坠落"声，像吊桶投入老井中，然后晃悠悠地下沉。我抱着"古老而纯洁"的企图，让目光越过石巷，尽可能抻长了，去眺望岳家寨人的"生活"。

从草笠男落脚的那天起,在古椰榆的守望中,一片片石屋扩展蔓延,直到今天的模样。从一座座大山,一块块梯田,再到一处处院落,一栋栋房子,整个的一个石世界。用石碌碾场,用石臼舂米,用石灶煮粥。当日头蹚过天空,夜接替昼当差后,石炕便活跃起来,就像那石碌石臼石灶,碾呀舂呀煮呀,比白天都忙活得叫劲。岳家寨人在石中安身立命,在石中瓜瓞延绵,也同石头一样顽强。他们将对祖先的怀念,将生存的信念,亦如古椰榆石化了,不惧风侵雨蚀,历久弥坚地挺拔。

我从他们的"生活"中,瞭到了他们的"往世",也瞭到了他们的"今生",阳光在遍地的石上精灵般地跳跃。"往世"的岳家寨不堪回首,"今生"的岳家寨时来运转,由一个躲灾避难的小山村,变成叫人扎堆的"世外桃源"。拔根"桃毛"撩撩鼻爷,就能痛快淋漓地打十八个喷嚏。从城市来的"刘郎"们,在山中待上两天,就扯下腰间盘上的膏药,六亲不认地问,天下还有汉啊?

为了让"刘郎"们进得来,岳家寨人更为自己出得去,外出时不再像大猩猩四肢攀援,仅靠双脚很人类地就解决问题,早在"刘郎"们趋之若鹜前,从上世纪60年代开始,他们就一根绳子吊在悬崖峭壁上,挥舞着锤头钢钎凿啊凿的。有排哑炮炸死的,有被飞石砸殁的,受伤的更是不计其数。几十年开山劈石,终于在当年连曹佬都叫苦不迭,被羊肠坂折断车轴辘的太行山上,修出一条美如练的天路来。

那天早晨,我跟随自己的目光,从岳家寨的沟底,爬到壁挂的天路上。站在山顶回望时,也就那么一瞬间,两眼白翻黑吊了一下,便明白古椰榆从精卫鸟发现它一直到现在守望着什么。无论什么年代,我们都需要"世外桃源",战乱时躲灾避难,太平时调养安神,它是抚慰肉体和精神的家园,有时哪怕只待"一朝一夕"。

当我明白了的时候,嗓子眼里突然冒出一句:"妹妹你大胆地往前走呀",不知是在喊岳家寨人呢,还是喊那些"刘郎"们。并且希望出现一顶花轿,轿杆儿软颤软颤的,在如练起舞的天路上,将岳家寨人的日子,颠乎得更加有滋有味……

(原载《散文·海外版》2021年第6期)

诗意云和

◎杨晓升

一

"江南好,风景旧曾谙。"

江南美景何处觅——上海,苏杭,南京,还是宁波?

不,对许多人来说这些地方早都去过,太熟悉太无新鲜感了!我带你去一处新地方——云和。

是的,云和——听说过吗?我猜你可能没听说过。不仅你,偌大的中国,天南地北多数人恐怕都未听说过。反正我去之前,从未听说过云和这个名字,并非孤陋寡闻,而是我中华大地,幅员辽阔,可揽美景各美其美,实在太多,让人应接不暇。说到云和,早在抗战时期,就藏在深山无人识,连名字都鲜有人听说。也正因如此,抗战正酣的1942年5月,为保存实力指挥抗战,浙江省政府改驻云和,以云和县为临时省会,历时三年零四个月。一个曾经的省会,迄今却鲜为人知,岂不咄咄怪事?

云和县,地处浙西南,居瓯江上游,是丽水市地理中心。云和始建于明景泰三年(1452),自古被誉为"洞宫福地"、山水之城。若以北京为经,珠穆朗玛峰作纬,云和恰在两线的交会点。云和的地形,是三面环山,地势隐蔽,易守难攻。"九山半水半分田"是其地理面貌的形象写照。到处是山的云和,森林覆盖率达到80%以上,空气质量优良率达到100%,是名副其实的天然氧吧。云和山川灵秀,物博人勤,淡泊宁静,质朴天成,是中国木制玩具城、国家卫生县城、国家级生态县、全国文明县城、全国平安县。最著名的特产——木制玩具,市场份额占全国56%、全球40%;最著名的景观——云和梯田,被誉为"中国最美梯田",被美国有线新闻网评为中国最美的40个景点之一。

云和,多么美好的名字,它是祥云的故乡吗?它是人与自然和谐相处的乐园吗？

虽然不曾听说过云和，但是，仅是简单网络检索了一下，就让我生出许多冲动。云和，这个养在深山无人识的美少女，你到底是怎样的风姿绰约呢？

二

此刻，我们正乘坐缆车由低向高，又由高向低穿行在白银谷景区的上空，观赏着眼前的美景。恰逢晴天，蓝天辽阔，祥云飞渡，群山青翠，草木葱茏，脚下绿浪翻滚，是绿得耀眼的大片竹海，远处层层叠叠是美得炫目的五彩梯田。主人介绍说，这一带叫白银谷，是江南典型的火山峡谷，是一个天然大氧吧。峡谷中，古道迂回，山泉飞溅，一年四季云雾缭绕，犹如一幅云中画卷。

为何此处叫白银谷？这得从中国银矿的开采史说起。

中国的银矿开采史，像一条抛物线，而明代处在抛物线的最顶端。明初，云南矿事未开，浙江银矿产量居全国之首，云和便是重要的白银产区。朝廷还在黄家畲、石富（今石浦）两个村设立银官局，委派中官（太监）任银官，征集矿头、矿工开矿炼银，定期向朝廷缴纳"银课"，从"坑根石寨"到"七星墩"的峡谷，就是明代矿工搬运银矿、运送银两的古道，因此被称为"白银谷"。

白银谷为何有大片梯田呢？

梯田，顾名思义，就是在坡地上分段且沿着等高线建造的阶梯式农田，它承载的不仅是人类的生产与生活，更是一片人间仙景。

梯田和梯田文化是人类文明的伟大奇迹。地球上的梯田景观各有千秋，凝聚了世界上不同民族、不同文化的智慧。是山，给梯田支撑起骨架，让它在天地之间站起；是农耕文明，给了梯田灵与魂，让它蜿蜒于世界各地讲述着不同的乡土故事。

放眼全球，世界上著名的梯田，有菲律宾科迪勒拉山区的伊富高梯田、秘鲁古印加梯田、南美洲的古印加梯田、瑞士日内瓦湖畔的拉沃梯田。中国也有很多著名梯田，如云南元阳的哈尼梯田、广西的龙脊梯田、贵州的加榜梯田、湖南的紫鹊界梯田、福建的尤溪联合梯田、江西婺源的江岭梯田……

在中国,"梯田"一词最早见于南宋范成大的《骖鸾录》(1172),书中记述:"岭阪上皆禾田,层层而上至顶,名梯田。"

云和梯田最早开垦于唐代,兴盛于元、明,距今有千年历史,随明代银冶炼业的兴起逐渐形成今日之梯田群。清同治《云和县志》载:"云以前,土广人稀,田多荒芜,谷贱伤农,粮多逮欠。自坑冶盛,人亦日众。由是垦辟而田土辟也……"

古时,云和梯田一带为云和的"三都",千百年来,畲、汉两族人民和谐相处,肝胆相照,创造了深厚的梯田农耕文化。

畲族自称"山哈"或"生哈",畲语"哈"的意思是"客","山哈"即指居住在山里的客人。畲族祖居广东潮州府,明代至清末迁入云和,云和畲族居民保存的两幅清代畲族祖图,以绘画的形式讲述盘古开天辟地、盘瓠氏成长的美丽传说,追溯畲族的起源。畲族有自己的语言和风俗习惯,至今还保留着两头家、祭祖、对歌、织彩带、祭神田、犒耕牛、分红肉、摸彩鲤、引老茶等民间民俗。每年芒种,畲族居民还要举行隆重的"开犁"仪式,祈祷风调雨顺、五谷丰登。

崇头镇吴坪村是一个畲族村,这里有原始的村庄、淳朴的民风、袅袅的炊烟、潺潺的流水、层层的梯田,人与人、人与自然和谐相处,共同吟唱一曲天籁般的"三都民谣"……

缆车来到白银谷白鹤涧山顶的七星墩观景台。放眼望去,七星墩呈月牙形,四周有七座山包,布局酷似北斗七星,被当地人合称为"七星赶月"。脚下梯田似星月依托之银河,浩瀚无际。此刻的白银谷,山谷空灵,天空辽阔,山岭逶迤,树木无边,风吹云卷,山鸣鸟叫,令人陶醉。

然而,云和最美的梯田,并不在此处,而是位于九曲云环游览区,也是云和梯田的核心景区,景区包含"日出云海""芒种开犁""湿地公园""天籁云和"等景点。据介绍,假若一年四季前来观光,那里有最美的曲线、最美的云海、最美的冰雪、最美的农耕文明,集中了中国最美梯田的最美元素。如此美的景区,我们自然不能错过。

步入九曲云环游览区,一块"梯田四季"的木制牌子跃入我的眼帘,上写:"秋。金秋稻穗沉甸,像座座金塔顶玉宇,梯田展露出清晨她独有的娇羞。

梯田在不同的季节有不同的颜色，秋天尤为好看，这时，田里的农作物都相继成熟，群山环抱中，一幅五彩斑斓的画卷直上云端，如窈窕少女般纯真自然。"如此迷人的描述，看着让人不由得怦然心动。可惜眼下并非秋天，而是夏日。但主人说，云和梯田，秋有秋的色彩，夏有夏的韵致，其实一年四季，云和梯田风姿各异，都有独特的观赏价值。

主人还指着近处半山腰上一块坡势平缓、落差处翠竹簇拥的梯田介绍说，此处就是每年"开犁节"的举办地。每年芒种，云和梯田都要在这里举行隆重的开犁仪式。过去，云和先民为了答谢耕牛，每年春耕开始之际，都要到城郊的先农坛举办开犁节，由县官亲自带头下田耕地。"云和梯田芒种开犁节"就是先农坛开犁节的延续，活动内容有开山号子、芒种犒牛、祭神田、分红肉、对山歌等。

"开山锣，开山鼓，开山号，满山铺；喊声山神让让路，开片山田讨媳妇……"随着开山号子响起，犒牛仪式正式开始。各家主人把披红挂绿的耕牛牵到田头，将米汤、家酿红酒倒入木盆犒劳耕牛，表达主人对耕牛的感激之情。

"祭神田分红肉"是开犁节的重要仪式之一。神田，即同姓家族轮流耕种的公田，轮到谁家种神田，当年的祭祀费用就由谁家来负责。祭祀时，要在田中宰杀一头猪，再点燃香烛祭拜，以感谢护佑一方水土的神明，感恩祖先开垦这片土地。然后，将猪肉分成条状，贴上写着各家户主姓名的红字条，让村民共享，寓意五谷丰登、六畜兴旺、宗族和睦。最后，主人将耕牛赶到梯田里耕一圈地，以示开犁……

在云和全县，如今梯田总面积达51平方公里，海拔跨度为200米至1400米，垂直高度1200米，最多处达700多层，跨越谷地、丘陵、高山三个地质景观带，拥有梯田、云海、山村、竹海、溪流、瀑布、雾凇等自然景观，具有体量大、曲线美、震撼力强、四季风景独特等特点，是最具生态原始性的复合型生态系统之一，也是人与自然和谐相处的典范，而今已经成为国家AAAA级旅游景区、国际艺术家创作基地、文化遗产抢救与保护实践基地。

站在云和梯田的核心景区，从我们下榻的民宿"云逸的院子"向下俯瞰，整个景区像一只躯体庞大、趴在山间休憩的麒麟，片片梯田就是麒麟身上张开的鳞甲，在阳光的照耀下五彩缤纷、熠熠生辉。再一眨眼，眼前的大片梯田又仿佛换了景象，一如美丽少女扭动身躯时甩开的裙摆，将风姿绰约的片片色块四下展开，在蓝天白云、山川林海的映衬下美丽绝伦，如诗如画……

三

在白鹤涧山七星墩梯田景区脚下的白银谷坑根石寨，我们来到"温享书屋——云谷山房"，入门一块小黑板上写着："这里有书，也有茶。/这是民宿，也是一种理想生活。/您好，请进！"另一块小黑板写着："休闲/观山。中餐，住宿。吃山谷菜，听山谷风。咖啡，茶。"

进得屋来，随手翻阅一张制作精美的折叠小广告，是有关云谷山房的介绍："白云在天，明月在地，仰观山，俯听水，石畔草根，桥头树影，居处寄吾生，但得其地，不在高广，云谷山房落于云和梯田白银谷景区，设有客房数间，另有茶室、餐厅以备不时之需。"折页处两行字引起我的兴趣："开门接佳客，出门寻山水。/只看花开落，不言人是非。"最下面一行是放大的字："愿我们每个人能为梦想而生活。"折页最后关于"山居"的介绍：渔/樵/耕/读/闲；窗明几净，心中无尘。

云谷山房年轻的女老板是云和人，十年前毕业于江西财经学院，之后开始自主创业。她早期在丽江开民宿，近年又回到云和山村加开民宿，投资千余万元，购买改建民宿十余栋。周围的配套设施有云经堂（休闲亭）、野杂货、老茶面、咖啡屋，都是由原本破败肮脏的牛栏、猪圈改造设计而成。即便是现在，这些设施外观依然朴拙老旧，室内却别有洞天，温馨宜人。桌椅、咖啡、茶具和各式食品饮料应有尽有，关键是风格和氛围都富于浪漫情调。很难想象原本落后贫穷破败的偏僻山村经此一改，有妙笔回春、点石成金之妙，我不由得对眼前这位年轻的女老板刮目相看。其实从外貌看，她长相平平，眼睛不大，肤色偏暗，一张鹅蛋脸绽出的笑脸，算得上是她最显著的特征。假若没有人介绍，仅从外貌判断，你可能会认为她是当地一位普通农妇，甚至都不会相信她上过大学。可就是这样一位其貌不扬的女子，内心却隐藏着浩大辽阔、诗意浪漫的情感世界，云谷山房所展现的高雅情调，正是她内心世界的生动外溢。不仅如此，她对诗意生活的追求，正影响并吸引着越来越多的志同道合者，如今与她同在此工作生活的年轻人已经有十余位,其中不乏远道从山西大学毕业投奔她而来的大学生,还有刚刚留美归国的研究生。投奔她而来的年轻人,都与她有着共同的志趣与爱好:爱山,爱草木,爱花鸟,爱宁静与淡泊,爱大自然中优美的景色和清新宜人的空气。

我问女老板:从经营的角度讲,丽江那边不是很好吗,为何想到来云和这么闭塞贫穷的山村创业?她告诉我,因为自己就是云和人,重要的是白银谷这一带有山有水有景,地理条件优越,随着人们对自然和悠闲生活的日渐向往,旅游开发的前景有着巨大潜力。不仅如此,这里距离云和县城仅有半小时车程,方便孩子在县城上学。闲聊之中,我点滴了解到她的家庭情况,她在云和县城有房、有车,孩子正在县城上小学。我忽然明白了:半小时的车程,拥有城镇和乡村两种不同生活,每天置身于生态优良的天然氧吧之中,还能兼顾家庭与父母,这不正是当下许多人内心所追求的理想生活吗?

也正因如此,每逢周末或节假日,来自云和县城、丽水、温州、杭州乃至上海等华东一带的游人,越来越多。

小桥流水,花草簇拥。女老板领着我们一行,沿着坑根石寨古朴崎岖的石径前行,并一一介绍着她周围的民宿和民居。

民宿近旁有一口老泉井,旁边矗立的一块褐色木牌,用中文、英文和日文写着:"老泉井:又称明泉,开采银矿时建,迄今已经有400多年历史,泉水常年不竭,用此泉水沏茶,口感极好。"正因如此,当年银官局的太监将这两口泉看作宝贝,据为己有,并在周围建造了围墙,防止矿工偷喝。太监们从井中取水泡茶,吟诗作赋,日子过得很滋润。

石径旁边的山溪,山泉水正潺潺流过。大大小小的石块成群结队挡住水流,迎着山泉飞溅的浪花嬉戏打闹。山泉两旁翠竹掩映,花草环绕。水流之上,一座古色古香、上带亭榭的木制桥梁将小溪两岸连接,这座桥叫银官桥。据传说,当年为了监督运送银两的矿工,银官在白银谷通向山外的通道上修建了一座桥,矿工出山都要经过这座桥,并接受搜身检查,通过检查后方能出山。此桥因是银官执行公务的场所,故称银官桥。如今,这座桥已经成了坑根石寨的文物景点。从这里往远处看,村庄、飞鸟、山峦、梯田、森林和庄稼尽收眼底。如此风水宝地,女老板的眼光以及她对民宿风格的独到创意,的确不凡。

然而，在云和，一样向往诗意生活、打造美好环境的又何止这位女老板和她的团队？

在石浦村前有一堵人工砌成的石壁，石缝里密密麻麻种满多肉植物，远观似锦缎，近看如浮雕，如此富于创意的景观，你很难想象是出自原本贫穷落后的山村。走进该村的巷道，我意外看到垃圾分类已经走进这个偏僻山村，一绿一灰两个小巧精致的垃圾箱为一组，村庄巷道的路边隔一段距离便会摆放一组，每处垃圾箱旁边还摆放一盆枝叶茂盛、清新悦目的吊兰。将垃圾与吊兰并列，让肮脏与雅致联姻，肮脏的垃圾因放入垃圾箱而被彻底遮蔽，而雅致反而得以反衬与张扬。而穿行在坑根石寨和赤石村的村口或巷道，许多坎坡的石墙上，从石缝里绽开的红色玫瑰不时闯入眼帘，不仅赏心悦目，还让古朴的街巷生出丝丝缕缕的温馨与浪漫。

（原载《芒种》2021年第10期）

四十盏路灯

◎陈 涛

任职的村子很大，我也是后来才慢慢体会到。

村子有六个社，分布在山上与川下。第一次从镇上到村里，我走了很久才到，起初以为只是山脚下不大的一块地方，后来才发现远远超出我的想象。村子里有面积广阔的高山草场，我听过，却从未见过，甚至想象不出它的模样。有天上午九点多钟，我在房间里工作，镇书记敲门，他问我是否很忙，我说不太忙，于是他让我跟他走。我问他去哪里，他说带我好好转转任职的村子。

我自然是开心的，急忙拿起外套随他一起下楼，上了那辆停靠在核桃树下的白色越野车。车是县里淘汰下来的，早已过了报废的年限，动力差些，在镇里以及临近的乡镇跑几个来回还是可以，于是也就凑合着用。看到那棵核桃树，我也仿佛看到他经常如同这辆车一样立在树下，由于不胜酒力，但又不得不喝，结果就是回到院里，右手扶着树，左手叉着腰，遇到来人，费力抬头小聊几句。见我在旁边坐好，他发动后出了院门扭转车头就往山上开去。

昨夜下过一场雨，地面还未干，若等到太阳冲破云层，不消一会儿地面就会变得干燥一片。这也是让我惊奇之处，小镇多雨雪，可雨也好，雪也罢，经常太阳一出，雨雪变得无影无踪，让人怀疑是否真的有雨雪落下过。车在小镇最核心的街道穿行，两侧有拎着早餐的姑娘、小伙子急匆匆走过，有些是乡镇干部，有些是去做事的人。因在深山之后，又是高原，所以五月的冶力关镇仍有凉意。我看了看自己身上的厚外套，以及毛衣，想起此刻的北京早已是初夏的模样了吧，自己这身装扮出现在街头定会是一道怪异的风景。

镇书记虽然很少亲自开车，但他性格谨慎，即使行驶在危险路段，我也是踏实的。有次有个司机性格格外急躁，在盘山路上疾驰，我让他慢些，他反倒取笑我，害得我只好系紧安全带，右手紧紧抓住车门上方的把手。后来他为了缓和气氛，就讲自己有次载了乘客，同样也是开得飞快，结果路口拐弯的时候，一辆车抛锚停在路边，他的车在电光火石间从停靠的车旁呼啸而过，伴随着后排乘客不停的大骂声。或许他可能是想证明自己的车技了得，我没兴趣理他，只是让他安心开好车。他见我无动于衷，接着又讲了一个故事，这次换了主角，由他换成了他的朋友。他的朋友与一群人酒后驾车狂飙，一台车内坐了六个人，一个司机，后排三人，我问他那俩人呢，他说在副驾驶，我当然是怀疑。他解释道，是他朋友与其女友，女友坐在他朋友的怀里。我嫌他啰唆，问他结果。他说都死了，除了他的朋友。我倒吸一口凉气，原来是车速过快，拐弯时直接撞到了路边的树上。一车人，只有他朋友命大活了下来。他在讲述他们都死掉的时候，是笑着跟我讲的，如同谈论一件微不足道的事情，我愤怒地跟他讲，你朋友还不是有人给他缓冲，他才活了？接下来一路无话。我唯有在内心祈祷乘坐他的车的人越少越好。

　　小镇还有一个月才会陆续有游客前来，所以依然静谧。我们的车速不快，路上的车辆与行人稀少。太阳正慢慢冒出来，至于是从哪里，是何时，我是始终摸不透规律的。雨后的天空湛蓝，蓝得深邃、蓝得纯净、蓝得晃眼，团团白云白得绵密又透亮。我摇下车窗玻璃，清冽的空气在肺腑内激荡，纯净微甜。车在盘山路上行驶，如同在画中。每一次不经意地侧身望向山下，每一次在转角处爬坡时的仰望，都令我忍不住掏出手机将这些美妙的图景留存。镇书记让我不急，最好的景致还在前面。行驶途中，他给我讲着村子的情况，有时我问他现在在哪里，他说是我的村子。如此三次，答案皆是。我才恍悟，步行看完全村的话，还不知要走几万步，或许一天的时间都很难去到所有的地方。

　　他果然没有骗我，最好的景致在前方。我们驱车来到冶海的背面，我们的身后是高山草场，身前也是草场，我的目光随它延伸，越过冶海，望向绵延的群山，在群山的峰顶，覆盖着皑皑白雪，一条雪白的线条与白云交织在一起，横亘于天地间，无尽延伸，不见首尾。我恍惚于这种壮美，定定地看着它。像一条哈达，脑海突然迸出一句话。是的，像一条哈达。于是想到了孟伦兄赠我的一首诗，题目为"哈达"，他是这样写的：

　　　　是谁
　　　　从蓝天上扯下一抹白云
　　　　挂在了我们的脖子上

成了一条雪白的哈达
让阳光深入每一片土地
从此，神就在孩子们肩上
天堂不再遥远

我还想到了宁肯写的一首诗《积雪之梦》，他写道：

我走到哪里
哪里就会有生命、成长和歌唱
就会有绿色手帕在枝条上飘扬
从一棵树到另一棵树
从一支琴弦到另一支琴弦
像手指奔跑在琴键上
沿着密林小径优美地流淌

我们俩在雪山前欣赏了许久才离开。下山时，他带我从山上的村民住处经过。此时太阳高悬，阳光直直地射下来。村子安静，偶有一两个行人在街头闪现，几只野鸡在路边的草丛中扑棱棱地起起落落。

"山上的条件还是艰苦些。"我跟他讲。

"以前是苦着呢，这些年好多了。"

"他们还能搬到山下去吗？"

"不成着呢，没地方了。"

"山上还有什么地方需要改善？"我在想能否帮山上的村民做点事。

"接下来进行道路硬化，如果有多余的资金就给他们安几盏路灯。"他目视前方回答我的话。

"安装路灯的经费够吗？"

"还不知道呢。"

我曾多次下午上到山上村民的家中聊天、开会。当我从村民家出来时天整个黑下来，四处皆不见，村子沉入了铅一般的暗夜，那些从房屋的窗户中透出的光亮只是浅浅地映在小小的一方土地上，偶尔的狗吠越发衬托出山野的寂寥。

在不久后的一个黄昏，我再次去到山上村民家里，召集全社的村民开会。照例是尕虎开车，平镇长陪同。会议沉闷又热烈。村民大多数时候在听，可一张嘴，尖锐问题迎面而来，并在沉闷的空气中引爆，好在道理大家都明白，加上耐心的讲解与解释，最终会议取得了预想中的效果。

出了门，一片漆黑。只得借助手机灯光小心翼翼地沿着斜坡走向路边停靠的车子。

"我们应该安装一些路灯。"我像是自言自语，亦像是对身旁虽近在咫尺却难以看清的平镇长说。

"是啊！"他拉长了声音讲。

"目前镇里有计划吗？"

"这个说不准，目前配套经费还没到位。"

"要不我跟单位申请一下，我来做吧。"

"能行吗？"他有些犹疑。

单位领导听到我的申请后，立马便拨付了相关资金。接下来，我与镇、村的干部们认认真真地研究起此事。那几天，我们整日在村巷内穿行，思考着路灯安放的距离与位置，我们的讨论被路过的村民听到，便笑着要求离自己的家门口近一些，也有人善意提醒购买的路灯质量好一些，不要没几天工夫就坏掉了。我们也都笑着说好。大家做事的热情很高，效率也快，等到路灯被卡车运送来后，村民们便在选好的地方挖坑、浇筑，无非是一周的光景，四十盏路灯如哨兵般便齐刷刷地竖立在这个小山村里。

当最后一盏路灯安好的那个夜晚，我迫不及待地去到山上。上山的路一团漆黑，车灯横扫着黑暗，行至拐弯处时，远远地就看到高高的山腰处有一盏灯，灯光温暖明亮，那是我们专门为这一户村民安装的路灯。再一个拐弯，只见那条通往村里的水泥路满目光亮，这是一条光明之路，黑暗，被彻底甩在了身后。"天上的街灯亮了"，脑海中反反复复回响这诗句。

车未停稳，我就推开了车门。下了车，我轻轻地抚摸每一盏路灯，一盏、两盏、三盏，我在心中默念。有人在村里走动，也有几户村民正站在门口聊天，自然，他们是微笑的、开心的。他们见到我，跟我打招呼，我也大声回应他们。一户养牛的村民正赶着几头牛回家,他们的身影在灯光中时而很长,时而极短。而我,抬起头,望向布满星辰的浩瀚夜空,群星明亮硕大,站立于街口,放眼望去,四十盏路灯与低垂的星星交织在一起,光亮洒满了这个高山的村落。是啊,所谓的蛮荒之地,所谓的穷乡僻壤,究其本质,都与黑暗紧紧牵连在一起。如今,光亮降临了,世间的美好还远吗?

(原载《青岛文学》2021年第6期)

一粒稻米的伦常

◎李 皓

《供养咒》：粥有十利，饶益行人，果报无边，究竟常乐。

清晨，一粒米，又一粒米，一把米，一瓢米，它们在水中渐渐苏醒，或者说被唤醒，被水唤醒，被锅底的火唤醒。它们发出欢快的呼喊，它们的体香弥漫在厨房，在餐厅。它们的气韵，在晨光里慢慢升腾、散去，它们的身体与我们的身体融合在一起，我们开始拥有力量，恢复活力，以一个生灵的姿态，风情万种地存在于人世间。

在以人为本的人世间，一粒稻米虽然不是人类，但它与我们唇齿相依，我们根本离不开它们。它们是我们的妻儿老小、兄弟姐妹……它们是人类的另一种。

一

很幸运，我生在一个能吃到稻米的东北乡村。而生我的母亲却生在一个不知稻米为何物的山沟沟里，尽管母亲的娘家离婆家仅有三四十里路。

在我童年的记忆里，母亲在与屯子里婶子大娘唠家常的时候，屡屡说她是为了大米而嫁到这里来的，好像我有着鞍钢工人身份的父亲远不及一粒大米值当。我颇有些为远在鞍山上班的父亲打抱不平，我不知道父亲如果在场听到这话，会作何感想。

一个人与另一个人走到一起，形成婚姻关系，一定有一万个不同的理由，但为了一粒果腹的大米而远嫁他乡，在幼年的我看来，委实是可笑的：难道大米在一个人的生命当中就这么重要吗？

母亲把姥姥家称之为穷山沟，其实我和母亲的家不过是另外一个山沟。我家的山沟相对低洼一些，周围的山野没有姥姥家的山高大，但这些似乎都不重要。所谓的差别，无非是一粒米的差距。这粒长仅三四毫米的大米，在母亲看来，它足足有三四十里地的长度，这头是大杨屯，那头是后李屯。

我姥姥家所在的屯子叫大杨屯，我家所在的屯子叫后李屯。

大杨屯周边都是些山坡田地，只能种些玉米、大豆、高粱、花生等农作物。一年四季，大杨屯的老百姓只能以玉米、地瓜、土豆作为主食，大米是难得一见的，即使是过年过节，家里来了客人，也绝少能把几碗大米饭这种稀罕物端到饭桌上。倘若偶尔谁家饭桌上出现了大米干饭，这个消息迅速会从屯子东头传到西头，再拐个弯从南头蔓延到北头。那个全民饥馑的年头，没有几户人家是如此敢于"露富"的，顶多偶尔给病人开点小灶罢了。

打我记事起，姥爷就享受着这样的小灶。姥爷得的是心脏病，至于怎么得了这个病，我隐约听说是六十年代末被揪斗的结果。被折磨成心脏病之后的姥爷从此卧床不起，每顿饭都吃得不多，有时候下午加餐，姥姥就为姥爷用细粮做点好吃的，大米是不可或缺的。母亲每次回娘家，来自后李屯的大米是必须带的，有时用筐拐一些回来，或者用面袋子背一袋子回来。这寥寥一些大米，真可谓杯水车薪，姥姥家当时七八口人，敞开来吃是不可能的，只能留给姥爷偶尔吃上一口。

就是在拥有稻田的后李屯，大米也不是天天可以吃到的，我们平常的主食与大杨屯并无二致。稍微有些优势的是，过年过节或是老亲古邻家儿子娶媳妇、女儿出嫁，主食便是像模像样的大米干饭，但凡去吃"嚼咕"（胶辽方言，酒席的意思）的人们，尽可以大快朵颐了。这样的情形，是在生产队集体劳作的时候。

到了包产到户之后，后李屯的家家户户方才真正全天候吃上了大米饭，周围的村子也大多如此。

以前只是看生产队的社员们育苗、插秧、打药、拔草、收割、脱粒，现在每家每户男女老少全员上阵。包产到户当时在我们那里称为"单干"，刚10岁出头的我，不光放学后要看牛，还要协助父母干农活。

跟屯子里的小朋友们一样，从前到水稻田只是捉鱼、掏螃蟹，现在却以半个劳力的面目出现在田里。不会干，就边学边干，大人干得快，小孩子也不能落得太远。那些年，我才真正懂得一粒稻米的来之不易。

插秧之累，没经历过的人是怎么也感受不到的：小小年纪的孩童，哈着腰插秧，过一会儿抬头便头昏眼花，眼前火星子直冒，而腰根本直不起来。有时候稻田的烂泥里会有丢弃的农药瓶子和石子，一不小心就会割破我们细皮嫩肉的脚，而执着的蚂蟥，一会儿就沾满脚脖子、腿肚子。吸血的蚂蟥，拽和扯都是弄不掉的，只有不断拍打，才会艰难地把它拍掉，但被它吸过的地方，会流着鲜红的血。

秧苗逐渐长大，除草、打农药的活计随之而来，让农人们根本不得闲。我父亲在公家上班，只有母亲是一个整劳力，妹妹比我小4岁，根本无法下地干农活。这时候，我这个"半大小子"不得不用稚嫩的肩膀，为单干时代的家里负担起必要的农活。

我认识了稗子，它长得跟水稻秧苗几乎没啥区别，根扎得很深，与稻苗分庭抗礼，吸收土壤的营养；我认识了一些专门在稻田里为非作歹的害虫，像稻飞虱等；我知道了尿素、"气氨"等化肥品种，也对一些农药略知一二。从春到秋，风风雨雨，嫩绿的秧苗变成了沉甸甸的稻穗，收割的时候很有一种满足感，这可是一家人亲手侍弄出来的果实啊，带着淡淡的芬芳，那一刻，觉得流过的汗水简直太值了。

脱粒也少不了少年们的身影，几户单干人家团队协作，干完了这家干下家，每一家都收获满满，带壳的稻粒堆得像小山似的，家里的麻袋都不够用了。

与水稻相伴着，一年又一年，从小学到初中，从初中到高中，我吃着家乡的大米渐渐长大，直到19岁入伍，我才依依不舍地离开了家乡的稻田。那时候，我根本不知道什么盘锦大米、五常大米，我只感觉家乡的大米是最好吃的。

二

我怎么也不会想到与战友崔再军的重逢，会是在千里之外的他乡五常。1989年春天，我俩从普兰店坐上同一个车皮，到千山脚下的一个部队训练团开始了军旅生涯。入伍前，我俩并不认识，到了新兵连之后，通过老乡渐渐熟识，还一起照了张合影。当年年底，我们被分配到东北各地的雷达部队。崔再军去了黑龙江，我则幸运地被分到了沈阳空军司令部。从此一别再未相见，整整30年。

隐约记得是2019年初的时候，战友赵兵建了个微信群，专门销售五常大米。赵兵邀请我进群的时候，我本能地拒绝了。赵兵对我说，这个群就是销售优质的正宗五常大米，你是文坛"名人"，在群里待着，时不时发点文学作品供大家欣赏，多少也能增加微信群的亲和力。赵兵特别提到，这些群友都是他的亲朋好友，不会胡言乱语的；更重要的，大家要购买的大米，是咱们战友崔再军亲手种植的产品，质量好，价格公道。

崔再军？哦，那个胖乎乎、小眼睛的战友，久违咯！

我欣然入群，加了崔再军的微信，很是亲热，相约有机会一聚。像我们当年在新兵连那样，熄灯号吹响之前，赵兵、崔再军和我，从墙外的小卖部买了啤酒和罐头，在小树林里，一人把着一瓶啤酒，狼吞虎咽，一顿胡吃海喝。熄灯号响起，我们仨作鸟兽散，飞也似的跑回各自连队。现在想起来，我怎么总觉得那低档啤酒竟然是甜的，而午餐肉的香味至今挥之不去。

人生无常，崔再军竟然和五常大米联系在一起了！

秋天来时，南方航空公司航机杂志《航空画报》组织一干作家、诗人、摄影家到五常采风，我有幸在应邀之列。

大多数的人知道五常这个地方，都是因为"五常大米"，我也不例外。前些年，五常大米的牌子在市场上非常响亮，价格也高于一般的大米。后来市场上出现了一些以次充好的"五常大米"，或谓之假五常大米，导致五常大米的信誉一落千丈。

抛开大米不谈，我对五常这个地名倒是产生了诸多兴趣。资料记载，"五常"源于儒家仁、义、礼、智、信五常之道，得名五常堡。清同治八年（1869）设五常堡协领，光绪八年（1882）改设五常直隶厅，宣统元年（1909）升为五常府，1913年设五常县。解放后，五常成为黑龙江省重要的商品粮生产基地市县之一，1996年起由哈尔滨市代管。

在我的印象中，黑龙江地域多为蛮荒之地，民风彪悍，对传统文化的传承似乎多有欠缺。五常，这么有文化积淀的名字，俨然一个养在深闺的美女，戴着面纱，盖着盖头，一副神秘莫测的样子，诱惑着远方的文人墨客不由自主地前往。

而我的战友，退伍后竟然有家不回，深深地扎根在遥远的他乡。或许是有一段美丽的爱情？或许是一粒黏人的大米缠住了他的双腿？

负责接待我们的是乔府大院农业股份有限公司，说是农业公司，依我看，主要是从事五常大米的生产和营销。五常市核心水稻产区有40万亩，乔府大院就有20万亩，占了全市的半壁江山，其实力可见一斑。乔府大院的当家人叫乔文志，"七〇后"，高高大大的身材，紫红的脸膛，典型的东北汉子……

到达五常的第二天晚上，我与战友崔再军在一个烧烤店见面了。30年，青春不再，然而我们还是一眼都能认出对方。他还是胖乎乎的样子，只是脸色与乔文志一样地紫红，我想，那一定是劳作的影子，阳光、风雨、土地、稻粱一遍遍在他们的脸上留下洗不掉的印迹，并作为一种勤劳、诚信的品格，成为五常人的标志或者识别码。

席间，我们抛开其他文友，一起走出烧烤店，坐在县城大街的道牙子上，各自诉说着离开军旅之后的种种人生遭际。一会儿哭，一会儿笑，一会儿沉浸在军营里激情满满的青春年华中。

四年军旅结束，崔再军没有实现自己的士官梦乃至提干梦。这对于埋头苦干了四年的崔再军是不公平的，崔再军自己不能接受这个现实，家里的父母也是失望至极。退伍回到家没待几天，崔再军重返五常，把属于老部队的水稻田承包下来，从此开始了艰苦的打拼。几年之后，在五常娶妻生子，又把岳父一家人拉上了他人生拼搏的战车，崔再军成了地地道道的五常人。更有意思的是，乔文志1998年到北京闯天下之前，竟然是在崔再军的小企业里打工，摸透了大米产销的路数，并以此为基础，走向了更为广阔的天地。

对于成功，特别是男人的成功，你无法用事业的大小来衡量和比较。在此，我也无意将我战友崔再军和乔府大院老板乔文志做比较，但他们之间的缘分，来自于一粒恒有美德的稻米，这是前世修来的。他们都是成功的，最初的打拼，他们互相成就，相互搀扶，你可以扎扎实实地走，我要飞，就义无反顾。

崔再军还在一步一个脚印地走，像太多老实本分的普兰店人。

乔文志一路左冲右突，从一粒米做到一把米，从一把米做到一袋米，做到一个粮仓，做到一个粮库，带着优质的五常大米一起起飞，飞到祖国大江南北，飞到欧洲、日韩，地球的另一面。我总是特别佩服黑龙江人身上的肚量、胆魄,他们从不怕把事情做大,从某种意义上讲,黑龙江人是东北性格的突出代表。

几天下来,我们参观了乔府大院稻米博物馆、国际化生产线、现代化恒温仓储库、原生态鸭稻基地、种业中心等。他们的加工工艺是我见所未见、闻所未闻的,而原生态鸭稻基地则让我回到了童年原生态的乡间。

小时候,生产队里只有一台磨米机,每家每户用面袋子装上一袋子或半袋子带壳的稻粒,到磨米机旁边排队,负责磨米的社员一会儿把一袋水稻倒进磨米机的大漏斗里,推上电闸,十分八分之后,从下面长长的布袋里为我们倒出磨好的大米。房间里弥漫着稻糠的烟尘,磨米机巨大的噪音覆盖了所有人说话的声音,从房间里出来呼吸到新鲜空气之时,感觉刚才的磨米之旅简直就是一场"炼狱"。而在乔府大院国际化的生产线上,磨米简直就是一场行为艺术,据说有99道工序,这样的大米,谁能说不是艺术品呢?嗯,我们吃的不是大米,吃的是艺术!

父亲跟我讲起他童年的时候,秋风起,他拿一个大网兜,在稻田的田埂上挖一个往外流水的出口,把网兜堵在出水口,不消半个钟头,网兜里就贮满了野生河蟹。把田埂重新堵上,缺菜少粮的年代,美味的河蟹将迅速填饱一家人的肚子。而我小时候,在稻田里捉鱼、捉青蛙,简直就是我们的生活方式,家里的鸭子和大鹅,一定要每天到稻田里寻些小鱼小虾来吃,下出的蛋才有金黄金黄甚至朱红的蛋黄。这样的景象,随着化肥和农药的过度使用,早已离我们远去了。

这一次在五常,在乔府大院鸭稻基地的稻田里,我再次重温了这样的田园风光:鸭子在稻田的田垄之间嬉泳,一会儿把脑袋伸进水里寻找食物,一会儿张开扁嘴欢快地嘎嘎叫着。此刻正值黄昏,夕阳为稻芒镀上了一层金边,也为稻田里的鸭子周身镀上了一层金色的光环。而在附近稻田里收割的大哥大嫂,他们也是通体明丽、辉煌,生活的富足昭然显现,天高云淡,炊烟袅袅,秋风带着大米的芳香,那是乡愁的味道。

三

中国是世界上最早种植水稻的国家，有考古资料为证。

"1962年，江西省万年县仙人洞遗址发现世界上最早的、距今12000—14000年前人工栽培稻硅石遗存，是世界稻作文化的发源地。1973年，浙江河姆渡遗址发现大量7000年前的稻谷，其堆积物数量之多，保存程度之完好，是同年代遗址中考古极为罕见的。2004年，中美联合考古队在我国玉蟾岩遗址中，发现了5颗距今约13000年的古稻谷……"

五常大米的历史则可以追溯到唐代初期渤海国时期。道光十五年（1835），吉林将军富俊组织当地居民在五常引河水种稻，其后成为清朝后期历代皇帝的贡米，民间素有"五常米、帝王粮"的传唱。

世界大米看中国。2018—2019年度全球各国大米产量占比，世界大米产量4.8亿吨，中国大米产量1.3亿吨，占世界大米总产量的28.9%，是全球最大的大米生产国，年产量连续多年排名世界第一。中国大米看东北。东北大米年产量3252万吨，占全国总产量的23%，年产值约3000亿元，市场空间巨大。东北大米看五常，五常被誉为张广才岭下的"水稻王国"。"东北大米看五常"这句，是我自己加的，没什么权威性，但五常大米的品质倒是货真价实，让我们这些采风的文人大开眼界。

水稻孕穗与人类孕育生命惊人地相似，都是万物生长繁衍的共通规律，我们可以将水稻的每次结粒看作是一次新生，稻生万物，可以说，水稻孕育了人类文明。从这个意义上讲，水稻何尝不是我们的衣食父母？它们像丈夫、妻子、兄弟姐妹一样，与我们相依相偎，我们侍弄这稻谷，稻谷对我们人类报之以桃李，哺育我们的身体，让我们的生命源远流长。

你看，一粒晶莹的大米，虽然生为植物，却像人一样极富爱心，为了人类的营养和生命的存续，它"杀身成仁"。

洁白的大米，通体透明，多么像一只和善、吉祥的羊。它不言语，面善，内心也善，一切好事、善事应从"我"做起。它永远不怕牺牲自己，永远"义"字当先。

作为粮食，它尊敬、厚待人类。它一声不吭，一到成熟季节，总是向人类低下谦卑的头颅，它在礼赞辛勤的劳苦大众，礼赞卑微却顽强的芸芸众生。

当然，水稻有水稻的智慧，它战天斗地，与人力互相搀扶着，与风、与害虫、与稗草斗智斗勇，只为结成一粒又一粒心智通透的果实——米。谁也夺不走它，纵然人类有三十六计，没有一个人不为稻粱谋。

人而无信，不知其可。相对于人，一粒稻米无疑是最可靠的，农人给水稻最好的照料，水稻绝不打任何折扣，将最好的果实回馈人类。它们不见人下菜碟，不管侍弄它的农人是丑还是俊，它们一概童叟无欺。父亲插的秧，孩童时的我插的秧，在秋天，它们结出一样的大米，绝无二致。有时候，你交一个人，真的不如交一粒稻米。吃进肚里，可以果腹；种进土壤，给你带来更多的粮食，没有一点二心，与你同舟共济。

仁义礼智信也好，忠孝悌忍善也罢，无论身居闹市，还是生存在偏远的乡村，作为一个中国人，那些亘古的美德到何时何地也不能摒弃。当我们深刻地认识到一粒稻米的常德，那么我们会更加敬畏我们的祖先，他们从无数野生植物当中把水稻辨别出来，侍弄它，抚爱它，研究它的习性，最终使它成为我们的一部分。而在适宜它生长的地方，用塑造人的纲常来为一片土地命名，这寄予了人们多少期冀和热盼。

拉林河水养黑土，黑土养稻，稻养人。人复以德养稻，养山水，养气韵，养道与术。

人的生命是有限的，而稻是无限的。

稻，有时候是一粒米，有时候则是道。

（原载《长城》2021年第1期）

小满雀来全

◎周云戈

一

"小满雀来全……"二十四节气歌（关东版）中的一句。仅这一句，在我心里，它是一首唱不完的歌，从孩提一直唱到了今天——在意它，是我心里的一种别样期盼：听小鸟歌唱，看天上花开……

知鸟人讲：雀，鸟的一科，特指麻雀，也泛指小鸟儿。它们的鸣叫，其实是歌唱。为谁而唱？为爱而歌。而歌者都是雄性，意在以优美的歌声赢得异性的一片芳心。这话我信！

春回大地，冰雪消融之时，便有小鸟飞回嫩江湾。最早飞回的，要数旅鸟——云雀儿，家乡人也叫它鹅乐儿。立春一过，阳气回转，就可看到它的影子。它不入山林，归来便落脚田间、草原、河谷、江滩等地。紧随其后，陆续飞回的便是三道眉和它那些同科同属的鸟哥儿、鸟弟儿，鸟姐儿、鸟妹儿了。飞回来，也不做任何声响，只是悄悄潜入，落脚于田野与村前屯后的树林里。那一段时间，它们在林地里，只是窜来窜去地低飞，偶尔"吱吱"地叫上几声，像是在寻找同伴，又像是见面后的问候与寒暄。清明过后，随着天气转暖，原野、林间才依稀有了鸟儿的歌唱。最先领唱的还是云雀儿，天麻麻亮，它便冲上了天空，飞翔中一路播撒清丽而婉转的歌声。有领唱，就有纷纷的附和——接下来便是独唱、合唱、轮唱……此起彼伏。唱出了太阳，它们还要背负丽日唱一个上午，抑或一个晌午、小半个下午。于是，关东大地春歌飘荡……

云雀儿歌唱时，有别于其他鸟，它们不立于枝头唱，偶尔站在田垄或草原的小土堆唱上几句，多是边飞边歌唱。飞到了它的高度，便悬于空中而歌唱，只是两眼瞄着的是它们已做好的窝儿。乡亲们说，这是鹅乐儿在"叫窝"，意在宣誓家园主权；也有"照窝"之说，照看的意思，为孵窝的雌鸟站岗放哨。它那翅子轻轻地、蝉翼般地扇动着，它那歌声，恰似一股清泉，从喉咙里流淌出来……

云雀领唱后，便有众多小鸟儿相随，百灵、铜嘴腊子、黄雀、夜莺、红点颏、蓝点颏、红麻料、青麻料、柳叶（柳莺）等擅歌的鸟儿，不间歇地歌唱起来……或是空中，或是林间、草原、江滩、河谷……如此，远近高低，各展歌喉。至午后，多数鸟儿的歌唱渐次歇息，只有红麻料、青麻料等鸟儿唱得最欢了。它们聚集枝头歌唱一阵，便忽地落地觅食，偶有动静，又立刻飞到树上，继续歌唱，直到黄昏……

二

经历的人都知道，小满这天真的到了，那田野、林间反而清静了下来。尔后，虽偶尔有小鸟鸣叫，那也是孤零零的，绝不是歌唱，仿佛是询问，或是回答，只能作"鸟语"了。

鸟儿们都去哪儿了呢？其实，小鸟们在小满之前就已聚齐了，它们于各自的歌唱中，确定了恋爱关系。小满，好似婚期，这天一来到，它们便集结，或于一个清晨，或是在一个傍晚，开始了转场——由田野、草原、林间，转入到江湾、河谷等僻静地带，那里有茂密的柳条通、芦苇荡、塔头林、蒲草沟、蓼花塘……共赴那里，各自选择心仪之地，各筑爱巢，繁育宝宝，传递生命……嫩江湾成了鸟儿们的天堂。

我说"看天上花开……"是小满后，嫩江湾的一道特别景致。

幼时，云淡风轻的日子，约上两个小伙伴，挎上菜篮子，便向嫩江湾奔去，那时虽是满眼的绿意，可仍是"草色遥看近却无"……而江滩地的婆婆丁、苘麻菜、小根蒜、酸木浆之类的野菜，也才刚刚露出地面。要剜点儿野菜，须是弯着腰、眯起眼睛仔细找。真的，哪怕剜得一点点儿，都得费尽满地找针的功夫。累了便躺在软乎乎、热烘烘的向阳山坡，仰望蓝天白云之时，眼前不时有鸟儿低空飞过，扑棱棱地一展翅膀，那红色、黄色、蓝色、绿色、棕色、白色……流光溢彩般地忽而闪现，成双成对地飞来，又成对成双地趱去。

虽是它们瞬间的影子，却像花儿般绽放，印在了碧蓝的天空，印在了孩子们的心底。

忽地坐起，好奇的眼睛死死地追随它们的去向，终于在不远处那树的枝头上发现了它们，一只又一只，满枝满树的。个个都昂着头，又俨然成了那枝丫上的一朵朵含苞欲放的花蕾，也不歌唱。没一会儿，又纵身飞下枝头，去做它们各自欢喜的好事儿去了。而这个时候，除早晨和正午时光，才有少数鸟儿，闲情地小唱一番，曲子都很短，多数是独唱，是怎样的情感表达，很难说得清，更像是鸟儿问答。无论怎样，歌者不再像小满前那般的激情澎湃了！

三

小鸟落脚嫩江湾，紧随其后的，便是一群群远处村屯的孩子们。他们像草原狐一样，走走停停，又停停走走，左顾右盼，不住地向茂密的柳条通窥探着……

他们是来看风景的吗？绝不是。他们手里拎着大夹子、小夹子、扣网（特大号夹子上面，用细铁丝编成隆起的网，意在捕活鸟）和弹弓，手中拿的家伙儿，可都是那时的捕鸟利器。然而，孟夏时的嫩江湾已成大泽之地了——柳条通、蒲草塘、塔头林等地儿，他们走近不得，也不得施展手脚，无奈只得望"泽"兴叹，悻悻而归……

鸟儿们的落脚之地，渔家人是可以抵达的。可他们都遵循先辈的心口相传——"不捕三月鸟，不钓三春鱼……"渔家人也这样教导后人，代代相传相守。于是，嫩江湾成了小鸟儿们最好的家园，最温馨的新房，最理想的产床。渔家人仁慈为怀，不但与人，与鸟儿、鱼儿和那些行走的小动物，也都如此，因而嫩江湾无处不显示着它的大爱。

谷雨过后，应是4月25日上午，算是入春以来最难得的好天儿。好天气就有了好心情！于是，早饭后我便信步去了趟嫩江湾，做了今年的第一次"打卡"。

嫩江湾国家湿地公园的南门，距我住的小区约有二里地远。去也无需打车，步行就十分八分钟的，权作餐后的一趟遛弯儿。走出城区，便可见蓝天白云之下，绿柳如烟的嫩江湾了。寻个高度，但见一坡坡的杏花，一沟沟的京桃花、海棠花……红的似火、白的似雪、粉色如霞。而沿路两侧，那榆叶梅的粉红、连翘的金黄，与柳的鹅黄相融，绘就了一幅嫩江湾的春景图。去嫩江湾，原本是想拍摄些各种盛开的花，或这花与那山水相映的美景。可走进公园，立刻被这里鸟儿们的歌声所吸引，特别是有一些已是久违的歌唱，首首都恰是老歌，曲曲都经典，听了亲切也愉悦。那时刻，从鸟儿的歌唱中，我立马分辨出几个特别高音儿，唱得响亮而婉转的，绝对属于铜嘴腊子。不时还有鸳鸯、伯劳（胡布拉）的歌唱与鸣叫。再静静地仔细聆听，还依稀有三道眉、红点颏、蓝点颏、红麻料、青麻料、黄鹡鸰、灰鹡鸰、白鹡鸰、柳叶鸟的歌唱……那一只只、一群群鲜活的小鸟儿身着花衣，雀跃于我的眼前。感觉回到了童年，一切也仿佛昨天……

嫩江湾于2010年被当时的国家林业部湿地中心批准为"嫩江湾国家湿地公园（试验）"，经过十多年的恢复、修复、保护，这里的生态得以根本转变，2014年即被评为AAAA级景区。走进去，听说正全力创AAAAA级呢！这话让我为之振奋。湿地人务实，他们的收获也必是瓜熟蒂落，自然而然的。

一时兴奋，又让我想起了2013年，想起了那场特大洪水过后的转年开春——在嫩江湾那片已被开垦的农田之上，突然耸起一道道新月似的沙丘。这让嫩江湾人警觉起来，痛下决心，遏制流沙漫延，大打绿色生态保卫战，于2016年，将园内3000多公顷耕地，一次"退耕还湿"。这是件说起来容易做起来难的事，其过程之艰难，让人难以想象。不过这风雨彩虹，也真着实绚丽——嫩江湾国家湿地公园面积一下增至3650公顷。之后，便是疏浚河道，恢复湖泊泡沼，植树种草，修复植被……一切都顺应自然，修旧如旧。一水激活，江滩上消失多年的河柳、芦苇、小叶章、香蒲、红蓼等一拥而归。而多年不见的芡实、菱角等特色植物，也都冒了出来。那年夏天，我亲眼见300多只鸬鹚和上百只白鹭、琵琶鹭飞回故里。秋天便有了一群群大雁、如云的野鸭来嫩江湾歇脚过站。那天，与湿地公园朋友交谈时了解到，目前这里有野生植物约169种、野生动物239种，而以白鹤、白天鹅、白鹭、琵琶鹭、大雁、鸬鹚、鸳鸯、野鸭、野鸡等为主的鸟（雀儿）类，要占50%以上，国家级重点保护动物就有28种之多。让我想不到,童年时最喜爱的腊子鸟、伯劳、戴胜等多年不见踪影的鸟儿,如今也都回嫩江湾繁育后代了。想想,这些可真来之不易!

那天,我放弃了拍照,沿玉龙湖西面栈道,一直走向了烟柳深处。品味无限春光,感受小鸟儿歌唱……漫步间,一句"请放轻您的脚步,小鸟在孵化"的提示语,特别暖心。于是我想起了"小满",又想起了那句"小满雀来全……"

真的,我常为这句关乎农时的"节气"歌如何就与嫩江湾鸟儿齐聚的日子相契合,而百思不得其解。而今想来,皆在一个"全"字。而它的获得,又何尝不是一番经历?"全",当是一番世事沧桑后,尽洗铅华的回归。仅仅是那些植物、动物——小鸟么?绝不,应包含今天我们的理念、态度以及价值取向……由此,才构成了这个"全集"的生态系统。

(原载《吉林日报》2021年5月22日)

大地的风骨

◎陈 新

　　虽然物以稀为贵，但是有一天独坐静思的我突然感悟，我们身边有些司空见惯的极为平凡的东西，其价值可能被严重低估，可能比难得一见，甚至永远也见不着的高高在上的东西更伟大。比如泥土。泥土应该是平凡得不能再平凡的东西了，可我觉得泥土特别伟大。我们来自泥土，又归于泥土，还被泥土养育，而泥土却对总是被我们的漠视和践踏表现得若无其事无怨无悔，泥土不伟大吗？

　　所以，我琢磨着，想在这方面写篇文章。

　　今天我想写的不是泥土，而是石头，我们脚下大地俯拾皆是的石头。又或者，我今天既写的是泥土，又写的石头，更写的大地，还有其他……

　　有这样的一砣淡灰色的石头，它不大，体积约等于一只成人之手圆满一握的鸭蛋。但它不是椭圆的，也不甚光洁，虽然身上刻满了风霜磨砺的疤痕，但依然有着殊异于它的自有的形貌。它中间高，两头低，像一只漫写人间恬淡时光行走于红尘苍生间的素朴的馒头。

　　不，它又不像悦人晨昏辘辘饥肠的馒头，而像一辆代人行走，渡人到目的地的三厢小轿车。

　　这段时间，我不时会与一砣穿云破雾跨越数千公里远道而来的石头对望。在逼仄的书房兼卧室二合一的空间里，在拥挤不堪的书堆与墨香丛中，在方寸之间的电脑面前。

　　我与之对望，思绪越花开花落，漫云卷云飞，瞬间的触碰，时光仿佛一眼千年。

　　准确地说，是我静静地欣赏它，静静地将神情倾注于它，感质之皜皜，仪之濯濯。

　　其实，石头是静的，虚明一性，寂然如眠。我也是静的，澄澈以瞻，思接万载。但是我的心却是动的，苍茫浩荡，纵横驰骋。

我心中是波澜壮阔的世界，是白云飘浮的蓝天，是碧蓝澄净的海水，是穿梭往来的船舶，是幸福荡漾的笑脸，是一组又一组镜头的美好……

　　这块石头不是翡翠，不是和田玉，不是蓝田玉，不是独山玉，不是岫玉，也不是田黄……

　　它只是青冥之下湛蓝之侧的一砣普通的石头。

　　但，它在我心中却依然珍贵。

　　因为，即便是普通的石头，也是了不起的，资望甚高，其位甚尊，非芸芸众生堪比。

　　对道教来说，石头是大地的气节，也是天赋自然；对佛教来说，石头并非顽固不化、没心没肺的废物，石头亦可成为佛像；对儒教来说，石头则是我们的老师，因为它坚毅、不屈、执着、刚强，它既立于地，更顶着天；哪怕对凡人而言，也能起安神定心的作用，所谓"饥餐一粒伽陀药，心地调和倚石头"。

　　当然，它绝非普通。它与一个文化盛会有关，它或许与我有缘，确实有缘。

　　温柔的阳光下，一股股宜爽而潮湿的轻风在我身上吹拂，如春柳撩人；脚下是一砣砣从历史深处走来的石头，或大或小，都是那么深邃，内敛，沉静；极目远眺，则是一望无际连通世界的大海。

　　在海边，我遇到了它。

　　也许它看上去是那么普通，甚至还曾经成为别人诟病的绊脚石，无以为惜的垫脚石，苍苍莽莽之尘寰物。但它不是一砣纯粹的山上被黑暗包裹或只见风雨彩虹的石头，它经历过白衣苍狗的变迁，见证过祥和与屈辱，掠夺与屠杀，奋起和抗争，激越与沉寂。它是历史，是先辈，是修为旷达的逸士，是动静皆宜的尊者，是入定若禅默然自守的幽独……

　　这块石头存在的位置也不是普通的位置，它处于山与海的交汇之处，它静时坐守幸福，它动时连通世界。它背依渤海的宁静，感殊庭之气；也激越黄海的汹涌，"磅礴立四极，穿崇效苍天"；它有坚硬的背景，也有柔软的胸怀。它的位置连通着现实与梦想，它的故乡开创着今天和未来。

　　它存在的地方多好啊！金石滩！金州！

　　我喜欢这方天地，我喜欢它。它有金石之名，貌似高蹈追逐膜拜境界的殿堂，却又食人间烟火，行止于绮花与凡迹之间。

那天，我走过金石滩时，韵尤感怀，随意性地捡了一砣石头，放进我身上的电脑包里。

这块石头，就是它。

这是金秋九月，在大连海边流连时，我的一时意趣。

海，是生命的诞生地，美好的诞生地，情怀的诞生地，也是梦想的诞生地。身居内陆的我，捡一块海边的石头，努力与海亲近。

我喜欢胸怀宽广海的气度，喜欢一色蔚蓝的风景，喜欢碧水柔沙的绵软，更喜欢"长风破浪会有时，直挂云帆济沧海"的气势。

在金石滩海岸岬角，我看到了那块久负盛名如金龟伏岸的奇石——龟背石。

龟是长寿的象征，而龟背石更比龟长寿数亿年。开始时，我以为龟背石是巨龟化石。到了现场，听了导游的讲解才知，龟背石其实是石，而非化石。形成这种岩石的地方，最初很可能是泥质的，有充足的水分；后来气候变得干旱，土地皲裂了，形成许多纵横交错的缝隙；当气候再次变得湿润时，这里重新被泥土覆盖，最后慢慢演化成了形似龟壳的石头。

也有观点认为，岩石在半塑性状态下由于地震作用，产生了垂直层面的裂隙，饱含水的泥沙流向裂隙，在时间的长河中慢慢形成有格纹的岩石。

这块成型于5.4亿年前后的石头确实很有特色。不过，我觉得金石滩的每块石头都非同一般，都很有特色。于是，便在瞻仰过龟背石折返之时，在路边弯腰随意性地捡了一砣石头，留作纪念。

说真的，我尊重每一砣石头，情之所实，犹感神妙奇特。

石之为石，并非仅为一大自然物质。在人类历史跌宕起伏的发展进程中，石头为灵物，或为图腾，被讴歌、被神圣化的故事很多，关于石头的神话传说可以信手拈来。

女娲补天所用之物便为石。

《淮南子·览冥训》载："往古之时，四极废，九州裂，天不兼覆，地不周载。"因而"女娲炼五色石以补苍天，断鳌足以立四极，杀黑龙以济冀州，积芦灰以止淫水。"

《列子·汤问》中也有记载："天地亦物也。物有不足，故昔者女娲氏炼五色石以补其阙；断鳌之足以立四极。其后共工氏与颛顼争为帝，怒而触不周之山，折天柱，绝地维，故天倾西北，日月辰星就焉；地不满东南，故百川水潦归焉。"

此传说也记载于《论衡·谈天篇》《史记·三皇本纪》等众多史籍之中。

妇孺皆知"精卫填海"的故事，也与石头有关。

《山海经·北山经》曰："炎帝之少女名曰女娃。女娃游于东海，溺而不返，故为精卫，常衔西山之木石，以堙于东海。"

我国古代四大名著之《红楼梦》的故事，因石而来，且与女娲有关，故又名《石头记》：

> 原来女娲氏炼石补天之时，于大荒山无稽崖练成高经十二丈，方经二十四丈顽石三万六千五百零一块。娲皇氏只用了三万六千五百块，只单单剩了一块未用，便弃在此山青埂峰下。谁知此石自经煅炼之后，灵性已通，因见众石俱得补天，独自己无材不堪入选，遂自怨自叹，日夜悲号惭愧。

后来有一天，一僧一道远远而来，坐于此石旁边高谈阔论，既说云山雾海神仙玄幻之事，也说红尘之中的荣华富贵与儿女情长。此石听了，动了凡心，也想要到人间去享受一番，便开口恳求："二师仙形道体，定非凡品，必有补天济世之材，利物济人之德。如蒙发一点慈心，携带弟子得入红尘，在那富贵场中，温柔乡里受享几年，自当永佩洪恩，万劫不忘也。"几多相求，于是二位高人便度化其为宝玉，投胎人间，到了"昌明隆盛之邦，诗礼簪缨之族，花柳繁华地，温柔富贵乡"的石头城内荣国府中，成了一位衔玉而生的公子——贾宝玉。

贾宝玉为石所化，同为四大名著之《西游记》中，孙悟空则为石所生：

> 那座山，正当顶上，有一块仙石……盖自开辟以来，每受天真地秀，日精月华，感之既久，遂有灵通之意。
>
> 内育仙胞，一日迸裂，产一石卵，似圆球样大。因见风，化作一个石

猴，五官俱备，四肢皆全。便就学爬学走，拜了四方。

相传，为石所生者，不只孙悟空，还有大禹以及大禹的儿子启。

"大禹治水"的故事记载于《山海经·海内经》："洪水滔天，鲧窃帝之息壤以堙洪水，不待帝命。帝令祝融杀鲧于羽郊。鲧复生禹，帝乃命禹卒布土以定九州。"

在这个故事中，鲧是禹的父亲，又是禹的母亲。

《遁甲开山图》记载："古有大禹，女娲十九代孙，寿三百六十岁，入九嶷山飞去。后三千六百岁，尧理天下，洪水既甚，人民蛰溺。大禹念之，乃化生于石纽山泉。女狄暮汲水，得石子如珠，爱而吞之，有娠，十四月生子。及长，能知泉源，代父鲧陲洪水。尧知其功如古大禹知水源，乃赐号禹。"

《淮南子·修务篇》记载："禹产于石。"《太平御览》卷五十一引《随巢子》记载："禹生于石昆石，启生于石。"

《淮南子》又记载了大禹的妻子涂山氏与儿子启："禹治洪水，通轩辕山，化为熊。谓涂山氏曰：'欲饷，闻鼓声乃来。'禹跳石，误中鼓，涂山氏往，见禹方坐熊，惭而去。至嵩高山下，化为石，方生启。禹曰：'归我子！'石破北方而启生。"

涂山氏化为石头，启破石而出。孙悟空也是破石而出，二者很像。有人姑妄言之，孙悟空或许是大禹的儿子启，不然，被大禹治水之时，安放于天河底定江海浅深的定子神铁，怎么会在他索要兵器之时突然间"霞光艳艳，瑞气腾腾"，并归属认主，听其使唤，变为可大可小可长可短的如意金箍棒？

当然传说毕竟是传说，文学作品也是一种虚构与演绎。但这却否认不了古人对石之崇敬及崇拜，还有敬畏。

……

我尊重石头，却没有玩石之嗜。非但如此，我捡石头的时候也少之又少，屈指可数。

石头是个神奇的存在，你爱它，就会觉得它很美好，就会敬重它。

其实，石头就是一个历世事之变、见地老天荒的沉默的长者。它还自带着神秘的能量，凝华着时间的包浆，只是我们凡胎肉眼看不见。

记忆中，我在北京大学博雅塔下捡过石头，在巍巍青城山中捡过石头。而在大连金石滩风景区捡石头，是第三次。

北京大学谓之中国第一高校，博雅塔下的石头，看似普通，虽非"心为学府，辞同锦肆"，实则应有文化气息。它们就算是一砣砣普通的石头，但自从大地的精灵、人海的智慧在此风云聚集之后，年复一年被琅琅的书声熏染浸润，被朝气蓬勃的青春激励，感之日久，也一定会带上灵气的。

有意思的是，那一年暑假，我一位重庆友人，为了让儿子感受北京大学的校园气氛，特地带着即将高三的儿子去见了"一塔""湖""图"。在未明湖畔，因感动和钦羡，他儿子也情不自禁地在博雅塔下捡了一砣石头带回家。此后，这砣石头像文具一样陪伴着他儿子高三苦读，并最终助其考进了该校。

你不信是吧？但这是真的，相同的故事我已闻之二三。

在这之前，我游青城山，置身青树翠蔓之间，俯仰环峙诸峰，徒步云雾丹梯，欣然幽洁润心之时，也是突然兴起，在崖壁之上，捡了一砣石头回家。

青城山的石头有什么特点呢？

它也是一砣普通的石头，普通的鹅卵石。但它确实又不普通。因为鹅卵石通常存在于湖海江河之中，或者各种滩涂之上，但这砣石头却存在于山上。

是它自己跑上山的，还是谁带上山的？

是我们未能亲见的神秘力量！

因为若干万年前，四川还是一片汪洋大海，只是后来地形变迁，沧海成了桑田，原本的海底渐渐隆起，成了山地。因而青城山上便遍布光滑的鹅卵石。

青城山是道教圣地。道教认为"道"是化生万物的本原。在中华传统文化中，道教与儒学和佛教一样，占据着理论学说的主导地位。除此以外，道教还有与实践有关的修仙方法。

据说是汉留侯张良八世孙的张道陵，从小研读老子的《道德经》以及天文、地理等，博通《诗》《书》《礼》《易》《春秋》"五经"，后在青城山降妖除魔，创立道教，并传说于东汉永寿二年（156年）修道成仙于青城山。

从此，青城山便被赋予了神秘色彩。一草一木一土一石亦如斯。

有这样的一砣石头置于案前，哪怕偶尔瞄上一眼，有意或者无意，我也觉得能享群峰环绕起伏、林木葱茏叠翠之幽。心境如此，岂不快哉？纵使"物换星移几度秋",我自"闲云潭影日悠悠"。

也许你会问,一砣石头而已,有这么大的作用?

这貌似有点迷信,但我们可以换一个角度看看。

石头坚硬,是坚强的象征,石头也是万物之本。今天的科学已经证实,石头可以在时间的长河中风化为泥为沙,泥或沙亦可在时间长河中凝结成石成岩。是谓"寥落悲前事,支离笑此身。愁颜与衰鬓,明日又逢春。"这也便理解了"千锤万凿出深山,烈火焚烧若等闲。粉身碎骨全不怕,要留清白在人间"的另一层含义。

石头是泥土的骨骼,泥土是石头的温柔。泥土是石头的爱,石头是泥土的魂。泥土是前世的石头,石头是未来的泥土。

与人相比,石头十分低调,它可以成为人类的垫脚石,可以成为人类的屋舍材料,可以忍受人类的锤打凿削,却不掩其高傲的品格。

"石头城上,望天低吴楚,眼空无物。指点六朝形胜地,惟有青山如壁。蔽日旌旗,连云樯橹,白骨纷如雪。一江南北,消磨多少豪杰。"或"千寻铁锁沉江底,一片降幡出石头。人世几回伤往事,山形依旧枕寒流。"……

可见一斑。

再有,世间万物,哪样不是由石头或者石头的组分构成?石头含各种化学元素,各种化学元素产生物理化学反应生成各种物质,各种物质构建了我们生活的形色世界。

这就不难理解,"尘归尘,土归土,及尽繁华,不过一掬细沙;天上天,人上人,待结硕果,已是满脸皱……"

亦无可否认,人活的就是气场,就是能量场。

人之为人形,那是我们惯常视野中的存在。但是往小里看,人体都是由一个个分子原子构成的。再往小里看,小到不可分割的时候,便是由一个个量子组成的。量子是什么?量子就是能量子,就是能量。一堆量子待在一起的场所,当然就是能量场,就是气场。

人如斯,世间万物孰不若斯?

也就是说,世间万物都是由量子组成的,因而世间万物其实都是能量场,世间万物都是一个个气场。关于此,是没有本质区别的。区别只在于这一堆一堆聚集在一起的量子能量的大与小、数量的多与少以及量子之间的相互组合与影响。

老子之"道"，视宇宙本体、万物规律，为超越时空之神秘存在。而老庄的神秘主义，又视得道成仙思想为道教的核心信仰。虽然这世间是否有谁真的因此得道，因此成仙，无人亲眼得见，故不足置信，但是老子、庄子提出的清静无为、见素抱朴、坐忘守一等养生思想，还是有一定道理的。

说白了，这个理论就是顺应自然，尊崇自然。

当然，石头仅为石头，它不可能能量大到能保佑你遂愿的程度，毕竟现实生活中谁也没有见过孙悟空。但是，这也至少有一种心理暗示。而且与石头对望，石头对自己的激励作用也一定是有的，无论大小。

关于气场，有人给出了这样的解释：气场是对人体所散发的隐形能量的描述，它反映人所能把握到的自然规律的多少。因而，人越顺应自然规律，气场就越大；越背离自然规律，气场就越小。自然规律正好与人的身体和心理活动的规律是一致的。

诚然！

人若爱石，当与石有至缘。我与原存在于大连金普新区金石滩的这块石头就互为幸运。

我有幸遇到了在野外生存了千万年甚至上亿年、数亿年的它，它有幸从荒僻原始中一路走来，还跟我同坐上了轿车、飞机、地铁、公交等现代交通工具，来到了成都，来到了我的书房兼卧室的居所，被我放在了书桌之上，成为尊贵的座上宾客。读书或者写作疲惫之时，我便与之对望，相互打量，彼此微笑。

热爱，便会让你情不自禁地去寻找理由。写到这里时，我蓦然发现，这块像小汽车形状的鹅卵石，其实翻过来，则像一个金元宝。

金元宝来自金石滩，情理之中啊！

我为自己这个发现而欣然。

金石，金和美石之属。金石是什么？是宇宙天赋，是大地精华。《大戴礼记·劝学》曰："故天子藏珠玉，诸侯藏金石，大夫畜犬马，百姓藏布帛。"

金石滩，理应是地理构造中的"诸侯"，也难怪金石滩所属，古之为金州，又亦名金县，今仍为金州，或名为金普。

《尚书·洪范》释："金曰从革"。"从"，由也；"革"变革。从革，即说明金是通过变革而产生的，自然界现成的金极少，绝大多数是经过冶炼而成的。"革"，令砂变金。

再一看，这一砣石头岂止是金元宝的形状？它更像一只出海扬帆的缩微版大船。

像船，尤其像大船，这就对了。

因为这与它原本存在的区位有着无形之中的暗合。

大连三面环海一面靠山，因港而生，因港而富，因港而名晓天下，因港而生机勃发。

石是大自然的基础，也是大地的风骨，"大夫有石材，庶人有石承"。有石，才有正阳即出的朝霞，有灿烂人生的彼岸。

如果世间之物皆由能量组成，我坚信能量之间应该是能相互激荡的。石头是静物，其实也是动物。亦如曹雪芹诗"爱此一拳石，玲珑出自然。溯源应太古，堕世又何年？有志归完璞，无才去补天。不求邀众赏，潇洒做顽仙"。

难怪大才子苏东坡对石尊敬有加，且在家中供着不少怪石。"故夫天机之动，忽焉而成，而人真以为巧也。"

苏东坡所供之石为"黄州石"，南宋杜绾《云林石谱》云："黄州江岸与武昌赤壁相对，江水中有石，五色斑斓，光润莹彻，纹如刷丝。其质或成诸物像，率皆细碎。顷因东坡先生以饼饵易于小儿，得大小百余枚，作《怪石供》，以遗佛印，后遂为士大夫所采玩。"

对，苏东坡开了世人玩石之先。

宋代大画家米芾也有拜石之好。

关于米芾拜石的记载，叶梦得的《石林燕语》中有这样一段描述："知无为军，初入川廨，见立石颇奇，喜曰：'此足以当吾拜。'遂命左右取袍笏拜之，每呼曰：'石丈。'言事者闻而论之，朝廷亦传以为笑。"此事亦载于宋费衮《梁溪漫志（六）》、《米元章拜石》、《宋史本传》等史籍。

苏东坡所供之石，"与玉无辨，多红黄白色，其文如人指上螺，精明可爱"，可谓特点显著。米芾所拜之石，也实"颇奇"，故见之大喜。后来者所玩之石，也都形制殊异。

但我所捡之石，乃为熙熙众石中普通一块，既无玲珑之貌，也无金玉之质，我捡的就是缘分，就是心情，就是热爱。

"偶来松树下，高枕石头眠。山中无历日，寒尽不知年。"

与石对望，能令人淡看人世，一如太上隐者。

或能禅定道品，无漏诸善，知悉敬畏，感染风骨。

与石对望，也是身居高楼跟大地情牵，去却虚妄，感大地之恩。

因为戴天履地，我不能忘乎所以。

（原载《北京文学》2021年第12期）

船 娘

◎苏沧桑

"早春花时,舟从梅树下入,弥漫如雪。"

西溪如一个透明的结界,由水、空气、绿意构成。前往西溪,像前往另一个人间。

我一直在等一场雪。我曾与船娘虹美相约,乘她的摇橹船看雪落,梅开,吃火锅,喝酒。

普鲁斯特说,生命只是一连串孤立的片刻,靠着回忆和幻想,许多意义浮现了,然后消失,消失之后又浮现。此刻,雪停了,炭火的吱吱声、雪压梅枝的吱吱声,高低错落,水上的往事一一浮现。

酒酣的两个同龄女子坠入了时空深处,水天一色,人舟一体,"我"是沧桑,"我"亦是船娘,抑或是千百年来湮没在湖光山色里的她,他,还有它。西溪静默,"我"开口说话。

一、酒窝囡囡

谁也不知道,船是什么时候漂走的。

一万道阳光盛满我左脸颊的酒窝,一万道油菜花的光芒盛满我右脸颊的酒窝,两万道金光结成一个梦魇,将九岁的我罩住,只留下耳蜗里的一些声音。

鱼跃。

枯叶碎裂。

白鹭惊起,芦苇被它蹬弯了腰,低声叫。

渔网撒在水面上。

船过的欸乃声。

捣衣声。

越剧。

老人轻轻咽下最后一口气。

太阳炉火般轰鸣。

每一个梦的拐弯处，都藏着一声声清脆的鸟鸣，娘声嘶力竭的呼喊被挡在梦的外面：

虹——美！虹——美！你在哪里啊？

"松木场入古荡，溪流浅狭，不容巨舟，自古荡以西，并称西溪。"与西湖一山之隔的西溪，是"芦锥几顷界为田，一曲溪流一曲烟"的江南水乡。城中湿地，自古和西湖、西泠并称"三西"。明清时，以十里香溪、百家庵堂、明月兼霞著称于世，与灵峰、孤山并称杭州三大赏梅胜地，也是无数文人墨客和达官贵人隐居的世外桃源，留下过苏轼、秦观、唐寅、张岱、顾若璞、李渔、厉鹗、洪升、钱谦益、柳如是、康有为、郁达夫等无数名士的足迹和传奇。

深潭口，古往今来赛龙舟的地方，也是我祖祖辈辈的家。早春直至霜降，每天凌晨三四点，娘就把我们三姐妹喊起来，摇着小船从深潭口出发，去武林门或笕桥割草喂鱼喂羊。小船穿破曙色，穿过一座座拱桥，一个个芦苇荡，由古荡至松木场，停泊在京杭大运河北大桥。

娘静静摇着橹。橹在水里搅起一轮轮鱼尾形的波光，倒映在娘的脸上，如掠过一片一片羽毛。摇船的娘，比山山水水还要好看。

九岁的我坐在船头，将右手垂到水面。"溪鸟吾前身，溪花吾故人。"我用指尖轻轻弹拨着一轮轮波光，一一问候我的"前身"和"故人"。

先问候水花生、水葫芦、金铃花、梭鱼草、空心莲子草，还有香入肺腑的白姜花。岸边匍匐着一丛丛湿漉漉的蕨类，卷曲的、毛茸茸的芽上，露珠一明一暗眨着眼。

我也眨眨眼，一睁一闭间，就会看到无数双黑亮的眼睛，"嗖"的一下亮起，又"嗖"的一下全都藏进绿色深处。我跟妹妹说，那是西溪精灵们的眼睛。妹妹不信。

船出了深潭口，我问候了宋高宗赵构。南渡时，他见西溪"其地灵厚，欲都之，后得凤凰山，乃云'西溪且留下'"。这一留，就留了一千年。

船过杨圩时，我问候了宋代曾权倾朝野的杨统制。他"功成名遂身退"，说服兄弟一起在西溪各置一圩之产，晴耕雨读，直至九代同堂。

明清易代，导致了众多隐士隐居西溪。船过秋雪庵，我问候了第一个将西溪比作"桃花源"并题写"秋雪庵"的明代隐士吴本泰。明亡后，七十余岁的吴本泰卜居西溪蒹葭深处，"性淡泊，无嗜好，绳床棐几，朝齑暮盐"。秋雪庵附近有一个庄园叫泊庵，是明代三个邹姓兄弟建造的，他们耕读艇钓，最喜欢在梅树下置放蒲团，吟诗作画。

船过以梅花闻名的安乐山，我问候了明末清初"西溪二隐"孙蔗田和包太白。两个才华横溢、喜好吟咏的钱塘（杭州）人，常结伴登山临水，选胜探幽，著有《采薇子》和《蔗田集》。

船过一座古桥，小伙伴们玩倒栽葱跳水的地方，我问候了两位同名同龄的本地人"西溪两晴川"——经学家孙晴川和家有藏书楼的沈晴川。两家一河之隔、一桥相连，志趣相同，家朋常聚，著成《南漳子》，详细记载了西溪的一切，一个写书一个作序，人称"河渚陆地仙"。

清末太平军攻占杭州时，家有万卷藏书的丁氏兄弟携书避居西溪，为抢救《四库全书》呕心沥血。父母过世后，兄弟俩索性舍弃红尘，在西溪停放父母灵柩的家祠盖了一座风木庵，布衣草履，终于此庵。

……

这些人，这些事，都是精瘦精瘦的单爷爷告诉我的。单爷爷摇着橹，晃着看上去很轻的脑袋，说，虹美啊，这些人，这些花啊草啊鱼啊鸟啊，都是咱们的先人。你在心里时时念着，你的先人就不会死，西溪就不会死。

那时候，我不知道，他说的"你"是泛指。我当真了。

可是，那么多先人，哪一个是我们吴家的祖先呢？反正搞不清，就全都问候一遍吧。反正这里的山、这里的水、这里所有的一切，我都觉得亲。

娘一下一下摇着橹，橹是不是也在问候一个个祖先？娘用橹问候着祖先们，用橹延续着祖祖辈辈的生计，延续着早已注入一代代西溪人基因的深居淡泊、与世无争。

北大桥到了。晨曦中，排成一串的进香老太太们每人背着一个黄香袋，叽叽喳喳穿过油菜花田，前往一个个庙宇——她们的渡心之船。娘带着姐姐妹妹上岸割草，让我看船。

"君家何处住，妾住在横塘。停船暂借问，或恐是同乡。"

一位面目模糊的白衣少年，站在一条小船上迎面而来，船与船擦肩而过时，我脱口而出：

哥哥，把船停一停好吗？你家在何方？我家住在西溪深潭口，听你口音，我们是同乡呢！

一千年前《长干行》里摇船的女孩，一定像我——壮敦敦的小身板，黄喇喇的羊角辫，圆圆的脸，大大的黑眼仁，一笑两个酒窝，那么傻，那么天真。

可是，少年是谁？为什么他的面目如此模糊？虹——美！虹——美！你个囡囡啊，吓杀我哉！

阳光刺痛了我猛然睁开的眼，一张大脸盘正对着我的鼻尖——娘泪水汗水横流、红彤彤、怒气冲冲的大脸盘。

起得太早，太困了，我躺在小船上睡着了，谁知船绳没有系好，小船随着微波沿着古运河，从北大桥一直漂到了武林门码头。娘急死了，一路狂奔一路呼喊，一路打听一路找，终于看到自家的小船，在两块油菜花地间的水面上打转转。

我说，娘不怕，我要是掉水里，闭着眼睛都淹不死，要是迷路了，闭着眼睛都能把船划回家！

二、龙舟伢儿

造物深藏着一个个伏笔。当小船载着我一次次从他家门前的河埠头经过时，我从未想过，那个低头默默刻着龙舟的少年，会是和我风雨同舟一生一世的那个人。

"桥门印水，幻圆影如月，舟行入月中矣。"

船走在开满紫色水浮莲花的水巷里，穿过一座又一座拱桥，仿佛从一个开满鲜花的月亮到另一个开满鲜花的月亮。月亮脚下窝着一座老屋，老屋门前的水波里，一个少年默默刻着龙舟的倒影，总让我想起西溪传说里的一个少年。

西溪是佛教圣地，明清时有曲水庵、秋雪庵、云溪庵等一百四十多座寺庙。传说清光绪年间，东天目山昭明寺的年轻居士惠仁奉方丈之命到西溪代为探望老友，遇见了一位在云溪庵竹林深处吹笛的素衣少女，一见如故。每日午后，两人一个在船上，一个在竹林，隔水相望，聊天，吹笛，听笛，整整四十一天。令惠仁不解的是，素衣少女的笛声依旧，话一天比一天少，话音一天比一天弱。

第四十二天，素衣少女再也没有出现。惠仁苦苦等待，等来了一个噩耗：少女早已身患重疾，家人送她来云溪庵静养，希望有奇迹发生，无奈红颜薄命。临终前，她对家人说，原以为就这样走了，却遇到了惠仁，给了我两个月最美的时光。

为了纪念她，惠仁打造了一口铜钟，送到了云溪庵。如今庵堂不在，据说有人在昭明寺里发现了一口古钟，静静悬挂于寺院正殿，夏日阳光透过枝叶洒在古钟上，散发着金色光芒。

我的惠仁是谁？在哪里？有一天，我会离开西溪远嫁他乡吗？

老屋河埠头前的那个少年，瘦瘦的，不高不矮，白白净净，他总是低着头，默默刻着龙舟上的部件，有时是龙尾，有时是龙头。村里人说，沈家的独生子玉法特别老实，不爱说话，要是他主动理你，太阳就从西边出来了。

他侧身刨着木头，刨花卷起来，替他说话。

他刻过的龙舟、花板，做过的八仙桌、藤椅、木桨、橹替他说话。

摆在西湖二码头展示的龙舟也经过他的手，也替他说话。

龙舟会上，他坐在最漂亮的龙舟上，使出全身力气敲锣打鼓，鼓点锣声替他说话。

都替他说好话。

媒人把十九岁的玉法带到十七岁的我面前，说，这小伙子一点儿都不像咱农村人，特别有涵养，到人家家里做木匠，有烟酒招待，他不吃不拿，不打牌，就只会干活。

他仍然不说话，干净的眉眼、指甲，指肚上厚厚的老茧替他说话，我听进去了。

从此，他天天来，一声不响地坐着，看见有什么活，就上前默默帮着干，不卑不亢，不管做什么事，好像心里早就打定主意。多年后，他说他早就看上了我——斗笠下油菜籽那么黑亮的短发，一笑，映山红那么红的嘴唇，河蚌里壳那么白的牙，旋涡那么圆的酒窝，蜜蜂那么纤巧又壮实的身材，脏得分不清颜色的粗布衣裳，天天摇着船从他家河埠头经过，那么好看，那么勤快，那么……通情达理。

好看吗？单爷爷说过，张岱的《夜航船》里说天上有一颗小星星叫"始影"，女人在夏至夜祭拜它，会变得美丽。与它并排的一颗星叫"琯朗"，男人在冬至夜祭拜它，会变得智慧。我问他是哪颗星，我也要拜拜。他看看天，摇摇头，说他也不知道。过了一会儿他说，勤快的女子就是美的。

勤快倒是真的，村里人家里人都这么说我。有田要种，有猪羊鸡鸭鱼蚕要养，要没完没了地去割草喂它们，最远的，是走路一两个小时到桃源岭，翻过山到灵隐白乐桥的茶地割草，再挑着草翻过山回到家。半夜骑着三轮车，拖着鸡鸭鱼肉去菜场早市卖。

我问他怎么看得出我通情达理呢？他低头说不知道，就是感觉。

那一夜，二十岁的满是老茧的手，握住了十八岁的满是老茧的手，结着一层层硬痂的两只掌心贴在了一起，摩挲着，像小舟贴着西溪水走，无比熨帖。

眼前闪过无数双西溪精灵的眼睛，它们都弯成了月牙形，在笑，在祝福我。

我对它们说，这下好了，我不会离开西溪了。

谁能料到呢，多年以后，我会食言，会背井离乡，深潭口会成为最痛的伤口。

三、雪霁

雪后的西溪，冷，幽，野，是一年里最宁静的时分。

玉法踩着积雪咯吱咯吱走到船坞，将他的船划出来，停到摇橹船码头，又踩着积雪咯吱咯吱走回船坞，将我的船划出来，也停到码头。

有时候他等我，有时候让我在家歇着，他顾着两条船。

天冷没有客人时，船夫船娘们聚在码头上聊国家大事、讲八卦笑话，黄段子也讲，一点都不难为情。大家基本上是原来同村的，关系好，说说笑笑，便不觉得累，没生意时也不会太心焦。

我们常把船划到芦苇荡深处吃午饭，用力把橹插进淤泥，让船停住，把保温桶摆到茶几上，我每天早晨五点多起来做的米饭和一荤一素两个炒菜，再从船篷和船梁的夹缝间取下饭勺。我把豆壳菜梗虾壳等食物残渣直接扔进水里，看鱼儿虾儿跳起来抢，像回到小时候。吃好饭，橹拔上来，能撸下一大把螺蛳，有时船走着走着，鱼自己会跳上船，抓了养在桶里，带回家吃。

回到家一有空，玉法做木工，我打毛线。

楼道下的杂物间里，堆满公婆从西溪带出来的农具，还有玉法做木工的工具，摆得整整齐齐，谁也不许动。家里的八仙桌、角几都是他纯手工做的。前几天他照着从文澜阁拍回来的照片，花了七天时间做了一张特别漂亮的角几，只用榫卯不用钉子，雕着四条小龙和朵朵祥云，说准备给当警察的大儿子结婚用，还要给正在读大学医科的小儿子也做一张。

他不会甜言蜜语，我穿新衣服给他看等于白看，从来不说好不好。冬天生意淡，他就说你不用划船了，去买几件新衣服穿穿吧。我给他买，他不要，说儿子穿剩下来的衣服鞋子够他穿了。

我上班自行车骑不动，他带我。我脚扭了，他每天背我爬六楼。

偶尔吵架了，船从对面过来，我不理他。一到家，他就主动问，今天做饭了没有啊？做的什么好吃的啊？

两人同一个工种，更知冷知热，也更默契。比如节假日太累了，我们一到家就闷头吃饭，倒头就睡，谁也不说话。

夕阳西下时，西溪逆光里的芦苇特别美。当船娘很苦，也很快乐，看看风景，和客人聊聊天，烦恼就忘了。如果身体吃得消，我想一直划下去。以前是为挣钱，现在是挣开心。别人健身要花钱，我又看风景又健身还有钱挣。况且，现在划船的年轻人越来越少了，西湖船娘越来越少，西溪也只有五个船娘了，可能是最后一代船娘了。

曾经有一位湖南客人问我，你知道小说《边城》吗？

我说不知道。

他说，沈从文描写的"优美，健康，自然，而又不悖乎人性的人生形式"，就是你这个样子的。看起来你的行当很古老，可你走在大多数人前面了。你真幸福。

我说，我也觉得很幸福。咱俩换换，你愿意吗？

他有点愕然，想了想，说，呵呵呵，呵呵呵。

我说，我也不愿意。

沧桑，你冷吗？来，再喝口酒吧。西溪的冬天特别冷，游人都冻跑了。古人比我们风雅，一下雪就提着竹筐上船，一只放满酒菜、干粮、零食、水果，另一只放上被褥、枕头、靠垫。他们随风飘荡在开满梅花的十里西溪，有时候一天一夜，有时候十几天不归。

他们经过的每一条河道、每一个小岛、每一座亭子，都不一样了。西溪不一样了，世道人心也不一样了。

可我觉得，有的东西，它永远不会变。

像一场梦。

像一席梦话。

二〇二〇年小满，我在西溪的鸟鸣声中醒来。东边初阳已升，西边圆月已淡，日月如苍天两只温柔的眼睛俯瞰着人间。西溪千百个湖塘，如千百只清亮的眼睛齐齐睁开，与苍天两只眼睛温柔对视。想起《三体》大结局，刘慈欣送给两位主人公一个小宇宙，水珠般飘浮在正在坍缩的宇宙中。在那个透明的结界里，他们过着古人般诗意的田园生活，延续着人类最后的文明。

西溪如一个透明的结界。船娘微微弯曲着背，轻轻摇着橹，穿过晨雾和晨雾般浓稠的时光，驶向湖的更阔远处。她的生命形态古老、柔韧、恣意、隐忍，美如雨中匍匐的蕨类。

（原载《十月》2021年第3期）

只此一家王世襄

◎黄永玉

初到北京

王世襄是一本又厚又老的大书，还没翻完你就老了。我根本谈不上了解他。他是座富矿，我的锄头太小了，加上时间短促，一切都来不及。

那时候大家都在同一性质的生活里行色匆匆。

我初来北京，近三十的人还那么天真烂漫。上完课没事的时候，常到《人民日报》、《文艺报》、文联、中宣部、外交部、人民文学出版社、外文局、《世界文学》，去找以前的熟人：抗战十四年，福建、江西、广东以及抗战胜利后的上海、香港的老熟人。那些人也高兴，不嫌我突然的到来给他们带来纷扰。

熟人说："人家上班，你去聊天，让他对公家不好交代。"我说："有这番讲究的老熟人，我怎么会去自讨无趣？"（以后的日子，这类熟人倒是真没碰到过。）

或许好多老朋友都知道我在北京，想见我还找不到门牌咧！起码大家都了解我是个专心刻木刻的人，使用"时间"比较专一。家庭玩意儿也多，总想着平平安安过日子。

有朝一日告别世界的时候我会说两个满意：一、我有很多好心肠的朋友。二、自己是个勤奋的人。

五十年代初，苗子、郁风原住在西观音寺栖凤楼，跟盛家伦、吴祖光、戴浩他们一起，好大一块上上下下的地方。后来搬了，搬到跟我们住的大雅宝胡同不远的芳嘉园。张光宇先生原是中央美术学院工艺美术系的教授，住在煤渣胡同美院的教职员宿舍里，也跟着苗子郁风兄嫂一齐搬到芳嘉园去。

从此以后我常去芳嘉园拜见光宇先生。光宇先生住西厢房，北屋是一位在故宫工作的王世襄居住。这三边屋都有走廊连着，北和西的拐角又加盖了一栋带瓦的玻璃房,是王世襄买了一座古代大菩萨进不了屋,安排大菩萨在这里。这动作不是很容易学的。

张光宇先生买来本新画册,法国、英国或美国出版的,非洲人的实况记录,很大很厚印刷精美至极的名贵东西。那天我上先生家,张先生特地从柜子里取出来给我看,我慎重地进洗手间洗了手,毛巾仔细擦干。画册放在桌子上,我端正了位置,屏住呼吸,一页一页地欣赏起来。全部黑白单色,摄影家技术讲究,皮肤上的毛孔都看得见。我一辈子难以以这种方式,以一本摄影集的方式认识伟大的非洲,非洲的老百姓,非洲的希望。最后一页的心情,像是从教堂出来,忍不住站了起来致谢。

"你看看人家的脑子,人家的手,人家的角度……"张先生说。

"太了不起了。先生哪个书店买的?我也想去买一本。"我问。

"外文书店给我送来的。就这么一本。你犯不上再买一本。让张三李四不懂事的人随便乱翻,糟蹋啦。也贵,近两百块钱(一九五四、一九五五年的行情),想看,到我这里来看就是。"

我笑起来:"价钱真是把我吓一跳。从文化价值讲,区区两百块钱算什么?我要有钱,买十本送好朋友,让大家开阔眼光。我带的这包家乡野山茶,泡出来一杯绿,满口春天味道。先生和师母不妨一试。"

先生说:"她上朝阳市场买菜去了,回来我就叫她泡。"

"那边茶具电炉的桌子上什么都有,我来吧!不用等师母回来!"过去一下就安顿好了,只等水开。

这时候西屋走廊进来一个大个子,土头土脑不说话,把手里捏着的一本蓝色封面线装书交给光宇先生:"刚弄好的,你看看!"张先生瞄瞄封面,顺手放在桌上:"好,下午我找时间看。谢谢!"

书就这样放在桌上,就在我眼前,我顺手取过来看看:《髹饰录》,还没看清,那人从我手上一把抽了过去,抽过去你猜怎么样?从容地放回桌上昂然而去。

咦唏!那意思照我们凤凰人揣摩:"你狗日的不配看我的书!"

趁他回走转身的时候,顺手拿一样硬东西照他后脑来一下是讲得过去的。又想这是在光宇先生清雅的客厅里,又是共产党领导的新社会。我傻了一阵,醒过来水开了,想到泡茶,我什么动作也没做,想也不再想。泡好两杯绿悠悠的茶喝将起来。

"这茶真像你讲的,她买菜回来会喜欢死了。"张先生说。张先生好像没注意到刚才发生过的事。

"要是明年弄得到,再给你送来。"我说。

过了相当长的一段时候,记不清楚和谁去拜望光宇先生,屋里已坐了一些人,还有那位上次失礼的人也在;看见我,马上起身转走廊走了。怎么回事啊?我们以前认识吗?结过怨吗?

转来了

手里捏着本那天同样的书:

"失礼之至!对不住!我王世襄,你黄永玉!请欣赏《髹饰录》,请欣赏。"

没有想到阴云闪电过后的晴天来得这么快。他就是王世襄!好家伙!从此之后我们就经常来往了。

我在好多文章里都提到,我的朋友——"厮辈均介于兄叔之间,凡此均以兄呼之可矣"的一种特殊状态。他兴趣广泛,身体健硕,不少同龄老朋友不大跟得上了。身怀多般绝技的他,显得有点像杰克·伦敦笔下那只孤狼"巴克",只好在原野作一种长长的孤嚎了。

对我,他一定听错了点什么,真以为我是个什么玩家。我其实只是个画画、刻木刻的,平日工作注意一点小结构,小特性,养些小东西而已;我是碰到什么养什么,蛇呀,蜥蜴呀,猫头鹰呀,小鹿呀!没什么体统。

他不同,他研究什么就有一定的专注,一定的深度。务必梳理出根芽才松手。生活跟学问方面,既有深度也有广度,并带着一副清醒严肃人格的头脑。

他说:"你打猎。我读燕京的时候,好多洋教授也牵洋狗打猎,在河上搭铁桥打野鸭,行事认真,局面单调,十分局限不好玩。我养狗,闷獾子,不打猎,不玩枪。先讲养狗。北京城不少人家都养狗。到春天生小狗的时候,我便骑辆单车四城瞎逛。一星期逛一次。逛这么一个把月。全城哪户哪家出生小狗大致都摸清楚了。便挑选有好小狗人家,派家里几个杂工,分别在有好小狗的人家隔壁租间小屋住定，天天坐在门口跟小狗套近乎，喂点好吃东西，乘其主人不注意时一把撸了过来，装进口袋骑车回家。

这就等于是全北京千家万户为你培养优生小狗。这三四只小狗再一次精选，选剩的送朋友，不会有一个不多谢的。

养这种大壮狗只有三个用处：一、看门。二、逛庙会。三、闷獾子。北京家里有狗人家，都牵来庙会"显摆"。到那时候，谁还有多余的眼神看别的狗？驴般大的黄狗脖子上套的是当年王爷宝石带滚珠的狗链。我们要的就是这么一番精彩光景。正所谓：图一时之快。玩，就是玩的全套过程，探、偷、养、逛的快乐。唉！那时候年轻，有的是时间，你看耗费了多少宝贵光阴。

我完全同意他这个看法：人但凡玩东西，往往只注意结果而忘记过程。人间的快乐往往跟过程一起计算的，甚至是主要部分。比如打高尔夫，花这么多钱入会，难道仅仅是为了把一粒小圆球打进老远的那个小洞去？太阳之下来来回回自软草上下小小走动实际上比那粒破小球进洞重要得多。

一个人喝闷酒没意思，怎么也不如一桌子朋友猜拳闹酒好玩。好玩在哪里？在那个可贵的胡闹胡说的过程中。跟别的玩意儿不同的一种特殊老小不分的场合。第二天醒来，各奔东西，什么也不曾发生。

他说，他听说我常到近郊打猎。他说他不搞这洋玩意儿，只"闷獾"。

闷獾子

很花时间。往往是凑巧碰见坡上的獾子洞，那就好了！乡下有人报信，某处某处有獾子洞，那就更好。于是约上七八个朋友，带上足够的网子和干辣椒闷獾子去。

獾子窝，一般说来曲曲折折起码有四五个出入口，留一个洞点火扇扇子燃辣椒之外，其余洞口都要有人把守，留神用网子罩住洞口逮住獾子。

獾子公母或是鳏寡孤独的獾老汉獾老娘。

辣椒一熏就窜出来。

这类活动自己也忙，满身臭汗，累得像个孙子，还让辣椒熏得自己气都喘不过来。捕得了固然高兴，往往是空手而回。这特别练人的耐心。

獾子肉可口，獾油治烫伤，特别一提的是那张獾毯子。野物窝最讲究的是獾子窝。它们每天都要坐在地面，后腿跷起，前腿往前拖动，让屁股来回摩擦地面，老老小小一家都这么干，让居庭之处清洁无瑕。所以说，獾的屁股都光溜溜的，全家的屁股毛都粘在獾的居室里，年深日久，变成一张毯子。当年东四牌楼隆福寺门外街上，常见农村大车上顺便卖这个的。买回家用城里眼光手脚增彩、好好打扮，是种相当稀罕有意思的手工艺品。

他说：年轻的时候我也"驾鹰"，上山追兔子、野鸽子，我不敢动洋东西。（写到这里我心里也不好过！我不懂"闷獾子"。我打过山羊，兔子，大雁，它们都有家，有伴侣。把残忍行为不当一回事。世界是大家的，人老了才明白这道理，唉！）

（这里要说清个事。世襄兄事后补送的书是《髹饰录》，不是以后多少年正式出版的《髹饰录解说》。记得我当时拿回家后翻了又翻看不懂，只觉得里里外外全部手工装订令人尊敬感动，"文化大革命"抄没了。）

让你玩儿个三天

芳嘉园离大雅宝胡同近，他有时候拿一个明代竹根癞蛤蟆给我看，生动精彩之处是伸得很长的那只后脚！

"明朝的，让你玩儿三天！"

又一次拿来半片发黄的竹节：

"玩儿三天！明朝的。"

上头什么都没有，半点儿好玩之处都没有，看都不想看，赶紧收起来，以便三天后妥妥当当还给他。

阿姨见了，和我开玩笑说："你不看好，我真不小心把它劈了当柴烧。"

我在隆福寺近东四那条小街地摊上买了只"腊嘴"回来，卖鸟的还奉送一粒小骨头珠子。你只要松开腊嘴颈圈，手指头把珠子往上一弹，腊嘴马上腾空而起衔回来，放回你手掌心。

我叫来院子所有的孩子看我的表演。

我手捏横杆，腊嘴站在横杆上，我松开颈圈，让腊嘴看着我手指上的小圆珠子，就那么一弹，腊嘴果然腾空而起，咬住小圆珠子飞走了。

我问孩子们："你们看见它飞到哪里去了？"

孩子们齐声回答："不知道！"

遇到世襄兄告诉他这件事。

"当然，要不然这么便宜八角钱卖给你？这辈子他吃什么？养这类飞的，不管大小，它只听一个人的话。它会含着小珠子飞回家去了。过几天你再上隆福寺小街买腊嘴，说不定还是你买过的原来那只……"

我偶然兴趣来这么一两下，谈不上有资格跟他促膝论道，更不想提鹰鹞和鸽子见识。这方面既无知且无能耐，勉强算一个边缘趣味者而已。

我跟他相识之后，总是会少离多。长时间的分别，心里的挂念仰慕是难免的。他为人磊落精密，在命运过程总能化险为夷。在故宫漫长的工作时期，"三反""五反"运动中，他是个被看准的运动目标。他怎么摆脱掉这个可怕的干系呢？在故宫管的是文物，家中收藏的也是文物，令我想起四川往日民间老头玩笑屙尿诗：

"年老力气衰，屙尿打湿鞋，
心想屙远点，越屙越近来。"

运动一天紧逼一天，好心同事为他心跳，也有幸灾乐祸的人等着看抓人热闹。他也慌，也乱。眼前正像那个屙尿老头越屙越近来的紧逼阵势。他想起柜子里锁着的那一大沓贴有印花的发票。拿出来一张发票对一件实物看看能不能救得出自己。想不到百分百的准确，最后得到个"无罪"的判决结果。

我没想到住西观音寺栖凤楼苗子老兄们成右派的同时，芳嘉园的王世襄也一齐应了卯。苗子兄做右派之后有声有色热闹得很；世襄兄只静悄悄地浸泡其中，无声无息。就这样多少年过去了。

倒霉和开心也是身外之物

以后的日子各家各人的变化都很大。苗子去东北几年，我有个时候去看看郁风。记得第一次收到苗子寄来的明信片，苗子在上面写着"大家背着包袱，登高一望，啊！好一片北国风光……"郁风捏着明信片大笑说："你看他还有这种心情：好一片北国风光！哈哈哈……"这老大姐忘了自己捏着的断肠明信片，自己还笑得出……唉！她一生的宽坦，世间少有！

这时期，我没遇到过世襄兄，也没见到过荃猷大嫂。

又过了多少多少年，苗子从东北回来了。一身褴褛，我们高兴，相拥痛哭。

这日子里，我常在芳嘉园走动，给一把宜兴大茶壶做一个扭结的葡萄提梁；做一对铜镇尺，硫酸腐蚀成凸字长联，用的是昆明滇池孙冉翁的大作。我每一动作他都欣赏。这让我工作得很起劲。

人说黄裳，叶灵凤，黄苗子三位书多人，人向他们借书最难。我说不然，三位对我恰是非常大方。感谢他们长年累月的信任。借书给人是一种豪爽的鼓舞。

我开始对苗子宣讲今后的工作计划，重新刻一套精细的《水浒传》人物，包括武大郎，潘金莲，西门庆，王婆，蔡京……不是写意，是绣像，比陈老莲的水浒页子还细。

苗子说："好，宋朝方面我做过不少笔记卡片，你拿去抄一抄，可能有用，你来不及的时候，我还能帮你看书，找材料，你这番工程很重，对历史文化会有点用处，要我的时候你尽管说……"

借来的卡片认真抄了，也恭敬地奉还了，多谢了，木刻板两百块也备齐了，自己也学着读一些宋人史料。后来木板给人搬光，卡片也散落在造反派办公室地上，问案的时候我亲眼看见被人踩来踩去。

以后老了，木刻刻不动了，只好画一本简笔的水浒人物。

我这种在江湖长大的人不容气馁，怄气的事从不过夜！人常说财物和名气是身外之物；他不明白，倒霉和开心也是身外之物，都得看开点才好。

世襄兄身边玩的很多东西我都不懂，觉得很费力气。比如养鸽子，玩葫芦，玩鸽哨，玩那些会叫的小虫，甚至出数本专著，精到十分。我只是佩服，却是没有勇气相随。

有天他带我参观满房子的老家具，这个那个，那个这个，他耐心介绍，我混沌地跟着，直到他说到地震的时候，他指着那张黑色大柜子："我晚上就睡在里头！"这才让我重新振奋起精神来。家具方面，我是个绝对不可教的孺子。

仿佛他还给我欣赏过真的可以杀人的薄刃大关刀，还有闪寒光的铁盔甲……

过后我们又是多少年没有相见。大局面已经开始,我顽劣天分一直改不过来,蹲空子出来到东单菜市场买了条大鱼公然提着上芳嘉园找苗子夫妇,没想到人都不在,只见到光宇先生的太太张师母紧张:

"嗯呀!侬还敢提条鱼来,伊拉让人捉去了,侬快走快走!"

我问:"那冬冬呢?"

"在我屋里厢,侬弗要管,侬快走!"张师母说。

我明白,苗子夫妇吃官司去了。

我有病,叫作传染性肝炎,单独住一间小屋,有时候要上协和挂号看病。太平年月,白白一本医疗证没什么大用处,到这时候,三本都不够用。

又是多少年过去了,想起那时候用说谎来对付荒诞,是需要点勇气的。

一大盘油焖葱

朋友们又团圆了。

王世襄对朋友们发了个通知,他有许多发还给他的文物,不要了,摆在芳嘉园院子里,每三天换一次,共九天,朋友们有兴趣随便来拿。那几天热闹得很,取走的大多是陶瓷器,还有些拉杂小玩物,我想不起来。

我那时住在火车站苏州胡同一个小拐弯胡同叫作罐儿胡同,离许麟庐兄的住处很近,几家人见面商议春节一家拿一个菜,在许家聚一聚。

到时候,每家都拿来一两个菜,只见王世襄进门提了一捆约莫十斤大葱,也不跟大家招呼,直奔厨房,我轻步跟随看个究竟。

只见他把大葱洗干净之后,甩干,只留葱白,每根葱白切成三段,好大一盆。热了锅子,下油。他穿的是唐装,左上衣荷包掏出包东西撒向锅里,不一会儿又从右口袋荷包掏出东西放进锅,浓烟香味冒起,左裤袋里看得清楚掏出的是一包红糖放进去,上衣大荷包里掏出的是小手指大小一整包虾仁干。于是急忙地倒进全部大葱,大翻炒一阵之后下料酒、酱油,歇手坐在灶门口一声不响。一下子猛然起身从灶眼里抽出几根热炭,揭开锅盖,轻轻用锅铲翻动几下又盖上锅盖,这神气真像个佛门弟子作他的法事。再揭开锅盖时,锅底就那么不厚的一层在冒着泡。

他对我说:"你走吧!告诉大家别等我,我马上就来!"

这一大盘油焖葱上席之后,大家都不说话了,专注地像读着诗,一字一字地品尝它的滋味。

"没什么诀窍。挑好葱,注意火候,一点肉桂,几颗生花椒、胡椒、红糖。不要动不动就讲冰糖,这油焖葱一下冰糖就俗了。最后滴几滴不着痕迹的山西醋。特别要看准火候,千万不能弄焦。"汤不是汤,是汁!是托着油葱的慈祥的手。

从此,我家请客,有时候露两手,其中就有油焖葱。

听说世襄兄年轻时请客吃饭,自行车上绑了张十二人的桌面。问他有没有这回事,他说:"这哪里是我!听说是京剧小生×××当年的事,我也是听说,不太相信!桌面是兜风的,那还不让风刮倒!"

黄霑猛然扑过去

有好几年我在香港住,香港大学曾经请世襄兄来港大开讲明式家具学。我家住在香港大学上头一点,我请他来家吃晚饭,他来了。没想到黄霑不请自来。这伙计是我的好朋友,也是香港著名的"嘴泡"。王世襄那天的打扮非常土:扎裤脚、老棉鞋,上身是对襟一串布扣的唐装。我故意不介绍,黄霑也不把他放在眼里,就那么东聊西聊。黄霑告诉我:"港大最近有个关于明式家具的演讲,是请内地的王世襄来主讲,你知道不知道?你和他熟不熟?我还真想去听听,我在英国听一个牛津教授说:'I have never seen the real Ming style furniture!'(我从来没见过真的明式家具)"

王世襄笑眯眯地用英语回答:"I'm here this time, is to talk about my collection: Ming style furniture.(我这回来,就是谈我家藏的明式家具)"

黄霑左手掌指着王世襄,回头看着我,不知怎么回事。

我介绍:"这位是黄霑,那位是王世襄。"

黄霑猛然扑过去,跪在王世襄跟前:"阿爷阿爷,我失礼至极!罪该万死!我有眼不识泰山!请原谅!啊呵呵!今天我算荣幸见到大驾,做梦也想不到!"

大家笑成一团。

"我以为您是黄公家乡凤凰来的爷叔，不把您当回事，万万没想到我挨了一记五雷轰顶。我运气真好，这一顿饭我混定了。"

我有几年回到香港住。有次约苗子、郁风兄嫂和世襄兄到巴黎去玩玩，住在丽思酒店。世襄兄迟到，黑妮上机场去迎接，没想到他在服务台办手续的时候，双腿夹着的手提包让扒手一把抢跑了，追赶不上。里头有护照和其他证明文件和有限的钱。这真是旅游者碰上的绝顶麻烦。幸好酒店还让人住。住定之后黑妮一次又一次地陪他上大使馆。王世襄在巴黎让扒手扒了，这绝不是一件小事。王世襄被绊在巴黎回不了中国绝不是一件小事。当年大使馆并不清楚王世襄是何许人、有何重要，万一法国人知道了，来了一位重要的古家具专家，事情可能是一个麻烦，不小的麻烦。

黑妮当时年轻，气足，好不容易跟大使馆沟通清楚，给王伯伯弄来一份可靠的来回身份证明。世襄兄一直很喜欢这个女儿，佩服得不得了。

王世襄兄跟朱家溍兄在下放劳动的时候，有一天经过一片油菜花地，见一株不知原因被践踏在地上，哀哀欲绝之际，还挣扎着在开花结子，说了一句："已经倒了，还能扭着脖子开花。"写下来一首诗：

"风雨摧园蔬，根出茎半死。昂首犹作花，誓结丰硕子。"

我回北京盖了万荷堂，有一次他来，见到堂里几张鸡翅木的大椅子，顺口说了一句："刘松年！"

刘松年是南宋有学问的画家，当然不是刘松年设计过椅子；大概在刘松年的画作里，他记住的有这式椅样。

最后见世襄兄一面是在他们新搬的家里。他跟荃猷大嫂请我喝茶，欣赏荃猷大嫂精妙的剪纸艺术。

仍然是满屋拥塞着古家具，气氛和老住屋难分轩轾。

一切都行将过去或早已过去。我坐在桌子边写这篇回忆，心里头没感觉话语已经说透。多少老友的影子从眼前走过，走在最后的一个是我。

（原载《新民晚报》2021年7月24日）

岁岁花开一忆君
——追忆柳萌先生

◎杜卫东

柳萌先生离开我们四年了。

四年的光阴，岁月轮转、晨昏交替，日子像秋天的落叶铺满一地，我依然没有能够把这一份忧伤安放。它是一眼苦涩的泉，会在不经意间汩汩冒出不尽的思念，淹没心中的山水。

这些文字，是卸去忧伤的扳手，在我心中已经被泪水浸泡得太久。

一

咚、咚，有人轻轻叩门。

我站起身，见门外是一位四十来岁的中年汉子，穿一件蓝色中山装，提一只黑色人造革公文包。分头、中等身材，白边近视眼镜的后边，是一双充满期盼的眼睛。那眼神略显沧桑，有一缕劫后余生的凄切。

——噢，你是老柳吧，请坐。

上世纪八十年代初。一个春寒料峭的上午，我与柳萌在办公室初见。

当时我二十六岁，在名声显赫的中国青年出版社已经当了四年编辑。年少轻狂，像是坐在黄山云谷索道的缆车里，放眼望去，一路都是迷人的风景。所以能够准确捕捉到柳萌的微表情，是因为读了他在《中国青年报》上发表的一系列散文——一个曾经的落难者对苦难的真切记述，有难以释怀的人生体验，也有对光明的礼赞和追寻。那是一个春光乍泄的年代，这些充满真情与哲理的文字，让我们回望离去不远的冬日，也更加珍惜春天的来之不易。

茫茫人海，擦肩而过是大概率，能同行一段路便是前世有缘了；终生不离不弃的朋友有如沙金，经岁月的漏斗过滤，最终剩不下几粒。

没想到，我和柳萌自那个上午相识，友谊一直持续到天人两隔。

最难忘一个细节。经我力荐,主任林君雄同意把柳萌那些血泪浸泡过的文字,以《生活,这样告诉我》为书名结集出版。在后来团中央和中宣部联合举办的全国优秀青年读物评选中,这本书当之无愧名列榜首。取样书时,柳萌似乎有话要说,却犹豫着没有说出。走到楼梯拐弯处,他还是停下脚步,回头对站在办公室门口目送他的我嚅嚅问了一句:这……这本书有多少稿费?那一刻,柳萌神情复杂,羞涩而又忐忑,像是一头误入迷宫的梅花鹿,有些跌跌撞撞。听了我的回答,他的目光倏地一暗,竟有一缕遗憾挂在脸上。

这让我很意外,内心深处也有些不屑。

后来我才知道,他是要用这笔钱给爱妻买一台钢琴。妻子是音乐老师,拥有一台钢琴是她最奢侈的梦想。在柳萌处于人生谷底的时候,多才多艺的姑娘毅然嫁给了他这个"右派"。十年动乱,因为他受到牵连,精神出现异常。只有沉溺在优美的旋律中时,她的心灵才有了可以栖息的绿巢。可是书的稿酬不过千元,距离买一台钢琴至少差四五百,柳萌的失望令人唏嘘。

和柳萌熟了,我知道了,抗美援朝战争爆发,15岁的柳萌瞒着母亲考入中国人民解放军军政干部学校;四年后转业到《人民航运报》做编辑;二十出头儿被打成"右派";1961年以摘帽"右派"的身份成为内蒙古一名电信工,终日奔波在荒郊野外。有一年春节,柳萌赶回天津过年,随手抓了一把桌上的瓜子,刚懂事的儿子竟对他说:这是我们家的瓜子,你别吃!一旁的母亲听了,对孙子说:他是你爸爸呀!小刘杉却一扭脸:我不认识他。柳萌闻言,鼻子一酸走到门外,听任刺骨的寒风吹干了涌出的眼泪。

儿子对他生疏太正常了。因为聚少离多,他和妻子也难得见面。那年柳萌去看望在唐山中学任教的妻子,晚上夫妻俩只能找一间教室,拼几张书桌,搭一个临时睡觉的窝。半夜,有坏学生突然向教室里扔石头,差点砸中他们的头,妻子吓得抱住柳萌,浑身战栗。

这时候,只有彼此的心跳,才能使对方抵抗恐惧,安若泰山。

我看到,从团结湖的"蜗居"到亚运村的"豪宅",柳萌费尽心力买来的钢琴,始终摆放在家中最醒目的位置。那是爱情的证物,白天承载着阳光的照拂,夜晚接受着月色的洗礼。每次去柳萌家,他的妻子都会从里屋走出来,绽放一脸微笑,高兴地打招呼:噢,杜卫东来了。随即坐在沙发上和我闲聊。她愿意和我说话，四目相对时，这位历经风霜的女性，目光不再惊恐、呆滞，如同荷叶上的露珠，会有灵光闪现。朋友们吃饭，她会静静坐在柳萌身旁，安详地享受着丈夫的细心照顾。柳萌会一根一根把鱼刺剔出，然后把鱼肉放到她面前；而且无论是谈事还是聊天，柳萌的余光从来不会离开妻子，只要妻子的目光在哪道菜上略作停留，他都会适时问一句，吃虾呀？吃肉啊？然后小心地把菜夹给妻子。

每每这时，柳萌的目光情深如酒，看一眼能让人心醉。

上世纪九十年代初，我和徐刚、硕儒、柳萌应邀到南方采风。行程几千里，辗转广西、海南数省。一路上，柳萌牵着妻子的手从未松开过；脾气有些急躁，后来在单位因行事果断而有"老板"之称的柳萌，在妻子面前永远是那么温柔、细心、周到。我从来没有看见他对妻子大声说过一句话，更甭说发脾气了。一次笔会，当地的主人知道柳萌近年习书，已很有造诣，于是请他留下墨宝为念。柳萌略作推辞，便提笔凝思，片刻之间，龙蛇飞动，"物华天宝"几个酣畅淋漓的大字跃然纸上。就在围观者啧啧称赞时，一旁的妻子很突兀地说：我也得写！柳萌闻言，脸上绽开会心的微笑，马上把毛笔递到妻子手中，并铺好宣纸压上镇石。他就是这样，日复一日、年复一年地照料、体贴着病中的妻子，甘之若饴、无怨无悔，那一份耐心、那一份真情，折射的是男人的责任与担当。它是晶莹的钻石，把柳萌的人生装点得庄严而高贵。柳萌曾经告诉我，在内蒙古劳改时，他无端受到"内人党"事件牵连，只穿一条短裤，被造反派赶到冰天雪地里，冻得几乎失去知觉。是妻子坚贞不渝的爱支撑他走过了人生最黑暗的路程。他明白，即便夜色再浓，人世间也会有一扇窗户等待他团圆；虽然一灯如豆，却使心中的黑暗不再弥漫。

柳萌感情细腻，我几次见过他潸然落泪。撕心裂肺的痛哭，却是在那个晨雾弥漫的早上：妻子猝然离世。我得到消息拨通柳萌座机，还未及张口，柳萌的哭声已传了过来，如决堤之水，咆哮奔腾、一泻千里。我喉头哽咽，顿时也泪如雨下。是呀，柳萌如果是一片静谧的海，妻子就是一道坚固的堤坝。如今堤坝倒了，柳萌情无所系、心无可依，他心中的苦楚，又怎是一个痛字了得。

亲爱的兄长，我不是有神论者，但我希望天道有轮回，善恶终有报。您与妻子瑶台相会，久别重逢，每天的日子一定会有天使礼赞，歌声陪伴。

在天堂，幸福会像花儿一样为好人开放呢！

二

说来也怪，有人相识再久，心也像平行的铁轨，永远不可能交会；而有的人只要打个照面，彼此确认一下眼神，就可以走进对方心里。

我与柳萌先生相差十八岁，勉强算得上两代人。也许，就是初见时那一眼对视，奠定了我和他一生的兄弟之情。那是一双历经风霜、写满故事，却依然清澈如水，不曾被世俗玷污的眼睛。

柳萌让独子刘杉叫我叔叔，让孙女喊我爷爷。小姑娘遗传了柳萌儒雅、聪慧的基因，举止端庄、气质高贵，自带一种童星范儿。或许她认知中的爷爷和我并不完全契合，在北京饭店中国作家协会举办的春节团拜会上，小姑娘用狡黠的目光望望我，没有说话。柳萌郑重其事地说：他是爷爷的弟弟，你理应叫他爷爷。听见孙女有点顽皮地叫了我一声爷爷后，柳萌开心地笑了。

兄弟，多么厚重的一个称谓。诚如哲人所言：兄弟不是一幕短暂的烟火，而是一幅幽远的画卷；兄弟不是一次邂逅的相识，而是一份长久的相知。

岁月虽然老去，身后的往事却清晰如初。

做了几年图书编辑，我渐渐对朝九晚五的生活模式有了些许厌倦，希望生活不是一潭静水，而是一条翻滚奔腾的河流。柳萌也觉得我还年轻，应该让生命如同瀑布，有一些落差。1984年初夏的一天早晨，他突然打来电话说：卫东，你不是想挪挪地方吗，我推荐你去《中国交通报》当记者部主任，已经说好了，报社人事处约你下午见面。报社人事处长是一位端庄干练的中年妇女，她告诉我，调到中国作协不久的柳萌，本是交通部政策研究室的笔杆子，《中国交通报》复刊，主管副部长让他推荐一些骨干，他鼎力推荐了我。报社对我的情况还算满意，说如果中青社放行，他们马上发商调函。这位叫王静的人事处长让我填了干部登记表，然后握住我的手，神情恳切：来吧，小伙子。世界上凡是有码头的地方，你都可以随我们的船队前往。啊，大洋彼岸、异域风光，她的话在我的眼前展开了一幅诱人的画卷；我像一只即将放飞的雏鹰，对未知的世界心驰神往，跃跃欲试。可惜，出版社领导强力挽留，承诺解决我的住房，同意我去创办一本青年刊物。我脸皮薄，调动就此搁浅。不过，几年后我还是离开出版社，参与创办了两家无编制、无级别、不能评定职称的杂志，并乐此不疲，一干就是十年。所幸，我主持的杂志无不风生水起、印数接连翻倍。

卫东，你都四十多岁了，不能再飘着了。柳萌不止一次这样说。是啊，我同时期的编辑大都评上了副编审甚至编审，而我因为所在杂志没有正式编制，职称和级别都无法解决。对这些我并不特别看重，只要有干事的平台。柳萌却一直念念于心，1995年春天他主持《小说选刊》复刊，立刻找到我，希望我出任副社长。那时，我所主持的刊物正处于低谷，步履维艰，我不忍心丢下眼巴巴看着我的同事，婉言谢绝了柳萌的好意。两年后，这本杂志的印数从三千多册上涨到四万余册，生存环境彻底好转。正值中国作家协会向社会公开招聘高层管理干部，柳萌又联合了程树臻先生推荐我出任《人民文学》副社长。知道我无意参加程序复杂的招聘面试，还说服作协领导单独约我谈话。

忘不了1997年那个夏末的午后，在中国作协的一间小会议室里，陈昌本、郑伯农等作协领导和招聘小组几位成员，简单问了我一些问题，听我谈了一些办刊的想法，形式十分随意。我对这次调动抱着随缘的心态，没有做任何准备，所以也很放松。临了，伯农先生问了一个比较私人化的问题：你现在工资不低，又有专车，为什么想调到作协来？我老老实实回答：年龄大了，想有一个稳定的归宿。谈话结束后，我刚回到家门口，就听见电话铃响个不停，开锁进屋拿起听筒，是柳萌：卫东啊，你的事定了，作协决定调你。他的声音像是一串儿欢快、跳跃的音符，掩饰不住由衷的兴奋。我听了却有点儿恍惚，如此重大的一次人生转折，竟这样风轻云淡地完成了。这是我离开体制十年后重新回归，是这次公开招聘中唯一从社会录用的干部，并且从副处破格提拔为副局，到素有"国刊"之誉的《人民文学》任副社长。

我长长呼出一口气，心中半是兴奋半是惶恐。想对柳萌说两句感谢的话，又觉得多余。还是柳萌如释重负地说：卫东啊，这回，你的事落停儿了，我的心就踏实了。告诉你，对我的亲弟弟，我都没有这么上过心。

闻听此言，我的心头一热，暗自立誓：此情终生不负。

柳萌不媚上、敢直言，在作协有"大炮"之称。其实，他是一只贝壳，表面坚硬，内在却极温柔；他耳根软、易轻信，别人两句好话，也许就会捧出自己一颗心，那心里埋着一颗善良凝成的珍珠。因为前半生尝尽人间冷暖，所以柳萌很看重友谊，也为此受过伤害，但是那颗珍珠却一直埋藏在心里，从未黯淡过它的光泽。凡是给过他爱和温暖的人，即便是一次善意的搀扶，一句关切的问候，柳萌也会感念于心。有一年，《人民文学》举办"茅台杯"颁奖典礼，结束后，柳萌"顺"走了桌上喝剩的半瓶茅台。他滴酒不沾，从不贪小，我料到这半瓶酒必是拿给司机。果不其然，我送他出来，一见到司机，柳萌立马掏出怀里的酒，喜形于色地说：小宫，我给你"偷"了半瓶茅台，你拿回家去喝。小宫是标准的小鲜肉，颜值很高；而且做人做事非常善良、真诚、本分。不止一次，柳萌私下和我感叹小宫的种种仁义，那神情异常庄重，像雨后的斜阳，有斑斓的情感在里面闪耀。柳萌仙逝，我看见参加告别仪式的小宫泪水滂沱，悲痛如同沸水顶起的壶盖，按也按不住。那是情之所至，装是装不出来的。

2011年春天，我的母亲不慎摔断股骨头，送到积水潭医院后，却因为床位紧张不能收治。看着年逾八旬的亲娘疼痛难忍，我快急哭了，忙打电话四方求助。柳萌得知消息后比我还着急，搜肠刮肚寻找线索，一会儿一个电话。直到在作家石厉的帮助下，我母亲顺利入院，他才松了一口气。老人手术出院后，柳萌又把家中的一个步行器送给了我。

扶着那个步行器，我母亲的身体逐渐康复。

现在，每每看见她老人家扶着步行器在房间活动，我都会想起柳萌，想起柳萌在母亲治疗和康复期间打来的一个个问候电话：卫东，你老母亲好些了吗？

亲爱的兄长，上天眷顾，我的母亲至今身体尚好。子欲养而亲不在，人生之悲莫过于此；无论年岁多大，即便双鬓如雪，能叫一声妈就是最幸福的事了。令人悲伤的是，您的问询言犹在耳，我与兄长却天人两隔。

悲乎哉？不亦痛矣！

柳萌就是这样一个人，视友谊为人生最珍贵的财富。为朋友的事，他可以掏心掏肺。有一次，我接到柳萌电话，说卫东，你晚上来我家吃饭吧，我的冰箱里还给你留了螃蟹呢。我感觉有点儿突兀，柳萌的老家在渤海边上，蟹香时节，我几次和他回家乡"打秋风"，不缺这一口啊。他着急八荒约我，肯定是有别的事。果然，柳萌主要请的是硕儒兄。起因是，他创作的电视连续剧《大风歌》在央视播出遇阻，作为编剧，硕儒兄的心情沮丧至极。柳萌担心他郁闷成疾，特设家宴以宽其心。极其讨厌烟味儿的柳萌，竟然还特意为硕儒兄备了一盒好烟。那天晚上，柳萌掌勺，我们三个人在客厅把酒小酌，直抒胸臆，直到月影西斜。谈笑间，硕儒兄又恢复了往日的洒脱与淡定。

柳萌也有"愧对"朋友的时候。

2012年夏日的一天，突然接到柳萌电话，说我们共同的一位朋友意外身故了。噩耗突至，我仿佛被猛击一棍，顿时失语。就在几天前，柳萌还做东，并叮嘱我提前一小时到他家，说这位朋友近来失眠，情绪不好，让我先去开导开导他。我自然遵命而行，劝他凡事想开，如雨果所说，即便命运给你的是一枚酸柠檬，也要把它制成一杯甜果汁。随后的聚餐中，这位朋友逐一向在座的来客敬酒，感谢大家一向对他的关照，还悄悄去结了餐费。我不知道那时他已经患了严重的抑郁症，隔靴搔痒的几句劝慰根本无法解开他的心结。柳萌因此很是自责，几次忧伤地对我说，意外发生的前两天，这位朋友还打电话给自己，说要登门看望。柳萌怕影响他的工作，又担心他过于劳累，就婉拒了。

应该让他来，他肯定不单是为了看我，他是有话想和我说。如果说了，我宽慰宽慰他，也许就不会有后面的事情发生了。我真后悔！——说这话的时候，柳萌的神色怆然，语调低沉。我感觉，这时他的内心该是一处荒废的厂房，空旷、冷落，自责与悔恨无处安放。我安慰柳萌，抑郁症号称精神癌症，现代医疗手段都难以驱散死神的阴影，几句规劝又怎么能够化解？

柳萌听了我的话未置可否，只是一声叹息，放空了眼神。

柳萌兄长，您对待朋友的真情，是高空璀璨的焰火，并没有随着您的离去而凋谢，它与秋风夏雨、星辰大海同在。不是吗？四年来，你走后的每个忌日，都有朋友自发聚在一起怀念您。去年，我约了徐刚、硕儒、喜儒、剑钧等几位朋友，甘肃的作家陈德宏先生闻讯，也真诚赶来参加。诗人华静有心，特意带来了您的遗像和一捧鲜花。我们把遗像摆在主位的花丛中，并在遗像前放了一副碗筷。斟满酒，大家高举过头，然后躬身洒在地上，虔诚地把第一杯酒敬给了天国中的您。说起和您的交往，一把子年纪的几个大老爷们儿声音哽咽，禁不住泪流满面。陌上莺啼细草薰，鱼鳞风皱水成纹。江南红豆相思苦，岁岁花开一忆君。这是清初名士王士禛的一首悼亡诗，用来形容朋友们对柳萌的思念真是何其贴切！岁岁花开一忆君，诚如斯言。有的人活着，他已经死了；有的人死了，却还活着——只有在那种氛围中，我才真正理解了臧克家老的这首诗。在您的心里，友谊是一盏穿云破雾的灯火，真正爱您的朋友，有谁会嗔怪您的偶一疏漏呢！

如今，您与早一步升入天国的朋友相聚，昨日有春雷滚过，想必是你们把酒言欢的碰杯声吧？

三

我眼中的柳萌，善良、真诚，看重朋友情谊，内心细腻而柔软。

原以为，以他这样的性格，对死亡或许比较纠结，比较敏感。是啊，一旦阴阳两界，俗世的一切痕迹都将不复；生命如一缕青烟会消逝得无影无踪，想一想确实落寂。把生死看成冰水转换，抬腿是走路，落脚也是走路，死不过是脱离肉体的躯壳而回归永恒，那是智者的境界，非一般凡夫俗子可以企及。

没想到，天性善良的柳萌就是这样一位智者。

他患癌症前，我们聊天，柳萌N次表达过对死的超然，似乎对死亡并无恐惧。我听了只是暗自一笑，觉得那不过是雾中看花的几句点评，不能细究。这样一个情感细腻、心地善良的人，一旦死之将至，还能如他所言，优雅得如同赴一次约会，坦然得就像逛一次长街吗？

我不知道。

柳萌患癌的消息是他亲口告诉我的，我听了，心像注满了水的棉花，泪流不止。苍天不公！为什么要把这样的灾难降临到善良、正直的柳萌头上？他的前半生颠沛流离，历经坎坷，受尽了生活的磨难。伴随改革开放的春风，柳萌的冤案得以彻底平反，被安排到交通部政策研究室，正值壮年，前途无量。可是，他放不下对文学的牵挂，执意回归文学。先是调到作协下属的一家杂志社任杂文组长，那时活跃的杂文名家几乎被他"一网打尽"，全成了他的朋友和作者；后来又协助丛维熙先生全面主持作家出版社工作，继续新时期文学的破冰之旅；继而创办中外文化出版公司、主持《小说选刊》复刊。有两年，作家出版社租的办公场所离我家只一箭之遥，晨跑时，我经常可以看见上班路上的柳萌。老刘，早啊！我会冲他招招手；柳萌则每每对我报之以微笑，脚下却依然大步流星，如同一只陀螺，总是停不下来。他是在和生命赛跑，要把荒废的时光追回来。

退休以后，柳萌才得以放缓人生的脚步，开始享受生活的赠予啊！

电话另一端的柳萌觉出了我的忧伤，心态反倒比我平和：卫东，我没事，这种癌发展得非常缓慢，不过是一种慢性病。再说，现在科技这么发达，说不定什么时候就有特效药了，你不用为我担心。

我明白，柳萌这是在安慰我。他或许不想和我说，他清楚我知道了肯定会伤心；可是，他又不能不和我说，因为我们是兄弟。

放下电话，我在网上搜寻这种癌的成因和防治，又向医生朋友咨询，知道致病原因一是高脂肪饮食，二是身体肥胖。这两条和半生颠沛流离的柳萌沾不上边，他在内蒙古劳改时，常常饥肠辘辘，饿得眼睛都冒绿光。有一次奉命为劳改队采买副食品，归途中不小心把一瓶蜂蜜打碎。柳萌知道闯了祸，恐惧之余，也没忘了把残存的蜂蜜都吃进肚里。他太饿了，饥饿像一只凶猛的怪兽，让人的抵抗力不从心。那么，无疑是另一条致病原因让柳萌中枪：长期夫妻分离。明了了这一点，悲痛再一次如洪水泛滥，将我淹没。柳萌对妻子的忠贞，像高山上一尘不染的雪莲花，纯洁无瑕。记得有一次，我们餐后说去洗个脚放松放松，柳萌听了竟大惊失色，表示决不去洗头房一类场所。听我们一再说明"良子"是正规的足疗店，不提供任何形式的色情服务，才有点不情愿地去了。

柳萌真的不合时宜。在纸醉金迷、灯红酒绿的滚滚红尘中，他是一位身披传统美德大氅的圣人。也许有人会笑话他迂腐、古板，但这都影响不了他对那一份患难真情的守护。即便因此背负沉重的十字架，也甘之如饴、无怨无悔。

再见柳萌，他一切如常，依然旷达、平和，依然温暖如春、真情似火。

是他不痛苦吗？不是。他不能长坐，为作家剑钧写的序言就几乎是站着完成的，因为坐长了会有鲜血流出，苦不堪言。这中间，柳萌还经历了一次意外的"情感伤害"，痛感友谊就像冰挂，平时看上去晶莹剔透，美得像白莲、像百合、像玉兰，可是只要轻轻一碰，就会碎裂一地。

我发微信给他：冰挂本来就不是真的花。幻觉破灭，返璞归真，未尝不是一件好事。但我还是不放心，因为嘴上说不在乎的柳萌，内心其实很痛苦，和我通电话说起此事，一度声音哽咽。是啊，柳萌的生命是一条河，友谊就是河上的帆，相依相偎、相得益彰；帆一旦猝然而降，他心中的失落可想而知。我打电话叮嘱刘杉，让他关注父亲的情绪变化，问他父亲深夜是否安睡？刘杉告诉我，昨天半夜走进父亲卧室，老人鼾声如常。闻之，我心始安，看来他已释然。

柳萌与癌症顽强抗争了五年，进入2017年以后病情迅速恶化。

他以前也住过院，但时间都不久。这回柳萌刚出院又重新入院，我觉出事情不妙。春节前我在三亚小住，曾打电话动员柳萌到三亚过冬。那时他状态尚可，听我介绍了三亚种种好处后，动心了。我已在小区帮他预定了房子，计划就在当年十月成行，我多么希望和柳萌一起，在和煦的海风中漫步在三亚的沙滩上。

天不佑人！我的这个愿望落空了。

五月份一次朋友小聚后，我们相约去医院看望柳萌。一进病房，我的眼眶一热，情不自禁问守候在一旁的诗人青禾：怎么回事？怎么变成了这个样子！柳萌蜷缩在病床上，上身赤裸、插着管子，背向上拱起，像一座小山；他头发蓬乱、面容憔悴，已经脱形。白框眼镜丢在床头柜上，看我们的眼神迷离、疲惫、散淡而又凄楚。柳萌是一个精致的人，印象中，他的头发永远梳得一丝不苟，衣着也永远干净、合体，可恶的病魔，你何以嚣张至此？

柳萌抬起头，费力叫出我们的名字，声音微弱，拖着尾音，像是寒夜中渐行渐远的洞箫。前几天我从三亚回来，立马和甘铁生兄一起到医院看望过他。去之前，我打电话问柳萌想吃些什么，他让我买点儿芒果和草莓，怕我多花钱，特别嘱咐买小的。我买了最好的芒果和草莓赶到医院，铁生兄已经带了鲜榨的果蔬汁在病房等候。306医院离铁生家不远，铁生和妻子马玲经常会送去鲜榨的果蔬汁。那天柳萌的精神不错，说起计划中的三亚之行还充满期待。我说下次来请他吃饭。他没有推辞，还说楼下有个烤鸭店，味道好，环境也不错。

几天不见，柳萌的状态让我痛彻心扉。生命如此脆弱，我内心一片迷茫。

临别时，我握住他的手。那双手青筋裸露，手指弯曲，握得让人心碎。我强忍住就要夺眶而出的泪水，说：老刘，您好好休养，过两天我再来看您。我们可是说好了，今年还要一起去三亚呢，房子我都定好了！

柳萌点点头，无力地挥挥手，让我们离开。每次探视，他都会催我们走，他是怕耽误大家的时间。他就是这样一个人，关心着身边的每一个朋友，却从不愿给朋友增添半点麻烦。就在我转身的一瞬间，我看见柳萌已然黯淡的双眸中，有两点泪光在闪，稍纵即逝，像夜空陨落的星。

三天后，柳萌先生辞世。

第一时间获知消息，我心一颤，如同被风雪覆盖的旷野，寒冷而凄凉。昨夜梦中，有一只青鸟从窗前掠过，扶摇直上，西飞而去。想来，是柳萌先生告诉我他已魂归仙山了吧？从此，再不会隔些日子就有人打来电话，挑着高音儿说：卫东，明天晚上来我这吃饭啊！或者没有什么事，只是随便闲扯两句，叮嘱我不要过于劳累，注意身体而已。在乎一个人，其实就是隔一段时间听一听那熟悉的声音。拨通的哪里是电话，分明是心中那根思念的弦。

如今，那根弦永远不会拨响了，尽管我一直保留着那个熟悉的号码。

柳萌兄长，相交四十年，您从未食过言；这次，是您没有信守承诺。

——可是唯独这一次，您听好了：我不原谅。对，不、原、谅！

（原载《北京文学》2021年第6期）

忆贤亮

◎高洪波

张贤亮是当代中国作家中特别具有个性的一位作家。他当年因为一首长诗《大风歌》被打成"右派"，在农场劳改了二十二年。改革开放之后，张贤亮用自己一部又一部的作品赢得了巨大的声誉，我记得最早是《邢老汉和狗的故事》，这部作品在当时我所处的《文艺报》的评论组里引起了大家的重视，一位评论家专门对张贤亮做了评述，这位评论家就是我当时的编辑部主任谢永旺同志。然后张贤亮就经常出入我们《文艺报》的评论组，成为大家熟悉的一个快乐的朋友。张贤亮性格爽朗幽默，为人大方，喜欢开玩笑，所以他的人缘特别特别好。

记得在1984年的时候，我作为《文艺报》的记者部副主任首次走访大西北，从内蒙古的呼和浩特市开始采访，采访的第一个对象是当时的自治区主席布赫同志，我请他回答了关于他所创办的乌兰牧骑的诸多往事。离开了呼和浩特，我的第二站是宁夏的银川，在宁夏银川我拜访了张贤亮、高深和我的同学潘自强等等，还有诗人肖川带我到沙漠上度过了难忘的共青团的一夜，事后我写下了一些诗和散文，散文叫《腾格里的呼唤》，那是一次难忘的旅行，就是在那次我了解到一个情况：张贤亮由于学历是高中，所以不能享受知识分子待遇，他要参加高考评职称的话就必须对相关的高中课文和一些课题进行回答，当时张贤亮倒没有说什么，但是他的一些同事、也是我的一些朋友为这件事情很愤愤不平。归来我给《文艺报》的内参《文艺情况》写了一篇通讯，题目叫《张贤亮算不算知识分子？》。这篇内参被当时的《光明日报》的《文摘报》转载，引起了很大的反响，关于作家的职称、关于知识分子的认定，由张贤亮参与高考的这一特殊的话题引发出来了。但以后我见到张贤亮，他依然是开心、快活、爽朗。再以后张贤亮的小说越写越多，越写越好，《牧马人》拍成了电影，《绿化树》面世几乎洛阳纸贵，他的影响也越来越大，贤亮成了话语权很大的全国政协委员，"两会"期间不断地发表各种言论。他自称把《资本论》活学活用，以"文化资本家"自居，最典型的事例是他把一座废弃的乾隆年间的古堡改成了西部影视城，贤亮在里边认真地经营着，他投入了自己的全部稿费、存款，打造了这块特殊的有西部风味的影视城。他在这座影视城里给自己盖了一座"都督府"，我曾经去过一次"都督府"，这次偶然的造访我注意到他的大厅里悬挂着他自题的一副对联：大漠孤烟独寂寞，长河落日自辉煌。西部影视城的存在是银川除了西夏王陵、贺兰山岩画之外的第三个重要的旅游点。

我记得张贤亮在领我们参观西部影视城的时候，他充满了自豪，充满着一种经营后的自负。贤亮像个大孩子一样，指着古堡，指着里边一件一件的设计，指着他的员工，开心地笑着、说着，这已经不是当年那个"算不算知识分子"——张贤亮他已经是一个成功的知识分子兼文学界的企业家了。他很得意的一件有创意的事：把黄河的水密封到一个个小的玻璃瓶中，系上中国结，命名为"母亲的乳汁"，卖给远在南方的港澳同胞，十块钱一瓶，无数人踊跃购买。这件事虽然不大，但说明了张贤亮《资本论》没有白研究。

张贤亮收藏了很多硅化木，还有一方巨大的洮河砚台，上面雕满了龙，这个砚台贤亮很大方地赠送给了我，可惜由于它的巨大，两个人都无法搬动，我后来把它转赠给了另外一个住处比较宽敞的朋友，他的家可以摆放这方巨大的砚台，但是贤亮的感情依然是让我深深地感动着。我记得2005年8月间中国作家协会在宁夏召开主席团会议，东道主自然是身为主席团委员的张贤亮先生，在那次会上他送了我一张明信片，上写他的一首小诗：

  江郎才尽任逍遥，
  乘风策马过驿桥。
  东望黄河龙生雾，
  西眺贺兰凤凌霄。
  虽羡古文多经典，
  犹喜今日涌新潮。
  韶华老去无遗憾，
  指点青山看明朝。

附言：乞得骸骨喜吟一首

这首诗是他描写自己退休后的一种心境。乞骸骨，是古人致仕时上疏给朝廷说："希望把我这把老骨头带回老家，不在庙堂了！"带着某种心酸和凄凉。看了这首诗之后，我当时也给贤亮写了一首小诗，诗是这样写的：

> 千古文章未尽才，
> 岂容张郎独自哀。
> 骸骨乞罢余峻骨，
> 梦圆古堡举世骇。

贤亮看了这首诗冲我点点头挥挥手，因为在会议期间，大家会心一笑，彼此心领神会。

又过了几年，贤亮病了。他大量地吃着中药，不断地治疗。我记得最后一次见贤亮应该是在2014年3月份，正是全国"两会"期间，贤亮是老政协委员，他那天专门邀请了我们几个现任的政协委员，到北京他住院附近的一家饭店小聚，同行的有贺捷生将军、张抗抗副主席，人很少，见到贤亮的时候我大吃一惊，因为他的脸上布满了黑点，密密麻麻的，贤亮说这都是吃中药引起的，然后他撩开衣服让我看他后背，身上也全是那种像过敏一样的湿疹。贤亮请我们吃饭，微笑着，他领养了一个五岁的小女孩，说："这是我的小女儿。"贤亮的公子现在在替他经营着他的古堡西部影视城，而他领养的这个小女儿是他晚年莫大的慰藉，他看着小女孩的目光里充满着一种怜爱、一种对小生命的发自内心的关切，血缘、血亲在这个时候已经不重要了，这是一个长者对一个小孩子发自内心的一种垂怜，这是一种人类的朴实感情。那次聚会实际上是贤亮向我们做最后的告别，我记得他认真地跟我说过一句很自信的话："洪波，无论谁写中国当代文学史，我张贤亮都是一个绕不过去的名字。"张贤亮说这话时，语气轻松中透着凝重，事实上他已经知道自己去日无多了。就在当年的9月份国庆前夕，贤亮去世了，享年七十八岁。

一个充满才华的生命，一个对文学事业无比热爱的作家离开了我们，他留下了《绿化树》《牧马人》，留下了一部一部的电影，留下了一部一部的小说，也留下了一个属于张贤亮自己的传奇。他把自己最后的对土地、对祖国、对大西北的热爱留在了了不起的西部影视城,这是一个南方游子扎根大西北留下的最后的遗迹。

此刻,我想起当年自己为贤亮写下的那篇几乎冒失的内参《张贤亮算不算知识分子?》。张贤亮算不算知识分子呢?朋友,请大家来回答这个问题。

贤亮,走好!

(原载《光明日报》2021年8月30日)

审美叶廷芳

◎理　由　陶斯亮

好友叶廷芳在北京医院住院时，我们夫妻二人在一个午后去看望他。那是一间不大的单人病房，光线也暗淡，依然觉得有亮色一闪；定睛看去，廷芳端庄坐在床头，穿的并非千篇一律的病号服，而是一件簇新的西式蓝色条纹长袖衬衫，稀疏的头发也整理得纹丝不乱，显然特意而为。这是廷芳的惯例，一向注重衣装得体，即使在病中，熟人相见也一丝不苟，于自己是尊严，对别人是尊重。记得有一次朋友约聚，廷芳来得特别晚，原来是他因病患在途中弄脏了衣服，又赶回家中换了一身，好不容易才衣冠齐楚地到场落座，朋友们对他的迟到都示以同情。

作为一名贡献卓著的学者，其实廷芳生活并不顺遂，那份艰难唯有自知。三十多年前，斯亮由于公务也出于好奇，到廷芳家中探望，下车后要步行穿过一条狭窄曲折的小巷，他的住所也不宽敞，小客厅被几架书柜占满。他的家中没请阿姨照料，却坚持要用他那残留的一只独臂挥铲，为客人炒菜做饭，临别还要用自行车为客人送行；尽管坐在车后的人胆战心惊，他以单手握把却驾驭自如，在曲巷中敏捷如风。

后来他搬到新居，我俩一起去做客，他的居住条件未见明显改善，狭促的客厅只是多了几尊从世界各地收集来的小型人体雕塑，男的健壮，女的丰满，由此令人窥见他的内心：身残励志，心羡完美，这是他的二元思辨，激励他年轻时从浙江衢县的小山村一路以特别优异的成绩升入中国社科院的学术殿堂。他曾说，如果有人要他在宗教之间做出选择，他宁可信仰"美"！

纪念廷芳自然会说到卡夫卡。在学界，廷芳对卡夫卡的研究无出其右。卡夫卡的作品在中国曾被认为是阴郁、荒诞、冷僻的课题，长期无人触碰，恰是廷芳令卡夫卡在中国登堂入室，在文坛名动一时。理由受廷芳的感染，曾去布拉格寻访卡夫卡的故居，在一条貌似普通的大街和一条更不起眼的斜巷，面对蓝色小屋发思古之幽情。在我们看来，廷芳对文坛的贡献并非仅是触及一个小众化而惊世骇俗的学术项目，廷芳的意义在于开拓：他把西方文学现代主义的先驱介绍给中国，扩大了文学的边缘，展现了文学自由驰骋的空间。上世纪80年代文学表现主义、意识流、魔幻现实主义等等一股脑地涌入，回想起来意兴绵长。不然，我们的文学界该多么孤陋寡闻！

2017年，廷芳出版了他多年来为保护北京圆明园遗址而写的30余篇力作，结集为《废墟之美》，记述了廷芳人生的另一侧面——作为一名社会活动家的奔走呼号，并为此调动了他的巨大热忱和多次访欧的审美感悟。或许他听说理由有几年也醉心于美学，因此邀其为这本书写评论，适逢理由刚从希腊考察归来，与廷芳理念相近，见到书名已拍案叫绝，当即应承。

如何保护圆明园遗址是中国社会经久又热闹的话题，至今未见平息。审美无关功利，但是有一些贪婪的企业家和庸俗的学者把审美与功利这个平行话题纠缠成一团乱麻，用再现古代文明的名义包装着功利主义动机，被廷芳斥为就像阿Q向人炫耀"祖上的阔"。廷芳深知，如果从形而下入手势必落入他人陷阱，睿智的廷芳则以洒脱而且感性的美学予以还击。

得益于平素的艺术修养，廷芳从古罗马竞技场谈到莱茵河两岸古堡林立的"华彩长廊"，又论及卢浮宫的雕塑，广引博采，不仅力证废墟与残缺当属审美意象，"而且它还属于心灵的感觉和领悟，这是触及人的深层智性的一种反应"。于是，西学背景的廷芳恰好把人引入中国所特有的审美范畴，即意境美。

意境之说是美的内涵与多层次的外溢及延伸，这与长居北京的人对圆明园的所见所感十分贴合：如今屹立在海晏堂那些巴洛克风格的大理石柱充溢着历史的真实质感，既令人联想到往昔的辉煌，又似烈焰腾烧后留下的几根白骨，还像历史老人向天空伸出讨还正义的手爪；在不远处，那些现代化高楼林立的映衬下，过去与当下激烈碰撞，让人百感交集。

廷芳的文章风格从来不见居高临下或好为人师的视角，他往往坦然列举自己的无知、惭愧和尴尬的细节并加以调侃，虚怀若谷的气度尤其令人感佩。

话回开头，那次去北京医院探望廷芳，分手时他的眼圈有点发红。这几年他饱受病痛折磨，过得颇不容易，此刻似乎心潮涌动，却再次选择克制自己，不料却是永别。9月27日廷芳仙逝，听到消息我俩双双叹息：一位儒雅的学者，一名勇敢的斗士，一个奋发的独臂英雄，一位文质如兰的君子！引发惋惜的感叹。近年人们论起人格美常要上溯到两晋去翻《世说新语》，而眼前的廷芳何尝不也是一例呢。

（原载《中国艺术报》2021年10月11日）

有没有一个人，在哈尔滨等我

◎蒋建伟

已经第四次了。车过哈尔滨，却没有停，一直开，一直，直到那座看似无比熟悉的城市变得越来越遥远起来。这种熟悉感，仅限于一座城的名字，也就是说，因了一个人。

你喜不喜欢一座城，不是那里如何如何繁华绝美，如何如何人潮汹涌，也不是一些人云亦云的传说，而是有没有你喜欢的一个人。

天下大雨。从黑龙江北安到哈尔滨，然后午餐，然后从哈尔滨飞北京，晚间才能到家，我这一天的行程。偏偏就，大雨说来就来，高速路上又限速，充当司机的那位姐对下高速后的路线又不熟，一路上的跌跌撞撞，竟然，前方路牌上看见了"哈尔滨"字样，嘿，竟然给她蒙对了。

哦，这就是可爱的哈尔滨吗？

第一次感觉到哈尔滨离我很近，是2001年。

2001年，5月，一个黄昏的静寂里，我下班以后，在县城的小院里忙碌。院子里种了丝瓜和吊瓜，一条条，一根根，四处舒展着自己的手脚腰肢，吐叶子，藏小花苞，瓜须乱抓，倘若它抓住一个什么东西，定要一圈一圈缠上去，倘若它自己什么也没有缠到，身子慌忙一缩，缩成一个小小的弹簧，远远望，瓜秧子下边挂满了这样奇奇怪怪的小弹簧，嫩嫩的，宛如婴儿的小手，得小心翼翼地托起，缠在树枝上竹竿上绳子上，小心脏，千万不能急呀，一急，小弹簧"啪"一下，会折断的。我找来一把钉子，火柴棍那样细长吧，爬上梯子，揳在院里的墙头上，然后拉起十几根竹竿，一头系住钉子，一头系在南墙根的楝树上，叮叮当当，横横竖竖，哈，一个瓜架子的骨架就搭好了。竹竿和竹竿之间，如果缝隙比较大，我就拉起一根绳子从中间缠过来，缠过去，这样，方便丝瓜吊瓜们的须儿抓住绳子，朝前面拖秧子，结大瓜。

干完了所有的活儿，我跳下梯子，满意地互相拍着手掌，两眼却盯着天上的这件大工程，想那满院葱郁、瓜果累累的一天该如何到来，我等该是如何的幸福感爆棚呢。我看见，大盆大盆的太阳光泼下来，从瓜架子的上空直直傻傻泼下来，"哗"，被那些粗粗细细的线条慌忙拦住，但好像又拦不住，然后"哗哗哗""哗哗哗"几阵子，大片大片的太阳，被这张蜘蛛网切割成一块一块的，稀里哗啦落满一地，像金子，像银子，还像一笼笼热气腾腾、白白胖胖的大馒头。"嘿嘿。"我看着看着就笑开了。

妻子从屋里走出来，望着笑傻了的我，满脸的不解，问："你呀你，仰着脑袋看天，天上有啥好笑的？"我指了指竹竿和绳子，半天，才憋住笑声说："我搭的，漂亮不？"她"嗤"了一声，不以为然地说："屁。你这啊，一点也不好看，不合格，顶多打30分。"我说："30分就30分吧，只要实用。你猜猜我们今年能结多少个瓜？"她问："丝瓜吊瓜都算上吗？"我点点头。她继续问我："一篮子？……一，一大筐子？"我的眉毛方才舒展起来，答道："这还差不多。"她撇撇嘴说："吹牛吧你。"我见她要走，忙说："是，一筐零——"边说边脱下一件上身的褂子，摊在屋檐下说："一褂子。哎呀，堆得好高啊！"这时候，白白的太阳光开始变毒了，晒得我脑袋发蒙。估计，她也在发蒙，没再说话，眼睛空空地出神，思想好像飞到了不知道哪一个世界去了。

"噗"，一摊东西恰好落在褂子中央，白乎乎的，冒着热气儿。咦！咋那么会找地方哩。

"哈哈，快看，麻雀屙啦！麻雀屙啦！"她指着那个地方，笑得直不起了腰。

"你小声点，别让邻居们听见了。"我悄声说。

她笑够了，进了屋。半天，我听见卧室里的电话响了，然后她大声喊："你的长途电话。快接电话！"

我激动地拿起电话，应声说："哦，对，我是……你们是东北的杂志，哈尔滨的……没去过，真的没去过那地方，哦，哈尔滨冰雕节很有名，多么遥远啊，有机会一定去，一定……我的稿子，可以留用吗？啊，你们，你们下期刊发，太好了，谢谢你。"

等我放下电话，妻子问我那位女编辑的名字时，我愣了，咦，怎么连人家的名字都忘了问呀。

雨，小了许多，一丝一丝地扑向车玻璃，汇成一滴水珠儿。水珠儿先是迟疑着一动不动，好像在隐隐下坠，又不敢，观察了附近一会儿，趁人不备，"噌"，朝着左下角的一滴跑去，玻璃上，留下了一道清亮亮的逃跑者的脚印。

2006年，12月11月18:00，北京火车站。我捏着一张卧铺火车票，坐上了北京至黑龙江大庆的火车。

车窗外，夕阳将落未落，像树上的麦黄杏子熟透了。

爬上某车厢的第三层，上铺，仰面躺下，头顶，是这列绿皮火车车顶的盖儿，漆很白，白皑皑一片。我心里也是一片白，北漂，3年，做编辑，下班写作，刚刚辞职，前路未知。去大庆，是去看望一位老诗人，谈一件事，成不成无所谓。他在一家杂志社工作，其实也不算老，五十来岁吧。唉，生活处处充满了不确定性。从一而终，或是一鸣惊人的事情，好像和自己从来无缘，比如这工作，几年前我还在一家小县城的国企单位上班，后来啊，企业效益下滑得厉害，长年亏损，连工资都发不出来了，只好北漂，租一间靠街的民房，做编辑，写写字，养家糊口，然后又面临换工作，跳槽，以至于到今天的此刻此景，好像经历了一段非常励志的人生，其实非常非常的狗血，说不出来的苦，只能自己咽下去。

拉过被子，闭眼，却睡不着，脑子里的图像一张张过电影似的，越来越清晰。耳边，一段若有若无的歌飘来，"我觉得所有困难，/都应该抛之脑后，/……没事的，没事的，没事的，没事的，/如果你迷失了自己，/我们都会迷茫的。没关系的。/哦，/没事的，没事的，没事的，/哦……"也或者，是我若干年以后在微信朋友圈亲眼看过，一段国外歌唱选秀类的视频，一位叫简的女孩，青涩地唱起了这首歌，她身患几种癌症，离开这个世界的日子已进入倒计时，可她却整天唱着"没事的"。也或者，歌声是不存在的，耳朵收集了各种各样的声音，前几年的，后几年的，或者，更加靠近未来也不一定。"没事的"，真就是没事的。火车一路向北，摇摇晃晃，悬浮的身体带着一股股向前奔跑的惯性，虽然是躺着，我们却仿佛在淡蓝色的宇宙里旅行。

乱七八糟的想象里，就蹦出来那位女编辑的名字，呀，她不就在黑龙江的哈尔滨，我，能路过那座城吗？想翻身下到地上去，立刻，问问乘务员是否路过哈尔滨，什么时间到达哈尔滨站，中间停车几分钟，林林总总吧。又想，下去一趟多困难啊，他们都躺在各自的铺子上睡下了，如果自己坚持要下，肯定要惊醒他们，没准还会挨骂，然后摸黑找到车厢尽头的值班室，去找乘务员，如此这番地问答，何况深更半夜，你不一定能找到人。算了，不下去了。心一横，继续陷入无边无际的胡思乱想之中。哎呀，想到最后，还是觉得她的名字很暖人，不那么冷飕飕的了，不那么隔山隔水困难重重了，为什么呢？

"编辑"。脑子里蹦出来这个答案，我自己有些小小的激动。编辑的存在，对于作者而言，就是温暖的救命稻草，就是良师益友，就是搀扶起颤颤抖抖的你，走上文坛第一步的人，是能掏心掏肺对你好的人，也是很容易被你忘记的人。想想她，已经帮我发表了七八篇散文，对于一个基层作者来说，几乎每年一篇，不容易啊。我在进步，她在指路。我在拼尽全力去创新，冒险中种出世上最美丽的花朵，她作最后的田间打理，等待我更大的丰收。说实话，写作是很孤独的，熬夜加班，常常物我两忘，醒来之后却发现你自己狗屁不是，作为男子汉连一个家都养不起，太丢人了。可是丢人又怎么样呢？走在偌大的北京城，谁会认识你，又有谁会在意你呢？没有，没有。有的，只能自己给自己打气，重新从地上狼狈地爬起来，打了鸡血似的投入新的一天的奋斗当中，多么可耻的今天。忽然就想，是她，是这群编辑，给了我写下去的勇气，给了尊严，给了写字的贵族感，是的，只要我一拿起笔，或是夜灯下双手敲击电脑键盘的一刻，我立马变成了一位汉朝的纸上的贵族。

要是我能用手机给她打个电话，约她这时刻匆匆一见，说声"谢谢你"，那该多好。可是，已经是晚上十点，时间太晚了，并且我估计，到达哈尔滨火车站的时间应该在凌晨几点，更是晚得离谱，见面呀，看来想都不要想喽。可是，除了说句"谢谢你"，我这次去黑龙江大庆可是两手空空，什么礼物都没有带呀。如果见面的话，送她什么礼物呢？哦，我从北京来，土特产肯定要准备"北京烤鸭"，可是，我什么也没有带啊！

不管怎么说，我这次路过哈尔滨火车站的事儿，得告诉她。对，下去找乘务员去。

我原本就是和衣而睡的，只脱了袜子，这下好了，穿上它即可。车厢里漆黑一片，下边有个铺位，还发出了长长短短的均匀的呼噜声。我勾着身子小心翼翼着，摸到脚头的铁扶梯，一只手抓牢，一只手配合着一个翻身，"啪"，转到了铁扶梯的正面，手脚麻利，一下子就够到了地。接着，一只脚在乱七八糟的皮鞋里摸了摸，鞋窝里，有湿的半湿的，还有半潮的，那么多鞋垫子没有一个干的，都是臭汗脚，摸了半天，我也没有摸到那双皮鞋，糟了！心头一紧，不会被谁偷了吧？你说说，谁偷我的臭皮鞋呢？那双鞋，都穿了七八年了啊！不行，再找找试试，说不定……够来够去，我把脚伸进了第一层床铺的下面，哎呀，前面碰见了个硬硬的东西，皮鞋！继续够，哎呀呀，找到了找到了，果然是我的皮鞋，那双半干半潮的鞋垫子软塌塌的，一下子就粘住我的袜子，被带出了鞋子，没错，是我的。黑暗中，我早已经适应了车内的光线，蹲下来，把鞋垫子放进鞋子里，迅速穿上，起身，一晃一晃着，好像歌星迈克尔·杰克逊跳太空舞一样，朝尽头处的值班室大步走去。

找了两节车厢三个值班室，终于逮住了一个睡意正酣的女乘务员。我问她这趟车到哈尔滨站停不停，什么时间到站，中间停几分钟。她观察了我半天，脸色怔怔地说："凌晨三点。你要见人吗？外面冰天雪地，黑咕隆咚的，连个人影子都没有，我看呐，见鬼还差不多。"我生气地说："同志，你怎么说话呢？你不想回答，可以不回答啊，也用不着说这么难听的话呀。"她看我真生气了，"啊"了一声，转身就跑回值班室，"啪"，从里面把门反锁住，害怕我骂她。这个漂亮的女人，看看也不到30岁，素质差得太不像话了。不过好在，我打听到了我急需知道的答案。

再次上到第三层卧铺，我依旧和衣而睡，不过空调的热风开得很足，半个身子正对着"呼呼"叫的风向口，不一会儿，身上就出了汗，黏黏地粘在身上怪难受的。我就脱了所有厚的衣服，只留了贴身的一套，把被子裹紧，打算想一会儿再睡。等后天返回的时候，我要不要在哈尔滨站停留一天，请那位我尊敬的女编辑吃顿饭，然后回北京？还是不停留了，留着下一次见面？一时间，停还是不停，见还是不见，好像两根蓬松的麻绳纠缠一处，越缠越乱，越缠越大，大到占满了我整个的脑海。

想着想着，眼皮子一涩，不知道什么时候睡过去了。

到了太阳岛景区，我们把车停在西入口处，换乘一辆环保观光电车，雨，细细斜斜的，突然密了起来。电车的好，跑起来才能体会到，一是稳，二是没什么噪音，很舒适。景区太大了，为了节省时间，我们直奔太阳门，特别是那块美丽的太阳石。

一下车，雨滴们扶老携幼地就来了，不由分说扑到你的身上脸上，尽管你打着雨伞，却一点也不管用，衣服或多或少都会被淋湿的。

远处，隐隐看见一道波光粼粼的大河，那，应该就是古老的松花江了。太阳岛沿江而建，名字里的"太阳"，与满族人称呼偏花鱼为"太要恩"的读法相近，时间久了，"太阳岛"便叫开了。真正让这个88平方公里的内陆岛名声大噪的，源于那首歌曲《太阳岛》，优美动人的旋律，倾吐不尽的深情，让人们一下子记住了它。那位姐指着一片灰蒙蒙的岛影，说："松鼠岛，看见没？还有，那儿那儿，天鹅湖，冰雪艺术馆……"烟雨蒙蒙中，什么也看不清，我一脸惘然。只见那位后排的老兄走过来，拍了拍我的胳膊说："蒋老师，我给你背诵一段赋体文章《太阳石记》怎么样？"我来了兴致，慌忙回答："好啊，好啊！"

这老兄双手一背，挺胸晃脑，宛若一位魏晋时期的书生一般，或远眺湖光山色，或望向一众文友，好一段朗声高颂：

"癸未孟春，盛世华年。名胜古迹，勃然兴焉，政府辟太阳岛，建生态园林景观。太阳岛及上古之屿，如璀璨珍珠，点缀松江北岸。林木葱茂，日光明媚，羲和曾于兹浴日，嫦娥亦舞霓裳，故冠太阳之名。岛无奇石，甚感缺憾。文联受命，遍寻龙江山川。于金源故地，阿什河畔。得芒果状奇石，静卧岿然。相传乃女娲之瑰宝，日月精华充盈，山川灵气沛然……"

文采熠熠呵！我问他："作者是谁？"

他一直微笑着，并不着急回答我。哦原来，他就是作者呀。

距离太阳门还不到150米呢，雨"哗啦哗啦"就下了起来。我顾不上什么下雨了，甩手走向那块巨大的美丽的太阳石，我要亲眼看一看它美丽的纹路，它倔强中的不屈，它严寒中的高贵，骨子里是不是也流淌着好像东北抗联战士一样的血液？

抚摸着这块4.3米高的石头，我心潮澎湃，泪难自已。那位老兄走过来，一把握住我的右手，也激动了："这块太阳石，并非一块普普通通的大石头啊。公元1114年9月，金太祖完颜阿骨打起兵反辽，曾与国相撒改，军师完颜希尹、完颜宗翰等众将在这太阳石上画灰而议，被誉为神石。但我认为，它也是我们英勇不屈、追求光焰的哈尔滨人的精神化石。"我说:"看到它,我想到的是东北抗日联军的精神,仿佛看到了杨靖宇、赵尚志、李兆麟、赵一曼、李敏他们这些战士,唉,可惜今天的巨变他们看不到了。"

13:18,饭毕,下楼,外面瓢泼大雨。周围少了这样那样的喝酒声喧嚣声,渐渐地,心境变得一片平静。就又想起了她,想自己为什么不提前把见她纳入此行里的一项,当面感谢求教,该多好。

听过一位老编辑的谈话,他主要是讲编辑和作者关系密切的程度,他说编辑就像一位种庄稼的农民,为发现一棵或者几棵庄稼苗而兴奋,进而重点培育,施肥、浇水、打药、除虫,都要格外地关照,他的责任感一刻也不能放松,直至它们结出了累累丰硕的果实。尽管最后,这批庄稼的果实不一定让他品尝,但是如果别人品尝到的话,他心底也无比高兴,因为庄稼是他种的。这是一种美德,一个编辑,他会从作者投稿,到几番选稿、改稿、定稿,到提交编辑部一审二审终审,到作品发表,然后是把其作品向选刊荐稿、找出版社推荐出书、参评各类文学评奖、召开作品研讨会、联系影视、试听节目或者短视频网络改编,等等等等,编辑都会不遗余力地亲自上阵,替作者争取所有能争取到的,终于,作者出名了,变成了响当当的大作家。所以后来,读者们都知道了作者的作品,却没有几个人知道其作品的责任编辑名字。编辑作为幕后英雄,一辈子都是默默无闻的,只能沾一点作品成名的光,以证明自己的编辑实力,编辑的水平高低。然而,编辑很多时候要阅读大量的作者来稿,百里挑一,也说明他们很多时候要做无效劳动,甚至很长时间找不到一篇好稿子,也怪不得他们,这样的工作状态,往往持续到一位编辑从入职到退休,一生没有存在感。这么讲,编辑更是一种不求任何回报的献身精神,像赵一曼他们。抗联战士,是为了救国救民;编辑,则为了一个民族,生产出更多的文化粮食啊。

距离航站楼不足十分钟的时候,有了空闲,我拿起手机拨通她的电话:"我是蒋建伟,好久没有跟你投稿了,挺不好意思的。"

她在电话那端"扑哧"笑了,说:"没事没事,等你闲了,再写吧。你在北京还好吧?"

我答道:"好着哩。你怎么样?什么时候来北京呀?"

她说:"不知道啊。不过,一看见你投来的作品,我就仿佛去北京旅游一圈似的。哈哈。"笑够了,又问我:"你啥时候来哈尔滨呀?我带你尝尝东北小吃,到最出名的哈尔滨太阳岛转一转!"

呀,我上午不是去过太阳岛了吗?一时间,我极力掩饰住事后那种巨大的惊喜,只能欺骗她说:"好啊。我还没有去过哈尔滨呢。"

突然,我一脸郑重地对着手机讲:"谢谢你,将近20年来的编辑斧正,帮助我成长,谢谢你,谢谢。"慌忙挂断电话,匆匆离线。

车窗外,空无一人,大雨如注,滂沱千里。

(原载《湘江文艺》2021年第6期)

敬 告

由于编选时间仓促、工作量大，未能及时与所选作者一一取得联系，请见谅。现仍有部分作者地址不详，为及时奉上稿酬和样书，请有关作者与责任编辑高丹联系，我们将尽快为您办理，谢谢您的理解和支持。

联系方式：

电话：024—23284306

E-mail：12274210@qq.com

微信号：15640369577

辽宁人民出版社
2022年1月